KB053191

세상 밖으로 부는 바람

세상 밖으로 부는 바람

문영심 장편소설

도서출판 말

/

문학은 언제나 불행이 예정된 행복이었다.

내가 문학을 선택한 것이 아니라 문학이 나를 선택한 것이라고 믿고 싶었던 우리.

한때나마 문학을 가슴에 품었던 이들에게 바친다.

차 례

1

도스토예프스키의 돌

침대 머리맡에 있는 거무스름한 한 개의 돌멩이는
결국 내가 그토록 외면하고 있던 한 시절로 나를 데려가고야 말았다.
문학적 성취를 이루고자 하는 열망과 그것이 불가능할 거라는 예감으로
심각한 분열 증세를 겪던 스물한 살, 그 시간으로.

커튼을 젖히자 창 밖에는 눈이 내리고 있었다. 불을 끄고 잠자리에 든 것이 새벽 3시 경이었다. 잠들기 전에 베란다에 나가서 아파트 광장을 내려다 볼 때만 해도 가로등 불빛밖에 아무것도 보이지 않았다. 눈은 내가 잠든 사이에 내리기 시작했으리라. 땅 위에 제법 두껍게 눈이 쌓여 있었고, 굵은 눈발이 창으로 내다보이는 시야를 가득 채우고 있었다. 눈이 오는 것을 보고 들뜨거나 즐거워할 정서는 남아 있지 않았다. 온몸을 짓누르는 피로와 목구멍까지 차올라 있는 짜증 때문에 눈 내리는 풍경이 조금도 반갑지 않았다. 프롤로그가 문제였다. 밤새도록 씨름하고도 끝내 좋은 첫 문장을 찾아내지 못한 채 기절하듯 침대에 쓰러져야 했다.

침대에서 일어나 스웨터를 걸치고 베란다로 나갔다. 유리문을 모조리 열어젖히고, 밀려 들어오는 차가운 공기에 몸을 떨며 몇 차례 심호흡을 했다. 머릿속에 프롤로그의 영상이 떠오르며 써야 할 말들이 눈송이처럼 그 위로 떨어져 내리기 시작했다. 프롤로그는 연극 속의 한 장면으로 시작되었다. 바닥에 주저앉아 입으로 첼로의 현을 물어뜯는 여자의 모습이 첫 번째 컷이었다. 도스토예프스키가 쓴《학대받은 사람들》이라는 소설을 각색한 연극의 한 장면이다. 다소 전위적인 성격의 이 연극에서 뽑은 장면들을 프롤로그로 설정한 것이 옳은 일이었을까? 편집 구성을 하면서 연출자와 둘이서 고심 끝에 선택한 장면이었다. 그런데도 문득 의구심이 들었다.《학대받은 사람들》은 도스토예프스키의 작품 중에서 대표적인 것도 아니고, 잘 알려진 것도 아니다. 그의 소설을 실험적으로 해석한 한 편의 연극이 이 위대한 작가를 소개하는 다큐멘터리의 프롤로그로 적절한 것일까? 딱 떨어지는 내레이션이 떠오르지 않는 것은 구성에 문제가 있기 때문이 아닐까? 이런 근본적인 의문이 떠오르기 시작하면 원고 작업은 제대로 되지 않는다. 편집 구성 과정에서 수없이 고민한 끝에 선택한 장면들이기 때문에 이제 와서 이런 의문은 불필요한 것이다. 그런 생각들을 떨쳐내려고 애쓰며 수도 없이 생각해 보았던 첫 문장을 입 속으로 되뇌어 보았다. 학대받는 사람들, 가난한 사람들, 어둠 속의 사람들, 고통 받는 사람들……. 어제와 마찬가지로 그 중 어떤 것도 마음에 들지 않았다.

프롤로그의 첫 문장은 원고 작업에서 가장 중요한 실마리를 푸는 일이다. 첫 번째 문장이 순조롭게 풀리면 그 뒤로 적절한 문장들이 저절로 따라 나왔다. 처음에 더듬거리고 막히기 시작하면 계속해서 그런 식으로 꼬이기 십상이었다. 다시 책상 앞에 앉아서 빈 모니터를 노려보며, 프롤로그의 첫 마디를 끌어내려고 안간힘을 썼다. 깜박

거리는 커서를 아무리 쳐다보아도 머릿속은 점점 비어가기만 했다. 이럴 때는 영상을 다시 한 번 보는 방법밖에 다른 처방이 없다. 편집된 영상을 몇 번 되풀이해서 보노라면 스르르 실마리가 풀리기도 했다. 가편집본을 복사해서 달라고 하지 않은 것이 후회스러웠다. 편집하는 동안 영상을 수도 없이 보았다. 모든 장면들을 거의 외우다시피 하고 있어서 원고 쓰는 데 문제가 없을 것 같아서 내레이션이 들어갈 자리의 시간만 체크해 가지고 왔다. 시작만 하면 원고작업은 금세 끝날 것 같았다. 그런데 첫 문장부터 원고가 막혀서 꼼짝하지 않는 것이다. 컴퓨터를 꺼버리고 욕실로 갔다. 오랫동안 더운 물을 맞으며 샤워를 하고 나와 시계를 보니 열한 시가 다 되어가고 있었다. 방송국으로 전화를 했다. 박 감독이 전화를 받았다.

"웬일이에요? 원고 쓰느라고 정신없을 텐데, 무슨 문제가 있어요?"

군소리를 하지 않는 그는 곧바로 그렇게 물어왔다.

"영상을 다시 한 번 봐야겠어요. 지금 나갈게요. 첫 문장부터 막혀서 풀리질 않아요."

"그래요? 그거 큰일이네. 집에서 볼 수 있게 시디로 복사해 놓을까요?"

"그렇게 해 주시면 좋고요."

그가 어제 복사해 준다고 했을 때 거절했던 걸 떠올리자 다소 멋쩍었다.

"복사해 놓죠. 아무튼 이 도스토예프스키라는 친구가 워낙 골치 아픈 친구라서 원고 쓰기도 까다로울 줄 알았어요. 그럼 오시는 동안 복사해 놓고 있을게요.”

도스토예프스키가 언제부터 그의 친구가 되었는지는 몰라도 그 작가가 골치 아픈 인물이라는 데는 동의할 수밖에 없었다.

이 프로그램을 맡고 나서 그의 작품들을 읽느라고 여간 머리를 썩이지 않았다. 문학 기행이라는 타이틀로 제작되는 50분짜리 방송 다큐멘터리 한 편에 위대한 한 작가의 문학과 인생을 요약해서 집어넣는다는 게 쉬운 일은 아니었다. 러시아문학을 전공한 교수가 자문을 해준다고는 하지만, 시청자들이 이해하기 쉽게 방송용 언어로 해설을 쓰는 것은 온전히 나의 몫이었다. 도스토예프스키는 그 이름을 모르는 사람이 거의 없을 정도로 유명한 작가이긴 하지만, 그의 소설 전체를 꼼꼼히 읽어본 사람은 그리 많지 않을 거라고 생각했다. 우선 이 프로그램을 연출하기 위해 직접 러시아에 다녀온 박 감독조차 이 작가의 작품을 읽으려고 노력은 해 보았지만 별로 읽지 못했다고 솔직히 시인했다. 러시아에서 찍어 온 촬영 테이프를 보면서 영상 편집 구성을 시작하면서부터 나는 틈틈이 그의 작품들을 읽었다. 작가를 말하려면 무엇보다도 그의 작품을 읽고 이해하는 것이 우선이라고 생각했다. 대학에 다닐 때 중요한 작품들은 거의 다 읽었지만 10년도 더 지난 지금에 와서 그 기억이 남아있기를 바란다는 것은 무리다.

도스토예프스키가 문학사에서 차지하는 비중은 새삼 말할 것도 없을 정도다. 한때 소설가가 되려고 했던 나는 그의 작품을 누구보다도 열심히 읽었다. 그러나 10년이 더 지난 뒤에 다시 대하게 된 그의 소설들은 내게 적지 않은 당혹감을 안겨 주었다. 우선 저작물의 양이 방대하다는데 질려버렸고, 서술과 묘사의 집요함에 새삼스레 놀랐다. 그의 작품들이 결코 고리타분하게 느껴지지 않는다는 것도 하나의 놀라움으로 다가왔다. 19세기에 쓴 소설이었으므로 문어체의 서술과 옛날식 표현은 어쩔 수 없는 것이었다. 종종 등장하는 설교조의 긴 문장들은 지루하기도 했다. 그러나 그의 인물들은 분명히 현재의 우리가 이해할 수 있는 생생한 고뇌를 앓고 있었다. 나는 특히 이 작가가 그려낸 냉소적인 인물들에 매료되었다. 《죄와 벌》의 스비드리가일로프와 《카라마조프의 형제들》에 나오는 이반과 같은 인간들, 극도의 이기주의와 허무주의, 그리고 무신론으로 무장된 그들이 내게는 형제처럼 가깝게 느껴졌다. 그들은 나와는 전혀 다른 시대에 다른 문화권에서 살았던 이방인들이기에 그들에게서 느껴지는 동질감이 더욱 흥미로웠다.

그의 작품들을 다시 읽으면서 그가 천재라는 것을 확인하는 일은 묘하게 착잡한 느낌을 주었다. 오래 전에 헤어졌던 애인을 만나 아직 그를 사랑하고 있다는 것을 알게 되었을 때의 느낌과 비슷하다고나 할까? 문학적 가치를 지닌 소설만이 눈 밝은 독자에게 펼쳐 보여주는 독창적인 세계의 경이로움을 확인하는 것이 고통스러웠다. 오랜 망설임 끝에 포기했던 소설 창작의 유혹이 되살아날까봐 두려웠다. 내가 프롤로그의 첫 문장을 쓰지 못하고 있는 것은 그의 문학을 접한 데서 오는 흥분을 가라앉히지 못하기 때문일지도 몰랐다.

지금 내가 하는 일은 가장 비문학적인 방법으로 가장 문학적인 소재를 요리하는 일이다. 방송 글은 최대한 쉽고 평이해야 한다. 표현의 독창성 같은 것은 중요하지 않다. 영상이 전달하고자 하는 바를 가장 효과적으로 뒷받침하기 위한 최소한의 언어, 그것뿐이다. 방송 글을 쓰는 동안 나의 언어 세계는 한없이 축소되고 빈약해졌다. 다큐멘터리 원고를 쓰다 보면 같은 말을 반복하고 있는 느낌이 들 때가 많았다. 그런 얘기를 어떤 선배한테 했더니 그는 '당연하다'고 했다. 우리가 쓰는 단어는 고작 2천 단어 내외라는 것이다. 가장 상식적이고 평범한 언어들을 골라 조합해 내는 것이 우리의 작업이라고. 이번 작품의 어떤 장면에 썼던 말을 다음 작품의 다른 장면에 순서만 바꿔서 거의 그대로 쓰고 있는 것을 수시로 발견하곤 했다.

도스토예프스키의 작품들은 어지러울 정도의 다변과 밀도 높은 사건 구성으로 나를 압도했다. 나는 자꾸만 하나의 방송 프로그램을 위해 참고 자료를 읽고 있다는 것을 잊고, 소설을 창조하기 위해서 문학을 공부하던 시절처럼 그의 작품을 읽고 있었다. 내가 방송 원고를 쓰는 사람이라는 사실을 자꾸만 나 자신에게 일깨워 주어야 했다.

방송국에 도착한 것은 정오가 조금 못된 시간이었다. 영상편집실로 가보니, 박 감독은 이미 가편집본을 시디로 복사해 놓고 나를 기다리고 있었다.

"이거 가지고 가서 천천히 보면서 원고를 풀어보세요. 점심식사나 하러 갑시다."

박 감독은 내게 시디를 내놓으며 말했다. 나는 어제 쓰다만 원고의 첫머리를 그에게 보여주었다. '학대받는 사람들, 불행한 사람들, 고통 받는 사람들…….' 등등의 단어가 어지럽게 씌어 있는 나의 노트를 물끄러미 들여다보던 박 감독이 말했다.

"쉽게 생각하세요. 어차피 우린 평론이나 문학론을 쓰는 게 아니니까요. 흔히 생각할 수 있는 상식적인 범주에서 얘기를 풀어나가면 되지 않겠어요? 그래서 처음부터 타이틀도 '근대문학의 큰 산맥'이니, '인간 정신의 위대한 탐구자'니 하는 수식어를 배제하고 '고통의 순례자'로 정한 것 아닙니까? 그의 심오한 문학세계를 전문적으로 파고들어 가자는 게 아니고, 시청자들이 쉽게 이해할 수 있는 말로 그의 문학과 삶을 훑어보는 정도에 만족하자고 했잖아요. 지금 이 말은 수영 씨가 했던 말입니다. 물론 나도 동의했고요. 소박하게 풀겠다고 마음먹는 게 지름길인 것 같은데요. 내가 촬영해 온 것이나 편집한 내용도 그렇고요. 한 작가가 태어나고 살았던 장소와 그의 작품의 무대가 된 곳들을 보여주는 영상 자체는 신기할 것도 특별할 것도 없어요. 전문가의 인터뷰나 그를 사랑하는 독자들의 이야기 같은 것도 시청자가 이해할 수 있는 범위 내에서 골랐고요. 힘을 빼는 게 좋을 것 같아요. 내가 보기에는 '고통 받는 사람들'이라는 말로 시작하는 게 무난할 것 같아요. 여자 배우가 첼로의 현을 입으로 물어뜯는 장면은 억압당하고 부자유스러운 상황에 처한 인간의 모습 아닙니까?"

나는 박 감독의 말을 들으면서 고개를 끄덕거렸다. 귀신에 홀린 것처럼 모든 언어들이 어리석고 부적절하게만 여겨지던 어젯밤의 악몽에서 겨우 벗어난 것 같았다. 박 감독과 내가 막 구내식당으로 가려고 일어나는데, 이번 프로그램의 촬영을 맡았던 이 현이 들어왔다.

"어, 이 선생님, 마침 잘 오셨어요. 제가 드릴 게 있거든요. 잠깐만 기다리세요. 사무실에 가서 갖고 올 테니까."

그가 나를 보고 반색을 하면서 말했다.

"그럼 그거 가지고 식당으로 와요. 지금 밥 먹으로 가는 참이니까."

박 감독이 말했다.

식당에서 밥 탈 차례를 기다리며 줄을 서 있을 때 내가 박 감독에게 물었다.

"이 감독이 뭘 준다는 거죠?"

"글쎄요. 알 것 같기도 한데, 내 짐작이 맞는지 몰라서 말하기가 곤란한데요."

박 감독이 빙긋이 웃으면서 말했다.

셋이서 식사를 다 하고 커피숍으로 옮겨 앉아 커피를 마시고 났을 때, 이 현은 파카 주머니에서 하얀 종이에 싼 것을 꺼내어 테이블 위에 올려놓았다.

"이게 뭐예요?"

내가 묻자 이 현은 의미심장한 미소를 띠면서 그것을 내 앞으로 밀어놓았다.

"이 작가님께 드리는 선물입니다. 풀어보세요."

박 감독은 자기 짐작이 맞았다는 듯이 고개를 끄덕거리고 있었다. 나는 포장지를 풀었다. 그 속에서 나온 것은 어른 주먹만한 크기의 돌이었다.

"아니, 이게 뭐예요? 수석인가?"

나는 고개를 갸우뚱하며 돌멩이를 들어서 이리저리 살펴보았다. 그러나 그 돌멩이는 동물의 모양을 닮았다든가 하는 특별한 모습을 가진 게 아닌 그저 평범한 돌멩이일 뿐이었다.

"보시다시피 이건 돌입니다. 수석은 아닙니다. 하지만 그냥 돌멩이는 아닙니다. 이건 도스토예프스키의 돌입니다."

이 현은 심각한 어조로 말했다.

"도스토예프스키의 돌?"

나는 어리둥절해진 채로 돌멩이를 바라보았다.

"그가 유형생활을 했던 시베리아의 옴스크 감옥에서 가져온 돌입니다. 이 돌은 도스토예프스키의 피와 눈물이 서려 있다 해서 관광객들이 아주 탐내는 기념품이었답니다. 그런데 하도 오는 사람마다 하나씩 집어가다 보니 이젠 몇 개 남아 있지 않아서 절대 가져가지 못하도록 관리인들이 엄중하게 감시를 하고 있어요. 특히 문학 지망생들은 이 돌멩이가 불가사의한 힘을 갖고 있어서 이 돌을 지니고 있으면 반드시 뛰어난 문학적 성취를 하게 된다고 믿고 있답니다."

박 감독이 이 현을 대신해서 그 돌에 대해서 설명해 주었다.

"그렇게 감시가 엄중하다면서 어떻게 이 돌을 손에 넣으셨어요?"

"이제는 그가 수감되어 있던 방 안에 일반인은 아예 들어가지 못하고 창살 밖에서만 안을 들여다 볼 수 있죠. 창살 사이로 손을 넣어서 돌을 가져가지 못하게 아래쪽은 다 막아 놨고요. 하지만 우리 취재팀은 방 안을 찍을 수 있도록 허가를 받았거든요. 카메라로 방 안을 찍으면서 관리인의 눈을 피해 슬쩍 했죠. 훔쳐서 주머니에 넣고 나서야 내가 왜 그런 행동을 했는지 이상하다는 생각이 들었죠. 이 돌에 대한 얘기를 듣고 호기심이 발동한데다가 그 감옥이 주는 이상한 분위기에 압도되어 있었기 때문에 그런 행동을 하지 않았을까 나중에서야 깨달았어요. 촬영 다니면서 감옥에 몇 번 들어가 봤지만 거기는 최악이었어요. 그건 도저히 사람이 살 수 있는 장소가 아니었거든요. 그런데서 4년간이나 지내면서도 죽지 않았다는 게 이상하게 느껴지더군요. 게다가 시베리아가 얼마나 춥다고요. 여름인데도 얼어 죽을 뻔했다니까요."

"그렇게 어렵게 손에 넣은 걸 왜 나한테 주세요?"

"막상 이 돌을 한국까지 가지고 와 보니 나한테는 아무 소용도 없는 물건이라는 생각이 들더군요. 아시다시피 나는 문학과는 상관없는 사람이지 않습니까? 그렇다고 제 주변에 달리 문학적 성취를 원하는 사람이 있는 것도 아니고요. 나는 어쩐지 이 작가님을 볼 때마다 방송작가보다 소설가가 어울리는 사람이라는 느낌이 들었어요. 그래서 드리는 겁니다. 또 압니까? 이 돌 덕분에 이 선생님이 유명한 소설가가 될지……."

이 현은 진지하게 말했다.

나는 잠시 할 말을 잊고 테이블 위에 놓인 거무스름한 돌만 바라보았다.

"가지고 계십시오. 실제로 이 작가는 문학을 전공한 사람 아닙니까. 우리가 돌부처 앞에서 절을 할 때 그 돌부처는 이미 하나의 돌이 아니지 않습니까? 그 돌 덕분에 당장 오늘부터 원고가 술술 풀렸으면 좋겠는데요."

박 감독이 웃으면서 말했다.

나는 돌을 종이에 싸서 가방에 넣었다.

"고마워요. 나한테도 별로 필요할 것 같지는 않지만 이 감독이 나한테 주고 싶다니까 받을게요. 솔직히 말하자면 아까 그 얘기를 듣고 나니까 이 돌이 은근히 탐이 나네요."

집으로 돌아온 나는 박 감독이 복사해 준 시디를 보지 않았다. 그냥 영상과 내레이션 시간을 표시해 놓은 원고 파일을 열고 해설을 써 내려가기 시작했다. 도스토예프스키라는 작가가 어렵다는 생각은 저만치 미뤄놓았다. 위대한 작가의 작품세계와 인생을 가장 쉽고 아름다운 말로 표현해야 한다는 욕심도 내려놓았다. 그저 다른 다큐멘터리의 해설을 쓸 때와 똑같은 마음으로 영상의 편집 의도에 맞는 적절한 언어를 찾아내는 데에만 집중했다. 어차피 50분짜리 방송프로그램일 뿐이다. 시청자들은 보는 순간 '아, 그렇구나.' 하고 스쳐 지나갈 뿐이다. 그들이 한 순간의 감동과 공감, 아름다움을 느낀다면 그걸로 족하다. 나는 마음을 비우고 호흡을 가다듬었다. 마음을 비운 만큼 빠른 속도로 원고를 써 내려갈 수 있었다. 호흡을 놓치기 싫어서 저녁을 거른 채 내리 썼더니 저녁 9시 경에 초고가 끝났다.

원고를 쓸 때면 유동식을 먹는 습관대로 인스턴트 수프를 끓여서 허기를 달래고 커피 한 잔을 마셨다. 복사해 온 시디를 보면서 내레이션 원고를 소리 내어 읽으며 교정을 보았다. 원래는 초고를 쓰고 방송국에 가서 영상을 보면서 퇴고할 생각이었으나 복사해 온 시디가 있으니 그럴 필요가 없었다. 다큐멘터리에 들어 갈 내레이션의 길이를 적절하게 맞춘다는 것은 매우 민감한 작업이다. 같은 20초 분량의 영상이라도 정적인 영상과 동적인 영상은 차이가 있다. 동적인 영상에 들어 갈 20초 분량의 내레이션을 쓸 때는 정적인 영상에 비해서 3, 4초가량의 언어를 덜어낸다. 한 문장이나 두 단어 정도를 덜 쓰는 것이다. 화면에서 누군가 혹은 뭔가가 움직이고 있는데, 계속해서 내레이션이 들려오면 몰입도가 떨어진다. 다큐멘터리의 생명은 현장감이다. 영상에 담겨 있는 소리는 말소리가 아니더라도 되도록 살아있는 것이 좋다. 내레이션으로 정보나 사실을 전달하는 것보다 더 중요한 것은 영상에 담긴 현장의 느낌을 생생하게 전달하는 것이다. 그래서 내레이션은 내용의 적절함 못지않게 그 길이를 조절하는 것이 중요하다. 처음 방송 원고를 쓰던 무렵에는 그것을 잘 몰랐다.

에필로그의 마지막 문장을 손보고 나서 영상을 처음으로 되돌렸다. 내레이터처럼 원고를 죽 읽어 내려가면서 다시 한 번 내레이션이 적절하게 자리를 잡았는지 확인했다. 전문가인 내레이터가 원고를 읽는 속도는 보통 사람들보다 조금 빠르다. 그것을 감안해서 속도를 내서 원고를 읽고 영상이 끝나기 2, 3초 전에 문장이 끝나도록 호흡을 가다듬었다. 다음 영상으로 넘어가기 직전까지 내레이션이 끝나지 않으면 역시 영상에 대한 몰입도가 떨어진다. 어젯밤 그렇게 나를 애먹이던 프롤로그는 평범하지만 알기 쉬운 문장으로 영상과 어울리게 제 자리를 찾은 것 같았다.

VIDEO	AUDEO
프롤로그 #첼로의 현을 물어뜯는 여자 (현장음)	(3초 후) 고통 받는 사람들. 사랑, 증오, 가난에 짓눌려 죄를 짓는 사람들. 인간다운 삶을 찾아 끝없이 방황하는 사람들.
#바닥에 엎드린 여자 그 위에 올라탄 남자	(3초 후) 도스토예프스키는 그들을 사랑했다. 인간을 다시 태어나게 하는 위대한 고통.
#저마다의 고통을 표현하는 몸짓들	(3초 후) 도스토예프스키의 고통의 미학은 오늘도 새롭게 조명되고 있다.
#도스토예프스키의 초상화	(3초 간 음악 듣고) 그의 고통의 순례는 끝나지 않을 것이다. 인간의 삶에서 비애가 사라지지 않는 한.

도스토예프스키를 평생 동안 따라다니며 그의 인생과 작품에 영향을 준 잊지 못할 체험, 사형대에 서서 죽음을 대면했던 일에 대해서는 그의 육성고백을 듣는 듯한 효과를 주었다.

VIDEO	AUDEO
#페테르파블로스크 요새의 사형대+ 사형대에 선 도스토예프스키(삽화) #총살형 재현장면 (삽화)	도스토예프스키는 사형대에 서서 자기를 향해 겨누어진 총구를 마주 보았다. 그는 눈을 가리기를 거부했다. (육성) 미치지 않고서 이 고통을 이길 수 있는 인간이 있다고 누가 말했는가? 이처럼 상상할 수조차 없고 불필요한 굴욕은 무엇을 위한 것인가? 사형선고가 낭독되고 이 고통을 맛보게 한 뒤 '자, 너는 사면되었다.'라고 말한다. 그렇게 당해 본 사람은 아마 알 것이다. 이러한 고통에 대해서 그리스도는 말했다. 인간을 그렇게 취급하는 것은 위법이라고.
#작품 속에 묘사된 총살 장면 책 페이지 +내용 한글 자막	그는 이 체험을 작품 속에 되풀이해서 묘사했다. 그의 작품이 주는 지나친 긴장감은 이런 체험에서 비롯된 것인지도 모른다.

에필로그를 읽으면서 그 내용이 너무 단정적인 것이 아닐까 하는 고민을 잠시 했다. 하지만 다큐멘터리 원고에 너무 자주 등장하는 '……가 아닐까?' 라든가 '……일지도 모른다.'라는 뭔가 회피하는 듯한 자신 없는 어미에 반감을 느끼는 터라 그냥 두기로 했다.

VIDEO	AUDEO
에필로그 #카라마조프의 형제들 (영화 장면 몽타주) #죄와 벌 작품의 배경이 된 거리의 교차로	(3초 후) 도스토예프스키는 수난을 앞둔 주인공의 입을 빌려 종교적 구원의 메시지를 남겼다. (3초 간 음악 듣고) 우리가 그에게서 얻은 자산은 보다 다양하고 풍부하다. 그는 자신이 살고 있던 시대와 사회를 알게 하는 훌륭한 단서를 제공했다.
#죄와 벌 (영화 속 십자가 앞 라스콜리니코프) #옴스크 감옥 앞의 관광객들 #도스토예프스키의 초상화	(5초 간 현장음 듣고) 그는 인간의 의식 속에 존재하는 서로 모순된 선과 악의 욕구에 대한 위대한 발견자였다. (3초 후) 독자들의 가슴 속에 남아 있는 것은 그가 던진 하나의 질문이다. 어떻게 살아갈 것인가? 그가 자신의 고통에서부터 건져 올린 이 하나의 질문은 언제나 그의 문학을 새롭게 하는 최초의, 그리고 최후의 물음이다.

영상과 원고를 다 맞춰보고 더 이상 수정할 곳이 없는지 다시 한 번 확인한 다음 조연출에게 이메일로 원고를 보냈다.

나는 조금 전까지 눈앞을 어지럽히던 도스토예프스키의 무대를 생각하며 멍하니 생각에 잠겼다. 그가 사회주의 운동을 하다가 체포되어 유형을 떠난 해는 1849년이었다. 그 후로 세상은 무섭게 변했다고 사람들은 말한다. 그러나 인간의 본질적인 고통은 별로 달라지지 않았다. '어떻게 살아갈 것인가?'라는 물음에 답하기는 더욱 어려워진 것이 아닐까?

이제 또 한 작품이 끝났다. 이럴 때 곧바로 자 버리면 좋겠지만 대개 잠이 오지 않는다. 지나치게 오랜 시간 뇌를 긴장시켰기 때문에 신경이 다소 곤두서 있어서다. 침대에 누운 채 멍하니 천장을 올려다보며 되도록 아무 생각도 하지 않으려고 했다. 그런 노력은 대개 성공하기 어려운 법이다. 생각의 소음이라고 하는 잡념의 소용돌이에 빠져 허우적거리기 십상이다.

이 생각 저 생각 두서없는 상념에 잠겨 있다가 갑자기 '돌'이 떠올랐다. 가방에서 예의 그 돌을 꺼내서 침대 옆의 사이드 테이블 위에 올려놓았다. 거무스름한 그 돌은 그저 아무데서나 볼 수 있는 평범한 돌멩이에 불과했다. 그러나 그 돌을 한참 바라보는 동안 나의 머릿속에는 조금 전에 보았던 영상이 선명하게 떠올랐다. 도스토예프스키가 유형 생활을 했던 그 감옥의 모습이. 그야말로 아무것도 없는 텅 빈 창살 안의 조그만 공간이다. 그는 독방에 갇혀 있었다. 아직 그의 유명한 걸작들이 태어나기 전이었지만 그는 이미 페테르부르크에서 촉망받는 젊은 작가로 이름을 떨치고 있던 중이었다. 그는 유럽의 사회주의와 혁명사상에 경도되어 진보주의 서클에 가입해서 활동한 죄로 체포되어 사형선고까지 받았다. 그는 지금으로 말하면 운동권이었다. 그는 총살 직전까지 가서 처형대 위에 섰다가 극적으로 감형을 받고 시베리아 유형 길에 올랐다. 죽음의 문턱에서 맛보았던

공포는 평생 동안 그를 따라다녔고, 그것 때문에 간질 발작이 생겼다는 주장도 있다. 그는 스스로를 천재라고 부르던 오만한 젊은 작가였다. 주변에는 그가 그런 생각을 하도록 부추기던 추종자들이 있었다. 그는 죽음의 문턱까지 갔다 오고 나서도 작가로서의 자신의 운명을 추호도 의심하지 않았다. 왜 어떤 사람들은 작가가 되고자 하는가? 왜 많은 사람들이 쓰고자 하는 열망 때문에 그렇게 고통 받는가? 내가 알고 있는 그 많은 문청들의 얼굴이 떠올랐다. 나 역시 그들 가운데 한 사람이었다. 나는 이 세계에 대해서 나만이 알고 있는 비밀을 나만의 언어로 형상화하고 싶었다.

'나는 항상 사물의 핵심에 도달하고자 했다.'라고 말한 사람은《마담 보바리》를 쓴 구스타브 플로베르였다. 사물의 핵심에 도달하고자 했던 그의 열망은 소설이라는 장르에 커다란 빛을 던졌고, 뒤에 오는 작가들에게 새로운 세계를 열어 주었다. 그는 현실에 대한 위대한 관찰자였다. 헤르만 브로흐는 '소설의 유일한 도덕은 인식이다.'라고 말했다. 그는 그때까지 알려지지 않은 실존의 어떠한 한 단면도 발견하지 못하는 소설은 비도덕적이라고 주장했다. 내가 좌초한 곳이 바로 그 지점은 아니었을까? 나는 나 자신만의 방법으로 사물의 핵심에 도달하는데 실패했으며 '실존의 새로운 단면'을 발견해 내지도 못했다. 그저 수많은 평범한 작가들처럼 남들이 다 알고 있는 사실을 남들이 다 하는 방식으로 되풀이해서 쓰는 데서 그쳤다. 그래서 나는 현명하게도 일찌감치 소설 쓰기를 때려치웠다. 그런데 왜 수시로 마음이 아픈가? 왜 도달하지 못한 그 지점이 자꾸만 내 눈앞에 어른거리는가? 도스토예프스키, 발자크, 플로베르, 카프카, 브로흐가 발견한 섬이 왜 자꾸 나를 슬프게 하는가?

침대 머리맡에 놓여 있는 거무스름한 한 개의 돌멩이는 결국 내가 그토록 외면하고 있던 한 시절로 나를 데려가고야 말았다. 문학적 성취를 이루고자 하는 열망과 그것이 불가능할 거라는 예감으로 심각한 분열 증세를 겪던 스물한 살, 그 시간으로.

그 시간으로 돌아가기 전에 한 가지 말해 둘 것이 있다. 우리의 기억이란 전혀 믿을 만한 것이 못 된다는 사실이다. 10년 전, 20년 전은 그만 두고 우리는 불과 몇 초 전에 했던 생각도 곧잘 잊어버린다. 어제 했던 말도 생각나지 않는 경우가 허다하다. 내가 한 말은 물론이고 다른 사람으로부터 들었던 말도 그렇다. 우리는 너무 자주 동일한 사건에 대한 서로 다른 기억들을 가지고 가족이나 지인들과 다툰다. 망각은 시시각각으로 우리의 기억을 잡아먹고 있다. 불확실한 기억은 무한히 왜곡된다. 우리는 망각과 기억이라는 두 가지 정신작용에 의해 우리의 과거를 끊임없이 지우고 변형시킨다. 확실한 것은 정말 얼마 안 된다. 내가 1977년에 대학에 들어갔다는 것 정도가 의심할 수 없는 사실일 것이다. 그 이면에는 나의 망각과 기억의 온갖 변형된 진실들이 펼쳐져 있다. 어쩌면 나는 내가 기억하고 싶은 것만을 내 멋대로 변형해서 저장하고 있는지도 모른다. 그러면서도 나는 종종 또렷하게 기억하고 있다고 주장할 것이다. 그러면 또 어떤가? 아니, 오히려 그렇기 때문에 나의 과거는 회상하는 순간 즐겁게 '소설'이 되어 주지 않을까?

프란츠 카프카는 말했다. 소설가는 자신의 생애라는 집을 헐어 그 벽돌로 새로운 집을 짓는 사람이라고. 나는 지금 내 생애에서 금기의 영역이 된 어떤 부분의 벽돌을 건드리려고 하고 있다. 그 작업은 아프고 혼란스러울 것이다. 그래도 주저하지 않으련다. 상처는 햇빛 속에 드러내지 않고 계속 지하실에 가둬놓으면 굉장히 위험한 짐승으로 변할 수 있다는 것을 이제는 안다.

2

즐거운 집단 오줌 누기

위대한 소설가의 무덤 위에 오줌을 갈긴다고 해서
이 젊은 시인들이 진정한, 경탄할 만한 시인들이 아닌 것은 아니다.
그들의 천재성과 어리석음은 같은 샘에서 뿜어져 나온다.
과거에 대해서 난폭하게(격정적으로) 공격적인 만큼,
즐거운 집단 오줌 누기로 축복하며 스스로 그 위임자가 된 듯이 여기는 미래에 대해서도
똑같이 난폭하게(격정적으로) 헌신한다.

–밀란 쿤데라, 《커튼》

신입생환영회는 학교 근처의 중국집에서 열렸다. 교수들은 저녁을 먹고 의례적인 인사말을 남기고 난 후 일찌감치 자리를 떴다. 교수들 중 절반 이상이 문단의 원로들이었다. 그들의 존재야말로 대부분의 학생들이 이 학과에 들어온 이유이기도 했다. 교수들이 가고 나자 학생들은 그때까지 참거나 나가서 피우던 담배를 내놓고 피우기 시작했다. 술잔도 더 빠르게 돌아갔다. 선배들은 주눅 들어 있는 신입생들 앞에서 잘난 체 하는 재미에 푹 빠져 있었다. 말끝마다 문창과에 들어오기가 얼마나 힘든지 강조하면서 문창과에 들어 온 이상 이제 너희들은 작가가 다 된 거라고 떠들었다. 2학년생부터 3학년이나 4학년의 복학생 선배들까지 자신들이 마치 프로 작가인 양 기고만장해 있었다. 내가 알기로 그들 중 등단한 사람은 서너 명 밖에 안 되기 때문에 그들의 말은 우습지도 않은 허장성세에 불과했다. 현역이건 재수생이건 가리지 않고 대부분의 신입생들은 건네주는 술잔을 사양하지 않고 받아 마셨다. 신입생들은 술을 잘 마시는 것이 문창과 학생의 자격이라도 되는 것처럼 부추기는 선배들의 허세에 너무 쉽게 말려들었다.

나는 재수생 시절에 꽤나 자주 술자리에 어울린 터라 소주 몇 잔에 취할 정도는 아니었지만 체질적으로 그리 술을 잘 마시는 편이 아니어서 천천히 잔을 비웠다. 석 잔인가 넉 잔째의 소주를 비웠을 때 습관처럼 주머니에서 담배를 꺼내서 피워 물었다. 재수하는 동안 나는 술 못지않게 담배에 익숙해져 있었다. 내가 담배에 불을 붙이고 막 한 모금 빨아 당기는 순간 누군가가 내 뺨을 세차게 후려 갈겼다. 고개를 들어 보니 아까부터 내 맞은편에 앉아 있던 선배의 얼굴이 눈앞에 있었다. 복학생으로 보이는 그는 세상이 다 못마땅한 듯 아까부터 사흘 굶은 시어미상을 하고 있던 작자였다. 그가 어느 새 내 옆에 옮겨 앉아 잡아먹을 듯이 나를 노려보고 있었다. 나는 그를 쳐다보던 눈길을 거둬 테이블 위를 바라보았다. 내 아까운 담배가 불이 붙은 채 테이블 위에 떨어져 생 연기를 피우고 있었다. 나는 얼른 담배를 집어 들어 도로 입으로 가져갔다. 힘차게 한 모금 담배를 빨아 당긴 뒤 아직 나를 노려보고 있는 시어미상의 얼굴을 향해서 힘껏 연기를 내뿜었다. 한마디의 대화도 오가지 않은 채 무언극처럼 진행된 우리 둘 사이의 싸움을 어느 순간부턴가 수십 명의 선후배들이 숨죽이며 지켜보고 있었다. 나로부터 담배연기 세례를 받은 선배는 당황한 듯 별다른 대응 방법을 찾지 못하고 있었고 나는 좌중의 시선을 의식하면서 더욱 태연하게 맛있다는 듯 담배를 빨아댔다. 그러나 나는 선배의 동향을 빈틈없이 지켜보고 있었다. 그가 다시 공격의 자세를 가

다듬고 손을 뻗치려는 순간 내가 먼저 몸을 피하면서 옆에 있는 물컵을 집어 들어 그의 얼굴을 향해 뿌려 버렸다. 팽팽하던 긴장이 깨지고 주변의 관객들도 수런거리기 시작했다. 나는 작지만 분명한 소리로 그를 향해 그리고 전체를 향해 말해 주었다.

"흥, 문창과가 고작 이런 수준이야? 니네들은 교수만 없으면 담배 피워도 되고 여자들은 담배 피우면 안 된다구? 웃기고 있네. 재수 없어."

나는 말을 마치자마자 가방을 챙겨 들고 자리에서 일어났다. 내가 신발을 신고 있을 때 신입생뿐만 아니라 선배까지 포함된 여학생 몇 명과 용감한 남자 신입생 몇 명이 나를 따라 자리를 박차고 나왔다. 나는 속으로 쾌재를 불렀다. 4학년 선배 여학생이 앞장서서 우리를 학교 앞의 카페로 인도했다. 우리는 그 카페에서 문창과의 돌대가리 남학생들의 권위주의를 성토하며 의기양양하게 우리들만의 파티를 즐겼다. 아마 그 카페도 문창과의 아지트였는지 얼마 안 가서 회식 자리의 절반 가까운 인원이 우리에게로 왔다. 그렇게 해서 그날의 신입생 환영회는 권위주의와 반권위주의의 이름으로 두 토막이 되었다.

나는 그날의 나의 행동 하나 하나를 정확하게 기억하고 있다. 왜냐 하면 그 모든 것이 철저히 계산된 행동이었기 때문이다. 나는 그 자리의 분위기에서 여학생이, 그것도 신입생인 여학생이 담배를 피워 무는 것이 반감을 일으킬 거라는 걸 알고 있었다. 그 자리의 복학생 중에는 서른이 넘은 사람도 있었다. 문창과는 원래 이런 저런 사정으로 늦게 입학한 사람이 많았고 군대가 아니더라도 휴학과 복학을 반복하면서 학생 신분으로 습작을 계속하는 사람들이 많았다. 우리 신입생 중에도 절에 있다가 환속한 스물여덟 살의 늦깎이 대학생이 있었다. 나는 그런 모든 사실들을 다 알고 있으면서도 의식적으로 그런 행동을 했다. 누군가 시비를 걸어올 거라는 걸 알고 있었고 시비를 걸면 어떻게 대응해야겠다는 작전도 세워 두었다. 내가 원한 것은 주목 받기와 기선 제압이었다. 이유는 간단하다. 공명심 때문이었다. 평범하지 않다는 것을 보여 주려는 것. 모름지기 문학이란 반항이고 저항이라고 나는 굳게 믿고 있었다. 모든 진부한 것, 대부분의 사람들이 의심 없이 믿고 있는 가치들, 특히 진부한 관습과 윤리의식 따위는 다 나의 적이었다. 왜냐하면 나는 언어라는 도구로 나만의 세계를 스스로 창조하려는 야심을 가진 작가이기 때문이다. 적어도 문창과에 들어온 인간이라면 그런 정도의 야심은 가져야 할 것 아니냐는 게 내 생각이었다. 그날 나를 따라 와서 우리들만의 자리를 만든 사람들은 이런 나의 생각에 공명한 사람들이었다. 우리는 술을 마시면서 기고만장해서 진부하고 고리타분한 우리 과의 보수주의자들과 교수들, 기성문단의 작가들을 짓씹고 깎아 내리는데 열을 올렸다. 우리는 그들과 다르다는데 만족하면서 말이다. 그리고 나는 신입생인 주제에 그 선봉에 서서 깃발을 휘두른다는 사실에 누구보다도 큰 만족감을 느꼈다.

오랜 시간이 지난 뒤에 이 날의 사건에 대해서 생각하면서 그때 나는 스물한 살이었다는 사실을 상기했다. 모든 '꼰대스러움'에 대해서 참을 수 없는 증오를 느끼는 나이였다. 밀란 쿤데라가 쓴《커튼》이라는 책에 '아침의 자유, 저녁의 자유'라는 제목으로 실려 있는 글의 한 대목이 스물한 살의 나를 설명해 준다.

초현실주의자들은 유쾌한 결속을 이루어, 1924년 아나톨 프랑스의 죽음에 대해서 잊지 못할 어리석은 풍자 추도문으로 기념했다. 스물아홉 살의 엘뤼아르는 "주검이여, 우리는 당신과 같은 부류를 좋아하지 않는다!"라고 썼고, 스물여덟 살의 브르통은 "아나톨 프랑스와 함께 인간의 비열함이 조금은 떠나갔다. 교활한 술수, 전통주의, 조국애, 기회주의, 회의주의, 현실주의, 부족한 열정을 땅에 파묻는 이 날을 축하하자!"라고 썼으며, 스물일곱 살의 아라공은 "그러니 이제는 죽은 그를 연기처럼 사라지게 하라! 인간에게서 남는 것이란 거의 없다. 그에 대해서, 어쨌든 그가 존재했다는 것을 생각만 해도 여전히 불쾌하기 짝이 없다."라고 썼다.

……위대한 소설가의 주검 위에 오줌을 갈긴다고 해서 이 젊은 시인들이 진정한, 경탄할 만한 시인들이 아닌 것은 아니다. 그들의 천재성과 어리석음은 같은 샘에서 뿜어져 나온다. 과거에 대해서 난폭하게(격정적으로) 공격적인 만큼, 즐거운 집단 오줌 누기로 축복하며 스스로 그 위임자가 된 듯이 여기는 미래에 대해서도 똑같이 난폭하게(격정적으로) 헌신한다.

그 날 나의 가장 큰 수확은 즐거운 집단 오줌 누기에 참여하고 싶어 하는 많은 동료들을 얻었다는데 있다. 그 중에서도 매우 적극적이고 매력적인 두 명의 여자 친구를 얻게 됐다. 희수와 수인이라는 이름의 두 친구. 내 이름이 수영이었던 덕분에 우리는 얼마 안 가 수자매라는 이름의 한 그룹으로 불리게 되었다. 우리는 그 촌스러운 이름을 싫어하는 체 했지만 사실은 우리가 한 묶음이 된 데 대해서 기뻐하고 있었다. 저 건방진 초현실주의 시인들처럼 우리는 문창과 안에서 가장 건방지고 밥맛없는 여학생들이 되기로 무언의 합의를 보았다. 우리의 의기투합은 몇 마디의 말과 눈빛을 통해서 간단하게 이루어졌다. 내가 희수와 수인이 무엇보다 마음에 들었던 것은 그들이 유머를 이해할 줄 안다는 점이었다. 어떤 심각한 상황도 단숨에 농담과 장난으로 만들어버리는 것, 이런 부분에서 탁월한 재능을 가진 사람은 희수였다.

안 팔리고 안 읽히는 시집 몇 권으로 시인 행세는 혼자서 다 하는 고리타분한 교수가 맡고 있는 시 창작 수업이 있었다. 학생들은 이 수업을 모자란 잠을 보충하는 시간으로 여겼다. 그는 유명한 시인들과의 개인적인 친분을 과시하는데 수업 시간의 전부를 바쳤다. 그들과의 술자리에서 있었던 일화들을 떠벌이고, 문단의 가십을 주워섬기는 잡담이 아주 중요한 수업 내용이라도 된다는 듯이. 그나마 그의 정보들은 오래 전에 유통기한이 지난 낡은 것들이어서 전혀 우리의 흥미를 끌지 못했다.

희수는 그 교수의 수업에 적극적으로 참여하는 유일한 학생이었다. 그녀가 수업에 열심인 이유는 그를 놀려먹는 게 재미있었기 때문이다. 어느 날 그 교수의 단골 메뉴인 시인들과의 술자리 이야기가 나오자 희수는 진지한 목소리로 그 중에 여자는 없었는지 물어보았다. 교수는 잠시 기억을 더듬어 보더니 한 여성 시인의 이름을 댔다. 희수는 다시 진지한 목소리로 그 여성 시인이 교수님을 오래 짝사랑하다가 얼마 전에 그만 세상을 떠났다는 사실을 알고 있느냐고 물었다. 교수는 당황한 듯 사실이냐고 물었고 희수는 교수의 무심함을 나무랐다. 우리는 그것이 희수의 터무니없는 거짓말이라는 사실을 다 알고 있었다. 희수는 '젊은 베르테르의 슬픔'을 들먹이며 짝사랑의 비극적 성격에 대해서 논하고 이루어지지 못하는 사랑으로 인해 죽음에 이르는 사람들의 슬픈 운명을 과장된 어조로 애도했다. 거기에 덧붙여 우리 교수님의 무정함과 둔감함을 나무라고 꾸짖었다. 우리 불쌍한 교수님이 학생들의 숨죽인 킬킬거림을 의식하지 못한 것은 자기가 이 비극적 사건의 주인공이 된 것에 대한 감동 때문이었다. 그는 한 여성을 죽게 만든 자기 자신의 매력에 너무 심하게 매료되고 말았다. 그는 불분명한 기억을 더듬어, 사실은 빈약한 상상력을 총 동원해서 그 여자와의 있지도 않았던 로맨스를 회상하기 시작했다. 희수는 적당한 추임새를 넣어가며 그의 허술하기 짝이 없는 삼류 연애소설 쓰기를 부추겼다. 학생들은 다른 때와는 달리 잠을 자지 않고 즐겁게 이 연극을 관람했다. 나중에 그 교수가 사실을 확인하고 난 후 희수의 거짓말을 나무라자 그 때도 희수는 눈 하나 깜짝 하지 않고 둘러댔다.

"다른 사람들 이야기였는데 이야기 속의 여자가 반했다는 그 멋진

시인이 너무나 교수님과 이미지가 흡사해서 저는 그게 꼭 교수님 이야기인 줄만 알았어요. 그분이 아니더라도 지금도 어딘가 교수님을 짝사랑하는 여자가 꼭 있을 것 같아요. 제가 지금 서른 살만 됐어도 교수님더러 연애하자고 졸랐을 텐데."

교수는 그날 이후로 희수를 미워하기는커녕 각별히 아끼게 되었다. 학점이 잘 나오리라는 건 두 말할 필요도 없었다. 문제의 교수는 자신의 외모에 대해서 근거 없는 자신감을 갖고 있는 사람이었다. 그는 거울 앞에서 많은 시간을 보내는 남자임이 분명했다. 자기가 매력적이고 여자들에게 인기가 있다는 허영심이 드러나 보였는데 희수는 그 점을 간파하고 있었다.

희수는 유머 감각이 뛰어났을 뿐만 아니라 매우 적극적인 성격이었다. 과대표라는 걸 뽑기 위해 신입생들이 모였을 때 희수는 명쾌하게 말했다.

"내가 문창과 77학번 과대표 할게. 나 중고등학교 6년 동안 반장했었어. 왜냐하면 바보 같은 애가 반장 돼서 나를 비롯한 반 아이들을 괴롭게 할까봐서야. 나는 그런 일, 소위 뭔가를 관리할 때 쓸데없는 짓을 가장 적게 하는 방법을 알고 있어. 나는 아나키스트야. 내가 제일 싫어하는 건 관료주의지. 하지만 우리는 빠져나갈 방법이 없다구. 카프카 이래로 우리는 쓸데없는 서류라든가 규칙 따위에서 헤어날 수 없는 체제의 함정에 빠져 있지. 내가 과 대표를 하면 너희들이 쓸데없는 일에 시간을 낭비하지 않고 최대한 창작에만 몰두할 수 있도록 할 수 있어……."

나는 솔직히 희수가 하는 말을 제대로 이해하지 못했다. 카프카와 과대표가 무슨 상관이 있는지 말이다. 다른 신입생들도 아마 다 나와 같았을 거라고 생각한다. 우리는 저마다 아무리 잘난 체 해 봤자 순진하기 짝이 없는 대학 신입생들에 불과했다. 문창과 신입생들은 희수의 카프카 얘기와 6년 반장 소리에 넘어가지 않으려고 결심했지만 결국 넘어가고 말았다. 투표 결과 희수는 관행적으로 대개 남학생들이 맡아왔고, 숫자로 봐서도 3분의 2가 넘는 남학생들을 제치고 과대표가 되었다. 나중에 희수는 내게 눈을 찡긋 하면서 말했다.

"6년 반장은 무슨 6년 반장, 그냥 해 본 소리야."

그녀는 왜 거짓말을 해 가며 과대표가 되었을까?

"너한테만 특별히 진실을 말해 줄게. 과대표라는 건 어쨌든 권력이야. 과에서 일어나는 모든 일을 가장 먼저 알 수 있고 다른 애들은 모르는 정보를 파악할 수 있지. 아까 말한 것처럼 어차피 우린 어디가나 사회의 온갖 조직에 속해서 살아갈 수밖에 없어. 학교도 물론 조직이고 거기엔 일정한 권력이 존재하지. 난 권력을 좋아해. 권력이란 어리석은 자들 손에 들어가면 독이 되지만 나처럼 현명한 사람 손에 들어가면 다수의 불편과 불이익을 최소한으로 줄일 수 있지. 내가 얻는 건 뭐냐구? 왜 사람들은 권력을 원할까? 많은 특권과 보상이 따르기 때문이지. 나도 마찬가지야."

나는 희수의 말에 반감을 느꼈다.

"너 속물이구나."

내가 그렇게 몰아붙이자 희수는 능청스럽게 웃으며 내 어깨를 감싸 안았다.

"역시 넌 샤프해. 맞아. 난 속물이야. 하지만 가급적 남에게 피해를 덜 주는 속물이 될 거야. 내가 속물이라서 실망했니? 나하고 친구 안 할 거야?"

나는 그 순간 희수가 더 좋아졌다. 그녀는 나와 나이가 같았지만 나는 그녀가 언니처럼 느껴졌다. 희수는 재수를 하지 않았다는데도 나와 동갑이었다. 내가 그 이유를 물었더니 그녀는 자기는 국민학교 때 재수를 했노라고 말했다.

"남들처럼 여덟 살 때 국민학교에 입학했는데 한 학기 정도 다니고 그만 뒀어. 집안 사정이 아주 복잡했거든. 우린 그때 삼척 근방의 탄광촌에 살고 있었는데 할아버지와 아버지는 둘 다 광부였어. 할머니는 안 계셨고. 할아버지가 갑자기 결핵에 걸려 쓰러지자 엄마, 아버지는 할아버지를 살리려고 도시로 나왔나 봐. 할아버지를 요양원에 넣고 둘이서 막노동을 해 가며 우리를 길렀는데 그때 오빠와 언니와 내가 학교에 다니고 있었고 우리 막내는 아직 입학 전이었지. 엄마는 일을 나가기 위해서 나한테 막내를 맡겼어. 여덟 살 나이에 나는 학업을 중단하고 보모가 됐지. 대충 그런 사연이야. 소설적이지?"

희수는 웃으면서 그런 사연을 털어놓고 나서 다시 눈을 찡긋하며 덧붙였다.

"소설가가 하는 얘기는 쉽게 믿으면 안 돼. 알지? 그 속에서는 늘 현실과 허구가 뒤섞이거든."

희수는 국민학교에 들어가자마자 아이들을 쉽게 '장악'했노라고 말했다. 자기는 이미 국민학교를 한 학기나 다닌 경험이 있는데다가 나이도 아홉 살이었고 머리도 좋았으니까 그건 당연한 일이었다고. 나는 희수의 말이 무슨 말인지 알 수 있었다. 나도 조금 다르지만 비슷한 경험을 했기 때문이다. 나는 7월생이어서 원래 여덟 살에 국민학교에 들어가야 했지만 여섯 살에 이미 한글을 다 알았고 조숙했기 때문에 부모님은 일곱 살에 나를 입학시켰다. 당시 내가 살던 시골의 면 소재지에는 위로 두 언니가 4학년과 2학년에 다니고 있는 국민학교가 있었다. 국민학교에 들어가기 전에는 빨리 언니들처럼 학교에 다니고 싶었지만 막상 입학하고 나니 다니기가 싫어졌다. 아직 추위가 가시지 않은 3월의 쌀쌀한 날씨에 아침 일찍 일어나서 찬 물에 세수를 하고 서둘러 아침밥을 먹고 학교에 가기 위해 한 시간을 걸어가야 했다. 학교에 가서 배우는 내용이라야 내가 이미 다 아는 것들뿐이었고 할아버지처럼 보이는 늙은 남자 선생님은 무섭기만 했다. 아이들도 다 꾀죄죄하고 바보 같았다.

학교에 다닌 지 한 달쯤 된 어느 날, 아침에 일어나서 학교에 가지 않겠다고 선언했다. 엄마는 당황해서 나를 설득하려 했지만 나는 '다리가 아파서' 도저히 학교에 갈 수 없다고 완강하게 버텼다. 결국 나는 한 달 만에 국민학교를 중퇴하고 말았다.

이듬해에 여덟 살이 되어 다시 국민학교에 입학했을 때는 양상이 조금 달라졌다. 우선 우리 집에서 가까운 곳에 분교가 생겨서 통학거리가 20분 내외로 줄어들었다. 분교는 새로 지은 건물이라서 깨끗했고 학생 수가 적었으며 선생님들은 모두 젊었다. 나는 이 아담한 학교가 마음에 들었다. 도시물을 먹은 것처럼 보이는 예쁘고 젊은 처녀 선생님은 내 마음에 쏙 들었다.

"우선 임시반장이 있어야겠는데. 누구 반장 하고 싶은 사람 있으면 손들어 봐."

선생님이 그렇게 말했을 때 손을 드는 아이는 아무도 없었다. 처음 와 보는 학교에 얼이 빠져서 모두 주눅이 잔뜩 들어 있었다. 하지만 나는 달랐다. 나는 자퇴생이었으니까. 위로 두 언니들이 학교에서 늘 반장을 했으므로 나는 학교에서 반장이 중요하다는 걸 알고 있었다. 나는 망설이지 않고 손을 번쩍 들었다. 선생님은 신기하다는 듯이 내 얼굴을 쳐다보더니 고개를 끄덕거렸다.

"그래, 이름이 뭐지?"

"이수영입니다."

나는 큰 소리로 대답했다.

"그래, 수영이. 아주 똘똘하구나. 오늘부터 네가 임시반장 해라. 먼저 차렷, 경례부터 해 봐."

나는 자리에서 일어났다. 반 아이들을 한 번 훑어보고 나서 크고 또렷한 소리로 외쳤다.

"차렷!"

아이들은 운동장에서 입학식하면서 '차렷'에 대해서 배웠으므로 나의 구령에 따라 자세를 똑바로 했다. 나는 다시 한 번 외쳤다.

"경례!"

이번에도 아이들은 내 호령에 맞춰 일사불란하게 고개를 숙였다.

선생님의 얼굴에 만족한 미소가 번졌다. 그렇다. 나는 희수의 말처럼 이때 이미 권력의 맛을 알게 되었다. 다른 사람들 위에 군림한다는 것이 얼마나 짜릿하고 기분 좋은 일인지.

나는 두 번째로 입학한 국민학교에서 권력을 차지하려면 어떻게 해야 되는지 배웠고 권력을 어떻게 써먹는 건지도 쉽게 배웠다. 첫날 이미 선생님의 눈에 들어 임시 반장에서 진짜 반장으로 간단히 승격됐고 선생님 대신 아침 자습을 칠판에 베껴 놓는다거나 떠드는 아이들 이름을 칠판 한 구석에 적어 넣는 일을 하게 됐다. 나는 선생님이 안겨 준 지휘봉을 들고 청소 감독을 하며 청소를 잘 하지 않는 아이들을 때려 주었다. 물론 나 자신은 전혀 청소를 하지 않았다. 나는 관리자였기 때문이다. 선생님의 절대적인 신임 아래 나는 막강한 권력을 휘둘렀다. 아이들은 나를 질투하고 미워했지만 한편으로는 나한테 잘 보이고 싶어 하고 나하고 친하고 싶어 했다. 나는 선생님이라는 권력을 등에 업고 학교라는 시스템에 대해서 잔뜩 겁을 먹고 있는 70명의 조무래기들을 쉽게 손아귀에 넣었다.

사춘기에 접어들면서 나는 남의 위에 군림하는 일이나 남의 앞에 서는 일을 싫어하고 경멸하게 됐다. 비인간적이고 허위에 가득 찬 권력의 속성에 대해서 비판할 수 있을 만큼 자아가 성숙해졌던 것이다. 본질적으로 외부 세계보다는 내면으로 파고드는 성격이 강했던 탓도 있었다.

나는 희수에게서 나와 닮은 쌍둥이 같은 자의식을 보면서 한편으로는 나와 다른 또 하나의 자아를 느끼고 있었다. 그녀의 관심은 인간의 내면에만 있는 것이 아니라 사회라는 외부세계에 많은 자리를 내 주고 있었다. 많은 부분이 서로 닮았지만 또 많은 부분에서 서로 이질적인 인간이야말로 서로에게 흥미를 불러일으키고 우정이라는 특별한 감정을 유지할 수 있게 하는 그런 존재가 아닐까? 만난 지 얼마 되지 않아서 희수는 내 인생에서 떼어놓을 수 없는 존재가 되었다. 나의 예감대로 그녀는 나와 많이 다른 길을 가면서도 평생에 걸친 친구가 되었다.

희수와 내가 확인한 공통점 가운데 가장 놀라운 것은 장 그르니에의 《섬》에 나오는 '공의 매혹'이라는 장에 대해 느끼는 감상이었다. 내가 희수에게 왜 문학을 하게 되었는지 물었을 때 희수는 장 그르니에의 《섬》을 꺼내 들더니 이 대목을 읽어보라고 했다. 나는 그것을 읽으면서 숨이 턱 막히는 것 같았다. 그것은 바로 나 자신의 이야기였기 때문이다.

저마다의 일생에는, 특히 그 일생이 동터 오르는 여명기에는 모든 것을 결정짓는 한 순간이 있다. 그 순간을 다시 찾아내는 것은 어렵다. 그것은 다른 수많은 순간들의 퇴적 속에 깊이 묻혀 있다. 다른 순간들은 그 위로 헤아릴 수 없이 지나갔지만 섬뜩할 만큼 자취도 없다.

……나의 경우는 바로 그러했다. 나의 최초의 기억은 여러 해에 걸친 시간 속에 흩어진 꿈처럼 어렴풋한 기억이다. 나에게 새삼스

럽게 이 세계의 헛됨을 말해 줄 필요는 없다. 나는 그보다 더한 것을, 세계의 비어있음을 체험했으니 말이다.

……그때 나는 몇 살이었을까? 예닐곱 살쯤이었다고 여겨진다. 어느 날 한 그루의 보리수 그늘 아래 가만히 누워 구름 한 점 없는 하늘에 눈을 던지고 있다가 나는 문득 그 하늘이 기우뚱하더니 허공 속으로 송두리째 삼켜져 버리는 것을 보았다. 그것이 내가 처음 느낀 무無의 인상이었다. 그 인상은 어떤 풍부하고 충만한 생존의 인상에 잇따라 느끼게 된 것이었기에 더욱 생생했다.

……그날부터 나는 사물들이 지니고 있는 현실성이란 실로 보잘 것 없다는 사실에 대하여 생각을 되씹어보기 시작했다.

……나는 살아간다기보다는 왜 사는가에 의문을 품도록 마련된 사람들 중의 하나였다. 하여간 '덤으로' 살아가도록 마련된 것이다.

나는 마땅히 할 말을 찾지 못하고 희수가 내민 책의 그 구절들을 읽고 또 읽었다. 그것은 정말이지 나의 이야기였다. 그 책은 내가 써야 할 책이었다. 시골에서 살던 그 어느 날—국민학교를 중퇴한 일곱 살 무렵이었던 것 같다—할아버지가 집 앞에 심어놓은 키 큰 포플러 나무들 아래 누워서 하늘을 올려다보고 있던 나는 장 그르니에처럼 내가 저 멀리 아득한 공간으로 송두리째 빨려 들어가는 것 같은 아득한 느낌을 받았다. 나는 원래부터 명랑한 아이는 아니었다. 어렸을 때의 사진을 봐도, 심지어 첫돌 무렵의 사진에서조차 나는 뭔가 심각한 표정을 짓고 있었다. 하지만 나무 아래에서의 그와 같은 느낌은 뭔가 '결정적인 것'이 되었다. 우리의 삶 가운데 일어나는 내면적인 사건들은 내부의 가장 깊숙한 곳에 감춰져 있던 것이 차례차례 겉으로 드러나는 일에 지나지 않는다는 그르니에의 말에 나는 전적으로 공감한다.

희수 역시 이 대목을 읽고 자신의 이야기처럼 느꼈다고 했다.

"나는, 아니 우리는 우리가 문학을 선택했다기보다는 문학이 우리를 선택한 것이 아닐까?"

희수는 나의 동의를 구하듯 내 눈을 깊숙이 들여다보았다.

"그럴지도 몰라. 아무튼 나는 어느 날 부터인가 그냥 살 수 없게 되어버렸어. 왜 사는가에 의문을 품지 않고는 살 수 없게 됐지."

나는 알 수 없는 두려움을 느끼며 희수를 쳐다보았다.

"그렇게 태어났으니까 그렇게 살아갈 수밖에. 사실 인간은 스스로 선택할 수 있는 게 별로 없어. 나는 내 부모 밑에서 태어나고 싶어서 태어난 게 아니거든. 아니, 누가 나더러 인간으로 이 세상에 태어나고 싶으냐고 물어 본 적도 없지. 물어 봤다면 나는 거절했을 거야. 노쌩큐라고 말했겠지. 그래도 이왕 태어났으니까 불평하기보다는 살아야겠지. 우리가 직접 알아보자고. 왜 이 따위 세상에 태어났는지, 왜 살아야 하는지 말이야. 장 그르니에나 알베르 카뮈처럼 우리의 언어로 그 비밀을 밝혀 보는 거야. 그게 우리가 이 엿 같은 세상에 던져진 이유라고 생각하고 말이지."

희수의 말에 나는 그저 고개를 끄덕거릴 수밖에 없었다. 그랬다.

우리는 그 시절에 우리가 그곳에서 마주친 것이 우연이 아니라고 생각했다. 우리는 문학에 의해서 선택된 존재들이라는 것을 스스로 믿게 하고 싶었다. 우리 앞에 펼쳐진 그 무의미하고 막막한 세계를 헤쳐 나갈 다른 이유를 찾기 어려웠다.

청춘은 사람들이 흔히 말하는 것처럼 찬란하고 아름다운 것이 아니다. 나는 불안하고 두려웠다. 나는 행복해지고 싶었지만 행복해지는 방법을 알 수 없었다. 내 앞에 펼쳐져 있는 세상은 아름답기보다는 더러웠고 사람들은 어리석고 바보 같이 느껴졌다. 알 수 없는 초조함과 조바심이 스물한 살의 내 영혼을 파먹고 있는 것 같았다. 나는 너무 자주 외로움을 느꼈다. 캠퍼스 가득 피어나는 봄꽃들의 합창을 보고 있으면 기쁘기 보다는 슬펐고 젊디젊은 학생들이 넘쳐나는 교정의 활기 찬 봄날이 꿈속처럼 비현실적으로 느껴졌다. 내가 보기에 청춘은 참혹한 것이었고 세상은 괴로움으로 가득 찬 곳이었다. 나는 그곳에서 자기도 나와 같다고, 내가 느끼는 것을 똑 같이 느끼고 있다고 말해주는 희수를 만나서 너무나 기뻤다. 희수와 내가 서로에 대해서 느끼는 애정은 네가 나와 같기 때문에 사랑한다는 점에서 자기애의 또 다른 표현일 수도 있었다. 그것은 이성 간에는 결코 느낄 수 없는 특별한 애정이었다.

희수에 비하면 수인은 훨씬 고지식한 편이었지만 개성이 강하다는 점에서는 한 술 더 떴다. 수인은 외모부터가 눈에 띄었다. 희수와 내가 작은 축이었던 데 비해 수인은 당시로서는 보기 드물게 170센티미터를 넘는 큰 키였다. 본인은 굳이 168센티미터라고 우겼지만 말이다. 지금 생각하면 우습지만 그때는 여자가 너무 키가 크면 흉이라고 여기던 시절이었다. 수인은 키 크고 몸매가 늘씬한데다 머리가 작고 서구적인 외모여서 패션모델을 해 보라는 권유를 받았을 정도였다. 하지만 수인은 그런 쪽에는 전혀 관심이 없었다. 수인은 외모뿐만 아니라 성악가 뺨치는 노래 실력을 갖고 있어서 우리를 깜짝 놀라게 했다. 우리끼리의 신입생 환영회 날 그녀가 부른 〈그대의 찬손〉이라는 노래는 그녀를 단박 그 자리의 스타로 만들었다. 나는 그 노래가 푸치니의 오페라 〈라보엠〉 중에 나오는 유명한 아리아라는 걸 그녀의 설명을 듣고서야 알았다. 그녀가 재수생일 때 서울 시립합창단 단원이었다는 것도. 수인은 그림에도 재능이 있었다. 그녀의 집에 가서 보게 된 유화 몇 점은 그녀가 왜 회화과에 가지 않고 문창과에 왔는지 의심스러울 정도였다. 희수의 표현을 빌리면 수인은 확실히 '천재기'가 있는 아이였다. 그녀가 수업 시간에 스케치해 준 희수와 나의 프로필은 우리의 특징을 너무 잘 잡아낸 것이어서 감탄사를 연발하게 했다.

수인의 천재기는 성격에서도 드러났다. 그녀는 놀라운 집중력을 가지고 자기의 관심사에 파고들었지만 그 밖의 모든 일에는 철저히 무관심했다. 그녀는 입학한지 두 달이 넘도록 나와 희수 이외에 문창과의 그 누구에 대해서도 제대로 알지 못했다. 자주 얼굴을 마주치면서도 그가 동기인지 선배인지 몇 학년인지 통 몰랐다. 알고 싶어 하지 않았다는 게 더 정확할 것이다. 나와 희수가 없다면 그녀는 영락없는 외톨이였을 것이다. 그녀는 자기도 알지 못하는 사이에 많은 적을 만들었다. 그녀로부터 '무시당했다'고 느끼는 사람들이 많았기 때문이다. 하지만 그녀는 그들을 일부러 무시할 만큼 그들에게 관심을 갖고 있지 않았던 것뿐이다. 나는 희수 못지않게 수인에게 매료되었다. 그녀는 내가 그토록 원하는 평범하지 않은 사람의 조건을 타고 난 듯 보였다. 신입생 환영회 날 누구보다도 먼저 나를 따라 나온 것이 수인이었는데 그 이유를 듣고 한참 웃었다.

"난 사실 나중에 알았어. 담배 때문에 그런 일이 있었다는 것 말이야. 난 그쪽 안 보고 있었거든. 난 그냥 화장실 가려고 일어났던 건데 사람들이 우르르 일어나서 어디론가 몰려 가는 바람에 화장실 가는 것도 잊어버리고 얼떨결에 따라 간 거야. 물론 얘기 듣고 나서는 내가 그쪽으로 붙은 게 당연하다고 생각했지만 말이야."

모든 사람이 나를 주목하고 있던 그 때 그녀는 도대체 무슨 생각을 하고 있었기에 그 장면을 놓쳤단 말인가? 그녀는 희수처럼 능청스럽지는 않았지만 희수의 장난과 농담을 누구보다도 좋아하고 즐겼다. 수인은 희수에게 아주 진지한 얼굴로 다음과 같은 주문을 해서 우리를 웃겼다.

"희수야, 뭔가 재미있는 일을 벌이려고 할 때는 미리 나한테 얘기해 줘. 저번에 교수 놀려 먹을 때도 나는 앞부분 놓쳤거든. 책 보고 있는데 평소와는 달리 애들이 다 강의에 집중하고 있는 것 같아서 무슨 일인가 하고 보다가 알아차렸어. 제발 미리 예고 좀 해라. 놓치면 아까우니까."

수인은 얼굴의 반을 차지하는 커다란 안경을 쓰고 있었는데 보기에 좀 부담스러웠다. 그런데 나름대로 이유가 있었다. 외모에 대한 다른 여학생들의 바람과는 정 반대로 그녀는 못생겨 보이기 위해서 나름대로 노력하고 있는 거였다. 그녀는 남학생들의 접근이 귀찮다고 했다. 다른 애가 그런 말을 했으면 안 믿었겠지만 수인의 말은 사실이라고 믿었다. 그녀는 미인이 많기로 소문 난 예술대학에서 입학하자마자 많은 남학생들로부터 데이트 신청을 받았다. 수인의 신비하고 독특한 존재감은 큰 키나 커다란 안경으로 가릴 수 있는 게 아니었던 모양이다.

희수는 수인의 존재가 우리 수자매의 존재감을 뚜렷하게 해주는 표지가 된다며 만족해 했다. 수인과 함께 다니면 우선 그녀의 우뚝한 키 때문에 더욱 눈에 띄게 되는 건 확실했다.

나는 희수와 수인에 비해서 평범한 축에 속했지만 신입생 환영회 사건으로 내 존재를 확실히 각인시켰기 때문에 그 이미지에 충실하기로 했다. 나는 쌈닭처럼 늘 고개를 바싹 치켜들고 다녔다. 언제 어디서나 똑 부러지는 말투를 썼고 눈에 힘을 주고 사람들을 쏘아 보았다. 그러나 나의 안하무인은 실력이라는 게 뒷받침되어야 통한다는 사실을 잊지 않고 있었다. 문창과에서의 실력이란 다름 아닌 좋은 작품을 써내는 것이다.

3

'좆' 때문에 좆 된 사연

"좆은 조에 'ㅈ'받침이 맞는 거야.
근데 수철이는 소설 원고 첫 장에 '좃만 한 놈', '좃 같이'라는 말을 쓰면서
두 번 다 'ㅅ'받침을 썼단 말이야.
두 번이나 틀린 걸 보면 실수가 아니라 모르고 있는 게 확실해.
소설에서 대화의 생동감을 살리기 위해서 욕을 쓰는 건 얼마든지 좋아.
그렇더라도 맞춤법에 틀리게 써서는 안 되지.
그 욕을 하는 인간들은 맞춤법을 몰라도 되지만 그걸 쓰는 소설가는 틀리면 안 되는 거야."

우리는 아나톨 프랑스의 죽음에 풍자 추도문을 쓴 프랑스의 초현실주의 시인들처럼 권위주의에 반항하는 집단 오줌 누기를 좋아하긴 했지만 우리의 현실은 그 시인들과는 많이 달랐다. 우리의 아나톨 프랑스는 학교라는 울타리 안에 시퍼렇게 살아 있었다. 하나도 아니고 여러 명의 문단 권력자들이 교수라는 이름으로 우리 위에 군림하면서 우리의 목줄을 죄고 있었다. 하나 같이 재학 중에 등단하려는 야심을 품고 있는 장래의 작가들은 신춘문예를 비롯한 문학 공모전이나 문예지 추천의 열쇠를 쥐고 있는 그 교수들을 무시할 수 없는 처지였다. 무시하기는커녕 어떻게 하든 그들로부터 재능을 인정받아서 꿈을 이루고 싶다는 조바심을 느끼고 있었다. 그 중에서도 우리가 가장 두려워하는 사람은 예술대학 학장이면서 문단의 원로인 소설가 서동완 선생이었다. 서동완 선생은 유력 문예지의 편집에 관여하면서 신춘문예나 각종 문학 공모의 심사위원으로 가장 많이 얼굴을 내미는 사람이었다. 그가 우리의 소설 창작 실기를 맡고 있었다.

그의 수업은 교내에서 청강생이 가장 많은 것으로 유명했다. 문창과의 다른 학년은 물론이고 다른 과의 학생들까지 들어 와 강의실은 늘 만원이었다.

학기가 시작되고 한 달이 지나 우리가 처음으로 우리 자신의 습작을 선보이는 날이 되었다. 서동완 선생은 이 날 우리더러 길든 짧든 소설 형식을 갖춘 한 편의 작품을 가져 오라고 했다. 수업이 시작되자마자 자신만만하게 자신의 작품을 갖다 바친 사람은 정수철이었다.

그는 신입생들끼리 모인 술자리에서 여학생들을 몹시 당혹스럽게 한 장본인이었다. 학교 근처 재래시장 골목의 쌍과부집은 인근의 노동자들과 문창과 학생들이 절반씩 자리를 차지하고 있는 우리 과의 단골 술집이었다. 누구보다도 먼저 그곳을 답사했다면서 우리를 끌고 간 수철은 한참 술이 올라 젓가락 장단에 맞춰서 돌아가며 노래를 부를 때 우리로서는 생전 처음 듣는 노래를 선보였다. 곡조는 낯익었지만 가사는 정말이지 해괴했다.

등록금 봉투를 가지고 달리는 목적지는
양동 양동 일번지 영자 안방
돌려라 돌려라 영자야 쉬지를 말고 돌려라
따뜻한 우유가 나온다 목장우유

남학생들은 좋다고 배를 잡고 굴렀고 여학생들은 눈을 하얗게 흘겼다. 압권은 자다가 봉창 두드리는 수인의 질문이었다.

"무슨 뜻이야? 왜 목장우유가 나오는데?"

희수와 나는 어이가 없어서 수인의 얼굴을 뻔히 쳐다보았고 수인은 수인대로 아이들의 심상치 않은 반응이 이상하다는 듯이 우리의 설명을 기다리고 있었다.

"야, 명수인, 너는 문창과 그만둬라. 지금 그 나이에 그것도 모르면서 무슨 소설을 쓴다고……."

희수가 야단을 쳤지만 수인은 신경 쓰지 않고 술잔을 들어 막걸리를 입 속에 털어 넣었다. 수인은 나에게 설명을 재촉했는데 나도 대책이 서지 않았다.

그 날 수철은 그 노래로 기선을 제압했다고 생각했는지 아주 기고만장해서 떠들었다. 자기가 춘천에서 열리는 모든 백일장을 휩쓸고 모든 문학행사에 단골 초청객이었다면서 춘천에서 글 쓰는 여학생치고 자기를 좋아하지 않은 여학생이 없었다고 자랑했다. 자기와 함께 잔 여자가 사단 병력은 된다는 말을 큰 소리로 떠드는 걸 보면서 웃지 않을 수 없었다. 그 말은 어떤 소설가가 작품 속에서 한 말을 가지고 꾸며댄 말이었다. 소설 속에서 어떤 창녀가 '내 배 위로 지나간 남자가 사단병력이야'라고 큰소리쳤던 것이다. 나는 작은 키에 도수 높은 안경을 쓰고 여드름 자국이 많은 녀석의 모습을 쳐다 보면서 한심하다는 생각을 했다. 그가 쓰는 소설이라는 게 어떤 내용일지 대충 짐작이 갔다. 뒷골목 이야기가 등장하고 욕설이 난무하면서 스무 살에 인생을 다 아는 것처럼 나대는 저 같은 녀석들이 나오는 소설이겠지. 치졸한 성적 경험을 함부로 내세우면서 자기가 또래들보다 조숙하다는 걸 과시하는 그렇고 그런 신변 이야기 같은 걸 소설이랍시고 써내는 부류일 게 뻔했다.

나의 짐작은 틀리지 않았다. 그 날 정수철이 서동완 선생 앞에 자신 있게 제출한 소설은 욕설로 시작되었으니까. 그러나 그의 소설 첫 장에 등장한 욕설은 생각보다 훨씬 참담한 결과를 가져왔다. 문제는 욕설이 아니라 맞춤법이었다. 욕을 쓰더라도 맞춤법에 맞게 써야 한다는 걸 몰랐다는 게 수철의 큰 불행이었다. 게다가 그 원고를 읽은 사람이 서동완 선생이었다는 것도. 선생은 제법 두툼하게 철한 원고지 뭉치를 받아 들고 첫 장을 읽어내려 가더니 말없이 칠판을 향해 돌아 섰다. 선생은 백목을 집어 들고 칠판 위에 두 글자를 커다랗게 써 갈겼다.

1. 좆
2. 좇

우리는 처음에 영문을 몰라서 서로 얼굴만 쳐다보았다. 선생은 그 두 글자를 쓰고 난 뒤에 정수철을 불렀다.

"정수철, 일어나 봐."

수철은 바싹 얼어서 자리에서 일어났다.

"자네는 자지가 없나?"

선생의 느닷없는 한마디에 수철은 물론이고 강의실을 가득 메운 학생들은 모두 숨을 죽였다. 아닌 밤중에 홍두깨도 유분수지 지금 이

영감님이 무슨 얘기를 하는 걸까? 수철은 아무 대꾸도 하지 못하고 얼굴이 벌게진 채 바보 같이 서 있었다. 선생은 그런 그를 내버려 두고 강의실 안을 쭉 훑어보았다.

"1번 하고 2번 중 어느 것이 맞는 거지? 맞춤법에 맞게 쓴 게 어느 거야?"

다들 대꾸를 못하고 있는데 내가 큰 소리로 대답했다.

"2번이 맞습니다. 1번으로 쓰면 자지는 자시가 되겠죠?"

나의 말에 강의실 안에는 숨죽인 웃음소리가 퍼져 나갔다. 선생은 만족한 미소를 띠며 고개를 끄덕거렸다.

"역시 여학생들이 똑똑해. 그래, 좆은 조에 'ㅈ'받침이 맞는 거야. 근데 수철이는 소설 원고 첫 장에 '좆만 한 놈', '좆 같이'라는 말을 쓰면서 두 번 다 'ㅅ'받침을 썼단 말이야. 두 번이나 틀린 걸 보면 실수가 아니라 모르고 있는 게 확실해. 소설에서 대화의 생동감을 살리기 위해서 욕을 쓰는 건 얼마든지 좋아. 그렇더라도 맞춤법에 틀리게 써서는 안 되지. 그 욕을 하는 인간들은 맞춤법을 몰라도 되지만 그걸 쓰는 소설가는 틀리면 안 되는 거야. 욕을 쓰더라도 제대로 알고 써야 한다. 알겠나? 그럼 자네들이 욕에 대해서 얼마나 알고 있는지 내가 한 번 물어 볼까? 사람들이 흔히 쓰는 욕 중에 씨발 놈, 혹은 씨팔 놈, 뭐 년도 있지만, 그런 욕이 있지 않은가? 이 욕설의 속뜻이 뭔지 아나? 즉, 이 욕은 생략된 표현이거든. 뭐가 생략된 건지 아는 사람?"

문단의 원로이신 서동완 선생이 느닷없이 펼치는 욕설 강의에 학생들은 당황해서 웅성거리기 시작했다. 사실 나는 선생의 질문이 무슨 뜻인지 잘 파악하지 못하고 있었다. 그 때 석균이가 손을 들었다. 신입생 중에 가장 말수가 적은 편이었기 때문에 우리는 모두 놀라서 그를 주시했다. 선생은 흥미롭다는 듯이 석균이를 지그시 바라봤다.

"허, 자네가 안단 말이지? 어서 말해 보게."

석균은 자리에서 일어나더니 침착한 어조로 대답했다.

"씨팔 놈이란 씹을 할 놈이라는 뜻인데, 그 앞에 '개와 함께', 혹은 '개처럼', 이라는 말이 생략된 걸로 볼 수 있습니다. 같은 맥락에서 지에미하고 씹할 놈이라는 뜻으로 해석할 수도 있는데 결국 지에미하고 씹하는 건 개들이기 때문에 같은 뜻이라고 할 수 있죠. 우리가 개새끼나 개 같은 놈이라고 욕할 때도 그 이면에는 같은 뜻이 숨어 있다고 볼 수 있습니다. 하필 개를 들먹이는 건 개들이 인간과 가까운 동물이기 때문이고, 인간의 관점에서 동물들의 성행위는 부도덕하기 때문이겠죠."

석균은 매우 진지하게 논리적으로 자기 의견을 피력했다. 나는 그 순간 그가 거의 존경스러워지려고 했다. 선생 역시 석균의 대답이 매우 만족스러운 듯 연방 고개를 끄덕거렸다.

"좋아, 자네 말이 아주 정확하네. 인간들은 애꿎은 개를 들먹이면서 자신들의 금기를 확인하고 상대방을 모욕하는데 그런 욕설을 써먹는 거지. 개들에게는 당연한 일인데 인간에게는 수치스럽기 짝이 없는 일이니까. 내가 이래서 문창과 학생들을 좋아하지. 얼치기도 있지만 똑똑한 학생들이 더 많으니까. 정수철, 앞으로 나와."

스타일을 완전히 구겨 버린 수철은 엉거주춤한 자세로 선생 앞으로 걸어 나왔다. 선생은 수철이 제출한 소설 원고를 집어 들더니 그의 발밑으로 내동댕이쳤다.

"자네는 앞으로 맞춤법이나 문법이 하나도 틀리지 않았다는 걸 확신하기 전까지 소설 원고 가져오지 말게. 알았나?"

그야말로 순식간에 좆같은 신세가 된 수철은 발밑에 떨어진 원고를 주워 들고 가련한 모습으로 자기 자리로 돌아갔다. 서동완 선생은 다시 학생들을 둘러보았다.

"원고 가져 온 학생 또 없나?"

갑자기 그 놈의 맞춤법에 자신이 없어진 나머지 학생들은 선뜻 원고를 내놓지 못하고 우물쭈물하고 있었다. 희수가 일어나 자신의 원고를 들고 선생 앞으로 나갔다. 선생은 여학생을 대할 때는 일단 표정부터 부드러워지는 특징이 있다. 희수의 원고를 받아 들고 첫 페이지를 읽어 보더니 다음 장, 그 다음 장, 대 여섯 페이지를 넘겨 가며 읽었다. 이윽고 선생은 고개를 들었다.

"음, 일단 문장이 아주 깔끔하군. 흠 잡을 데 없어. 전체적인 내용은 다 읽어봐야 알겠지만 기본기는 갖춰진 것 같아. 자네 이름이 뭐라고 했지?"

"김희수입니다."

"음, 자네가 김희수였구만. 입학시험 실기 과목에서 가장 높은 점수를 받은 게 아마 자네였을 거야. 산문은 김희수, 시 쪽에서는 누구였더라? 오준회였지. 내가 이번 신입생들한테 기대가 크네. 입학시험 치른 거 보니까 좋은 재목들이 많이 들어왔더구먼. 열심히 해, 알

왔지?"

선생은 병 주고 약 주는 격으로 수철이의 '좆'같은 원고 때문에 얼이 빠진 학생들에게 부드러운 어조로 격려의 말을 해주었다. 그러고 나서 선생은 희수의 원고를 들고 잠깐 뭔가 생각하더니 이렇게 말했다.

"변두리 여인숙의 때 묻은 나일론 이불처럼, 빌어먹을 사랑이라니. 지금 이 문장에 대해서 어떻게 생각하나?"

학생들은 선생의 의도를 알지 못해서 머뭇거렸다.

"희수가 이런 문장을 썼는데, 이건 너무 통속적이라고 생각되지 않나? 아, 사실 소설이란 원래 통속적인 장르네. 문제는 그저 통속적이기만 해서는 안 된다는 거지. 소설에는 성과 속이 공존해야 하네. 그리고 여러분은 지금 자기들이 어른이라는 걸 너무 의식하고 있어. 나이 갓 스물에 변두리 여인숙의 때 묻은 이불을 들먹거리는 게 그 증거지. 그렇게 의도적으로 내세우지 않아도 자연스럽게 성숙함이 배어 나오게 하는 것, 그게 진짜야."

이어서 선생은 요즘 학생들은 세계문학의 고전들을 잘 읽지 않는 게 문제라면서 세르반테스, 플로베르, 발자크, 스탕달, 톨스토이, 도스토예프스키, 체호프, 투르게네프 같은 문호들의 작품을 빠짐없이 읽어야 한다고 역설했다. 아울러 20세기 문학사의 가장 큰 흐름인 실존주의 문학과 '의식의 흐름'의 기법으로 쓴 작품들도 빼놓지 말고 읽어야 한다고 했다. 장 폴 사르트르나 알베르 카뮈, 프란츠 카프카, 마르셀 푸르스트나 제임스 조이스, 버지니아 울프 같은 작가들의 작품도 읽어야 한다고. 모름지기 훌륭한 작품을 읽는 것보다 더 좋은 공부는 없으며 소설 쓰기는 폭 넓은 독서를 통해서만 발전하는 법이라고 목소리를 높였다.

그 날의 마지막 강의가 끝났을 때 희수가 앞으로 나왔다.

"오늘 다른 약속 없는 사람들은 학교 후문 쪽에 있는 '작가폐업'으로 다 모였으면 좋겠어요. 특별한 일이 있는 건 아니고 전도유망한 소설가 정수철 씨가 우리를 대신해서 먼저 나섰다가 대신 혼난 것에 대한 위로도 할 겸, 우리끼리 오붓하게 한 잔 했으면 해서요. 원래 서동완 선생은 신입생들이 들어오면 그 중에 한 명을 골라서 희생양으로 삼는 버릇이 있다고 선배들이 그러더라고요. 선생 나름의 얼차려 방식인가 본데 수철 씨가 우리를 대신해서 그걸 호되게 치렀으니까 문우로서 가만있을 수 없지 않겠어요?"

희수의 제안에 대부분의 1학년생들이 박수와 환호로 찬성 의사를 밝혔다. 사실 우리는 날마다 술 마실 핑계를 찾고 있는 참이었으니까 마다할 이유가 없었다. 그때까지 풀이 죽어서 말없이 앉아 있던 수철이가 겨우 평소의 자세를 회복하며 한마디 했다.

"씨팔, 좋아. 내가 예수가 된 김에 한 번 더 쓰지 뭐. 향토 장학금도 올라왔겠다, 술 살게. 다들 가자."

나는 기가 살아난 수철이를 보면서 왠지 마음이 놓였다. 희수의 리더십에 대해서 다시 한 번 감탄하면서 부지런히 술집으로 달려갔다.

우리가 달려 간 술집은 후문 쪽의 골목 안에 있었다. 겉으로 보기에는 술집인지 뭔지 잘 알 수 없을 정도로 입구가 좁아터진데다가 간

판도 너무 작아서 눈에 띄지 않았다.

이 술집을 처음 발견한 사람은 수인이었다. 수인은 늘 정문을 놔두고 후문 쪽으로 드나들었는데 그 이유가 개 때문이라고 했다. 유난히 개나 고양이를 좋아하는 수인은 후문 바로 앞에 있는 분식집의 커다란 개를 우연히 발견한 후, 녀석과 금세 친해져서 각별한 사이가 되었다. 그냥 어디서나 흔히 볼 수 있는 잡종이었지만 몸집이 유난히 큰 데 비해서 매우 순한 놈이었다. 녀석은 분식집 앞에 놓여있는 자그마한 평상 옆에 자리 잡고 있었는데 평상 다리에 줄이 묶여 있었고 집도 따로 없어서 잘 때는 평상 밑으로 들어갔다. 수인은 녀석을 보기 위해서 늘 후문으로 드나들었다. 집에서 먹을 걸 가져다가 주고 주인의 허락을 받아 산책도 시키곤 했다. 내가 왜 그렇게 개를 좋아하느냐고 물었더니 수인은 개가 사람보다 훨씬 낫다고 대답했다. 수인은 할머니와 둘이 살고 있었고 집에는 커다란 고양이가 있었다. 원래는 개를 키우고 싶었는데 아파트라서 개를 키우기는 힘들기 때문에 아쉬운 대로 고양이를 키운다고 했다.

어느 날 수인은 개를 산책시키고 돌아오다가 분식집 뒤편에 있는 그 작은 간판을 발견했다며 우리더러 그곳에 가 보자고 했다. 눈에 잘 띄지도 않는 작은 나무로 된 간판에 먹으로 쓴 듯한 '업'이라는 한 글자가 씌어 있었다. 우리는 그래서 그 술집 이름이 그냥 '업'인줄 알았다. 수인도 그렇지만 희수나 내가 그 술집에 흥미를 가진 것도 실은 그 괴상한 이름 때문이었다.

마치 무슨 창고처럼 생긴 그 술집의 문을 밀고 들어갔을 때 처음에는 너무 어두워서 아무것도 보이지 않았다. 아주 조도가 낮은 실내등 서너 개가 열 평 남짓한 실내를 비추고 있었다. 그 술집의 내부 풍경에 눈이 익었을 때 나는 왠지 몹시 친숙한 느낌이 들었다. 그곳은 마치 동굴처럼 아늑했다. 레지스탕스들의 은신처 같다고나 할까? 낡은 나무탁자와 기다란 나무벤치가 놓여있고 투박하기 짝이 없는 커다란 사발 모양의 질그릇들이 테이블마다 놓여 있었다. 그것은 우리가 그 집의 소품 중에 가장 마음에 들어 하던 재떨이였다. 음악소리도 들렸지만 그리 크지 않았다. 나는 앞으로 이곳이 우리 수자매의 아지트가 될 거라는 예감이 들었다.

주인은 삼십대 중반쯤 되어 보이는 남자로 〈아비정전〉에 나오는 장국영처럼 우울하고 가라앉은 인상이었다. 우리가 들어갔을 때 술집 안에는 손님이 하나도 없었고 주인 혼자 스탠드에 앉아 담배를 피우고 있었다. 우리가 들어갔는데도 그는 별다른 말이나 몸짓을 취하지 않고 조용히 담배만 피웠다. 손님을 맞는 자세가 아니었는데도 묘하게 불친절해 보이지 않고 편안한 느낌이 들었다. 내가 그의 앞으로 가서 물었다.

"술집 이름이 왜 '업'이에요? 무슨 뜻이에요? 불교에서 말하는 업보, 그거예요?"

주인은 빙긋이 웃더니 고개를 가로 저었다.

"사실은 작가폐업이었는데 다 지워지고 '업'자만 남았어요. 내가 처음 인수했을 때는 네 글자 다 있었는데."

어느 새 내 옆에 와서 선 희수가 물었다.

"어떤 작가가 폐업했는데요? 사장님이 전직 작가세요?"

남자는 고개를 저었다.

"아니, 난……난 작가 아니에요. 몰라요. 그냥 원래 이름이 그랬어요. 난 이름 같은 거 신경 안 쓰고 그냥 인수했으니까."

"어, 알았어요. 이름이 뭐든 그게 중요한 건 아니니까. 우리 커피 마시러 왔는데."

내가 그렇게 말하자 사장은 고개를 끄덕거렸다. 의외로 그 집의 커피는 맛있었다. 학교 앞의 다른 다방에서 내놓는 인스턴트커피와는 달리 그가 내 온 커피는 원두커피였다. 원두커피라면 재수생 시절에 광화문이나 명동의 고전음악감상실에서 시간을 죽일 때 많이 마셔 보았다. 그곳에서 마시던 것보다 향이나 맛이 더 좋았다. 나보다 커피 맛에 민감한 건 수인이었다. 수인은 커피를 한 모금 들이키더니 눈을 가늘게 떴다. 그녀가 기르는 고양이 '지푸'가 맛있는 걸 먹었을 때의 표정과 흡사했다.

그날부터 '업'은 우리 세 사람의 아지트가 되었다. 사장은 감정 표현이나 의사 표현이 별로 없는 사람이었다. 그런데도 우리가 두 번째 들렀던 날부터 우리를 단골로 취급했다. 실상 그 집에는 단골밖에 없었다. 그렇게 후미진 곳에 그토록 눈에 띄지 않는 간판을 달고 있으니 자세히 보지 않으면 그 집이 영업하는 집이라는 것도 알기 어려웠다. 그 단골이라는 게 우리를 포함해서 열 명 정도 되었지만 매상에는 별로 도움이 안 됐다. 그저 커피나 한 잔 마시고 몇 시간 씩 죽치거나 어쩌다가 맥주 서너 병 마시는 게 고작이었으니까. 그 집에서 안주를 시켜 먹는 사람은 거의 없었다. 안주라야 마른안주밖에 없었지만 그건 그냥 메뉴판에 구색으로 써놓은 것일 뿐이었다. 우리는 늘 사장이 준비해 놓은 무료 기본 안주인 강냉이튀김만 먹었다. 커다란 비닐봉지에 들어있는 그 강냉이를 떨어트리지 않고 대 주는 사람이 있었다. 사장은 돈 버는 데 관심이 없었다. 희수와 수인과 나는 그를 '삶을 유보, 또는 유예한 사람'이라고 멋대로 결론지었다. 우리는 학교에 갔다가 서로의 모습이 보이지 않으면 으레 '업'을 찾아 들었다. 거기 죽치고 있노라면 누군가가 반드시 얼굴을 내밀기 마련이었다.

사장은 우리가 책을 읽겠다고 하면 초를 갖다 주었다. 이상하게 그 집의 촛불 아래서는 책이 잘 읽혔다. 도서관에 앉아 있으면 한 시간도 못 되어 좀이 쑤셨지만 '업'에 있으면 집중이 잘 됐다. 나는 종종 도서관에서 책을 빌려다가 그곳에 가서 읽었다. 마르셀 푸르스트의 그 엄청나게 긴 소설《잃어버린 시간을 찾아서》를 나는 그 어두컴컴한 촛불 밑에서 다 읽었다.

그곳은 우리의 안식처였고 피난처였다. 날마다 출근을 하다시피 하는 동안 사장은 우리에게 커피 값을 받지 않겠다고 했다. 우리가 펄쩍 뛰면서 미안해서 안 된다고 했더니 자기가 없을 때 가끔 가게를 봐 주고 음악을 틀어 주고 커피 내리는 일도 대신하는데 자기가 도리어 미안하다면서 술값은 받을 테니 커피는 그냥 마시라고 했다. 그렇게 해서 우리 셋은 그 가게의 아르바이트생 비슷한 처지가 되었다. 고용관계를 맺은 것도 아니고, 서로에게 아무 구속력도 없었지만 사장과 우리 사이에는 어느 사이엔가 신뢰 비슷한 감정이 싹트고 자라났다. 사실 우리는 그의 이름도 몰랐다. 어느 날부터인지 몰라도 우리는 그를 업 선배라고 불렀다. 사장이나 아저씨라고 부르는 건 어쩐지 어색했다. 그는 문학 얘기를 한 적이 없었다. 우리가 작품이나 작가 얘기를 할 때도 일체 끼어들지 않았다. 그러나 오래지 않아 그가 상당한 독서가라는 걸 알게 됐다. 나는 왠지 그가 남 몰래 소설이나 시를 쓰고 있을 것 같은 생각이 들었다.

생계조차 걱정될 정도로 장사에 신경을 안 쓰는 업 선배에게 현실적인 도움을 주는 사람은 희수였다. 희수는 종종 과의 동기나 선후배들을 데리고 와서 술을 마시게 했고 가끔 조교나 교수들까지 그곳으로 데려 왔다. 문창과뿐만 아니라 교양과목을 여러 개 같이 들어서 우리 과와 가장 가까운 연극영화과 친구들을 끌어들였다. 그 즈음 희수가 마당발을 과시하던 실력을 발휘해서 회화과나 음악학과, 사진학과, 공예학과 애들까지 종종 '업'으로 데려왔다. 사람들이 희수를 업 마담이라고 놀렸지만 희수는 전혀 개의치 않았다. 거기다가 수자매 중의 한 사람에게 은근히 마음을 두고 있는 남학생들은 점수를 따려고 작가폐업의 매상을 높이는데 일조했다.

수철을 위로한다는 핑계로 우리가 뭉쳤던 날 희수가 우리를 업으로 데려 간 것도 그런 맥락이었다. 업은 술 마시기는 좋지만 안주가 없어서 한참 먹어 댈 나이의 학생들로서는 초장에 들르기는 힘든 술집이었다. 대개 다른 데서 잔뜩 퍼 마시고 마지막으로 들르는 곳이 되기 쉬웠다. 수업이 끝나고 배가 고파서 서로를 잡아먹을 수 있을 정도가 된 청춘들을 업으로 불러들이면서 아무 대책도 세우지 않았다면 그건 김희수가 아닐 터였다. 희수는 업 선배에게 미리 얘기해서 시장에서 닭튀김을 잔뜩 주문해 놓았다. 생맥주집보다 훨씬 값이 싼 것은 물론이다. 값이 싸고 양이 많은 안주가 있으니 맥주가 엄청나게 들어갈 거라는 건 뻔한 노릇이었다. 아이들은 좋아라 하고 닭을 뜯고 맥주를 마셔댔다.

우리는 수철을 위로하는 뜻에서 그의 십팔번 '등록금 봉투'를 다시 청해 듣기로 했다. 이번에는 업 선배가 기타를 들고 와서 반주를 해 주는 바람에 더욱 흥이 났다. 수철의 노래가 끝나자 그 노래가 무슨 뜻이냐고 물었던 수인이 나서서 클래식 버전으로 다시 부르겠다고 했다. 수인은 볼륨 있고 청아한 목소리로 수철의 애창곡을 불렀다. 그녀는 특히 마지막 대목 '목장 우유~'에서 목소리를 낮추며 애교 있게 마무리를 했다.

우리는 모두 배를 잡고 웃으면서 수인에게 아낌없는 박수를 보냈다. 수인이 정말로 궁금해 죽겠다는 듯이 한마디 했다.

"근데 진짜 우유랑 똑 같아?"

그 날, 나는 우리 과의 다른 아이들과 내가 많이 다르다는 것을 확인했다. 내가 문학이라고 생각하는 것, 내가 뛰어넘으려고 생각하는 대상은 신동완 선생이 얘기했던 그런 세계문학이었다. 그러나 문창과의 대다수 학생들은 현재의 한국 문단에 대해서 관심이 있었다. 그들은 김승옥과 이청준, 최인훈의 소설을 최고라고 했다. 최인호나 한수산, 박범신, 김주영, 황석영 같은 작가들에게도 관심이 많았고 여학생들은 오정희를 가장 좋아한다는 애들이 많았다. 나도 그런 작가들을 다 알고 있었고 그들의 작품도 읽었지만 내가 도달하고자 하는 곳은 알베르 카뮈의《이방인》을 능가하는 소설, 카프카의《변신》을 압도하는 소설이었다. 나는 그들 앞에서 그런 말을 하지 않았다. 그저 그들의 얘기를 들으면서 적당히 맞장구를 쳐주었다.

나는 최인훈의《광장》에 대해서 열심히 이야기하는 석균을 바라보았다. 서동완 선생 앞에서 욕에 대한 의견을 발표할 때처럼 차분한 음성이었다. 교양국어 시간에 교수가《광장》에 대한 독후감을 써오라고 했기 때문에 그 이야기가 나온 것 같았다. 석균은 우리 문학에서 작가들이 이데올로기를 다루는 방식에 대해서 말했다. 좌우 이념 대립 속에서 고민하고 갈등하는 인물들의 이야기가 너무 도식적이고 상투적인 방식으로 다뤄지고 있다고 했다.

"작품 속의 인물을 그릴 때 살아 있는 인간으로서의 리얼리티를 확보해야 돼. 그를 괴롭히는 게 전적으로 이데올로기라는 식으로 다뤄서는 안 되지. 좀더 입체적으로 그가 처해 있는 상황을 그려야 하지 않을까?"

석균의 말에 희수가 대답했다.

"그래. 네 말이 맞아. 가족 관계나 연애나 모든 것이 다 마치 이데올로기에 종속되어 있는 것처럼 느껴져. 물론 주제를 부각시키기 위해서 의도적으로 그렇게 묘사했다고 볼 수 있는 면도 있지만……."

"내 생각은 달라. 그 시대상황에서 인간이 이데올로기에 종속되어 있었던 건 엄연한 현실이었다고 봐. 해방 이후 6·25전쟁에 이르기까지 우리나라의 지식인들은 모두 그 문제에 단단히 결박되어 있었다고. 지금 유신 반대 운동을 하는 사람들이 처한 상황과는 달라. 그건 그들의 생존과 미래를 결정짓는 절대적인 요소였단 말이야. 그들은 역사를 새로 쓴다는 열망에 사로잡혀 있었어."

그들의 대화에 끼어든 건 오준회였다. 서동완 선생이 입학시험 때 시에서 가장 높은 점수를 받았다고 말했던 준회. 그는 두꺼운 검은 테 안경 속에서 매우 총명해 보이는 눈동자를 빛내며 말했다.

"왜 그때하고 현재를 비교하는 거야? 지금이 그때보다 덜 절박하다고? 나는 지금 이놈의 군사 독재가 빨리 끝나지 않으면 우리에게 미래가 없다고 생각해. 해방 이후 지금까지 이 놈의 나라가 이데올로기로부터 자유로웠던 적이 한 번이나 있었나? 그때보다 지금이 더 나빠. 그들은 선택할 기회라도 있었지만 우리는 그런 것도 없어. 군사독재 아래서 자본주의가 썩어서 곪아 터지는 걸 보고만 있는 거라고. 자유가 어디 있고 민주주의가 어딨어? 전태일 형이 그렇게 불 타 죽은 지 7, 8년이 지났어도 달라진 건 아무것도 없잖아. 노동운동 같은 건 빨갱이라는 한마디에 쑥밭이 되어버리고, 그 놈의 긴급조치 9호인지 개나발인지 때문에 문학하는 놈들이나 언론이나 끽 소리 한마디 못하고 있지 않냐 말이야. 뒈질까봐 말이지. 씨팔, 좆같은 세상이야."

수철이 갑자기 목청을 높이며 대화에 끼어들었다. 술기운에 얼굴이 달아올라 있었고 말이 너무 빨랐지만 그의 진지함은 충분히 느낄 수 있었다. 이번만큼은 그의 '씨팔, 좆같은 세상'이 매우 절실하게 와 닿았다. 아이들은 갑자기 말이 없어지고 침울하게 술잔만 내려다보

왔다.

"자, 그래, 아무리 좆같은 세상이라도 남은 술은 마셔야지. 술잔들 들어."

희수가 분위기를 풀어주기 위해서 나섰다. 아이들은 한동안 별다른 말이 없이 술잔만 비워냈다. 말소리가 사라지자 그때까지 잘 들리지 않던 음악소리가 술자리를 비집고 들어왔다. 업 선배는 우리의 대화를 위해서 음악 소리를 최대한 줄여 놓고 있었다. 그때 들려온 노래는 캔서스Kansas라는 그룹이 부른 〈더스트 인 더 윈드Dust in the Wind〉였다. 우리는 모두 한 동안 그 음악 소리에 귀를 기울이고 있었다.

나는 김지하 시인을 생각하고 있었다. 김지하 시인에 대해서 말해준건 고등학교 때 국어 선생님이었다. 재수를 하고 성적이 떨어져서 고민하는 나에게 실기시험 비중이 50퍼센트니까 문창과에 가라고 권해 준 것도 그 선생님이었다. 선생님은 어느 날 수업 시간에 말씀하셨다. 대학에 가면 김지하 시인의 글을 읽어보라고.

나는 대학에 다니는 언니에게 김지하 시인에 대해서 물어봤다. 언니는 나에게 '1974년 1월을 죽음이라고 부르자'라는 김지하 시인의 글을 보여주었다. 1974년 1월 8일은 긴급조치 1호가 발표된 날이었다. 그로부터 1년이 지나서 1975년 5월 13일에 긴급조치 9호가 발표되었다. 긴급조치 9호는 유언비어 유포, 학생의 정치 관여 금지 및 위반 사실을 보호하는 언론사도 정 · 폐간시킬 수 있다고 규정했다. 긴급조치는 대통령의 권한으로 당시 유신체제에 저항하던 국민들을 탄압하는 데 활용되었다. 언니는 김지하의 〈오적伍賊〉도 보여 주었다. 나는 그의 용기에 뜨거운 전율을 느꼈다. 김지하 시인은 그때도 감옥에 갇혀 있었다. 그것이 우리가 살고 있는 시대였다.

나는 깊은 무력감을 느꼈다. 우리가 기성세대를 성토하고 권위에 침을 뱉으면서 아무리 위악적인 태도를 취해 봤자 그저 어린아이처럼 유치한 치기에 불과한 것이 아닐까 하는 생각이 들었다. 우리의 현실을 짓누르고 있는 그 거대한 권력 앞에서 우리는 아무것도 할 수 없었다. 세상을 깜짝 놀라게 할 소설을 쓰겠다고 나대고 있었지만 우리의 그 대단한 문학이 지금의 이 현실 속에서 과연 어떤 의미를 가질 수 있는지 알 수 없었다. 우리는 우리가 살고 있는 이 세상에서 얼마나 많은 사람들이 무고하게 피를 흘리고 있는지조차 제대로 알지 못하고 있었다. 우리는 이제 막 소년기를 빠져 나온 대학 1학년생들일 뿐이었다.

화장실에 다녀 온 한 아이가 말했다.

"밖에 비 온다."

그 말에 서너 명이 자리에서 일어났다.

"우리 비 맞으러 가자."

그들은 우르르 밖으로 몰려 나갔다.

"미친놈들!"

수철이 괜히 심통 난 목소리로 말했다. 그런 수철을 바라보고 있던 수인이 말했다.

"수철아, 나하고 자러 가자."

우리는 모두 깜짝 놀라서 수인과 수철을 번갈아 쳐다봤다.

"왜? 진짜 목장 우유 나오는지 확인하려고?"

수철은 웃지도 않고 말했다.

"응. 나 아직 한 번도 본 적 없거든."

수인 역시 터무니없이 진지하게 말했다. 수철은 시큰둥한 얼굴로 내쏘았다.

"싫어. 난 나보다 키 큰 여자랑 안 해. 수영이나 희수라면 몰라도."

우리는 모두 어이가 없어서 이 웃기는 남녀를 쳐다보았다. 사실 나는 수인의 반응이 궁금했다.

"왜 싫어? 나는 니가 귀여운데. 나랑 사귀자."

나는 수인의 이 말이 진심인지 농담인지 잘 알 수가 없었다.

"수인아, 싫다는 놈 관두고 나랑 사귀자. 난 2세를 위해서도 키 큰 여자가 필요해."

이렇게 말한 건 준회였다. 사실 준회는 수철보다도 키가 작았다.

"아이 참, 지금 여기가 무슨 미팅 자리냐? 사귀는 건 나중에 따로 만나서 얘기해. 근데 석균이는 어때? 나랑 사귈래? 나는 니가 마음에 드는데."

희수가 그렇게 말하자 우리는 다 같이 웃음을 터뜨렸다. 수인과 수철도 서로 마주 보며 낄낄거렸다. 나는 왠지 안심이 됐다. 수인은 농담할 때도 평소처럼 무덤덤한 얼굴이었기 때문에 사람을 무척 헷갈리게 만들었다. 수인의 농담은 그 자리를 무겁게 짓누르고 있던 우울함을 해소하려는 그녀의 재치였지만 그 속에는 나름대로 솔직한 감정이 들어 있었다. 우리는 시대를 걱정하고 문학을 꿈꾸는 청춘들이었지만 연애에 대한 호기심이 왕성한 젊은 여자, 남자였다. 대학 입시에 짓눌려 부자연스럽게 금지돼 있던 이성과의 만남을 마음껏 시도해 볼 수 있는 기회가 온 것이다. 나 역시 연애를 원했다. 그러나 유감스럽게도 연애에 대해서 너무 몰랐다.

나는 그 자리에 있는 친구들이 남자, 여자 할 것 없이 다 좋았지만 그들 중에서 나의 연애 상대를 찾을 생각은 없었다. 어떤 의미에서 그들은 다 나의 형제였다. 문학이라는 목표를 향해서 한 배를 탄 사람들, 일종의 도반이라고나 할까? 나는 막연히 나와는 다른 세계에 속해 있는 다른 사람을 원했다. 내가 그리고 있던 사랑은 지극히 비현실적인 사랑이었다. 《폭풍의 언덕》에서 캐서린과 히스클리프가 나눈 것 같은 열정적인 사랑, 거역할 수 없는 운명처럼 나를 덮쳐 올 극적이고 아름다운 사랑을 경험하고 싶었다. 그러나 나는 《폭풍의 언덕》을 쓴 에밀리 브론테가 실제로는 사랑을 해 본 적이 없다는 것을 모르고 있었다.

나는 그때까지 연애를 해 본 적이 없었다. 재수생 시절에 잠깐 사귀던 남자친구가 있었지만 그가 삼수생이 되면서 헤어졌다. 나는 그를 좋아하긴 했지만 사랑이라고 부르기에는 뭔가 부족하다고 느꼈다. 그는 착하고 선량했다. 그러나 감각적인 남자도 지적인 남자도 아니었다. 그렇다고 냉소적인 것도 아니고 음울해 보이지도 않았다. 말하자면 그는 너무 평범했다. 평범한 것의 가치를 알기에는 나는 너무 젊었고 인생과 문학을 혼동하고 있었다. 나는 화려한 문학적 수사를 동원해야 할 만큼 복잡하고 문제적인 인간을 원했다. 〈이유 없는 반항〉에 나오는 제임스 딘처럼 애정 결핍에 시달려 위태로워 보이는 남자라도 만났으면 싶었다. 나는 좋은 남자가 어떤 남자인지 생각해 보지 않았고 좋은 남자를 원하지도 않았다. 그저 나를 사랑해 주고 내가 사랑할 수 있는 남자가 어딘가 있을 거라는 막연한 생각을 하고 있을 뿐이었다.

아리스토텔레스는 시와 연극은 인생을 모방하는 거라고 했다. 그런데 스물한 살의 나는 문학을 모방하는 인생을 살고자 했는지도 모른다. 문학적인 사랑, 문학적인 삶이라는 게 어디 있겠는가? 그런데도 나는 그런 삶을 원했던 게 틀림없다. 물론 그런 생각은 한참이나 세월이 흐른 뒤에 하게 되었지만 말이다. 어쨌거나 때는 봄날이었고 피는 신선했으며 무슨 일인가 벌어지기를 기다리는 알 수 없는 초조함으로 가슴이 터져나갈 것 같은 그런 날들이었다. 나는 기대와 불안감을 안고 연애라는 새로운 모험 속으로 뛰어들 날을 기다리고 있었다.

4

연애보다 문학

나는 그를 사랑했다기보다
그에 대한 나의 사랑을 사랑했다고 하는 편이 더 정확할 것이다.
처음 느껴보는 관능적 도취를 사랑이라고 믿었으니까.

레스토랑 간판에는 해바라기가 그려져 있었다. '태양의 길목'이라고 쓰고 그 위에 좀 작은 글씨로 'Sun Way'라고 써놓은 걸 보고 나는 쿡 웃었다. 순진하다 해야 할지 유치하다 해야 할지 콩글리쉬치고도 치졸한 편이라는 생각이 들어서였다. 그런데 내 옆에 서 있던 윤후는 나의 웃음소리에 긴장하는 듯 했다. 남자 아이들은 다 그렇다. 마음에 드는 여자 앞에서는 소심해지는 것이다.

"맘에 안 들어요? 다른 데로 갈까?"

윤 후는 조심스럽게 물었다. 그는 제법 선수인 척 했지만 내가 '그럼 이만……' 하고 돌아설까 봐 노심초사하고 있는 게 뻔히 보였다. 그럴수록 나는 여유를 부렸다.

"맘에 들고 안 들고가 어디 있어요? 이런 집들 다 거기서 거기예요. 배고픈데 아무데나 빨리 들어가죠."

그렇게 말한 후 앞장서서 2층으로 올라가는 계단을 밟았다.

조악한 간판과 유치한 작명에 비하면 실내 분위기는 깔끔한 편이었다. 우리는 창가에 자리를 잡고 앉아 종업원이 갖다 준 메뉴판을 펼쳤다. 나는 자세히 보지도 않고 메뉴를 접으며 말했다.

"경양식집 메뉴라야 뻔하죠 뭐. 나는 비프가스 먹을래요."

윤 후가 얼른 고개를 들고 종업원에게 말했다.

"비프까스 둘이요."

그리고는 나를 향해 물었다.

"맥주 마실래요?"

나는 고개를 흔들었다.

"마주앙."

종업원은 마주앙을 먼저 가져왔다. 우리는 와인글라스를 가볍게 마주치고 입으로 가져갔다. 윤 후와는 30분 전에 미팅에서 만났다. 그는 그 자리의 킹카였다. 180센티미터는 되어 보이는 늘씬한 키에 하얀 피부와 단정한 이목구비가 눈에 띄었다. 입고 있는 양복도 대학생치고는 지나치다 싶을 만큼 고급스럽고 세련돼 보였다. 나는 평소와 똑같이 청바지에 티셔츠를 입고 나갔다. 나는 미팅에 나갈 때 원피스나 투피스 정장을 차려 입고 다니는 애들을 우습다고 생각했다. 평소와 다른 옷차림은 대개 소화하기 힘든 법이다. 어색하고 촌스러운 느낌을 주기 쉬었다. 남자애들도 처음 입어 보는 단벌 양복을 입고 나서면 촌닭처럼 보였다. 그런데 윤 후는 양복 차림이 잘 어울렸다. 그는 좀 노는 아이이거나 부자 아버지를 가졌거나 그 둘 다에 해당할 것 같았다. 윤 후는 나와 파트너가 되어 마주앉게 되었을 때부터 입이 양 귀에 걸리는 걸로 봐서 내가 마음에 드는 모양이었다. 그의 외모로 봐서는 좀 의외였다. 마음만 먹으면 나보다 훨씬 예쁜 여자 친구를 얼마든지 사귈 수 있을 텐데.

그 동안 서너 번 미팅에 나와 봤지만 남학생들은 대체로 나를 마음에 들어 했다. 희수 말에 의하면 나는 예쁘지도 않으면서 지가 정말 예쁜 줄 아는 웃기는 애였다. 나는 희수의 그 말이 무슨 뜻인지 대충 짐작이 간다. 나는 외모에 대해서건 지성에 대해서건 자신만만했다. 나도 내가 지극히 평범한 외모를 가졌다는 걸 안다. 그래도 거울을 보면 만족스러웠다. 이만하면 됐다라고 생각하는 것이다. 물론 나에게도 은밀한 소망은 있다. 연필처럼 길고 가느다란 다리를 가져보는 것, 그래서 청바지를 입은 뒷모습을 사람들이 한 번씩 되돌아보게 만드는 것, 우리 아버지가 뒤로 넘어갈 만큼 짧은 미니스커트를 입고 전철이나 육교 계단을 올라가며 남자들의 눈이 돌아가게 만드는 것, 그런 것이다. 그러나 내 짧은 다리가 피노키오의 코처럼 늘어날 수 있는 것도 아니라는 것을 알고 있기 때문에 가끔 그런 생각을 해 보는 걸 재미로 여길 뿐이었다.

나는 외모에 대해서 콤플렉스가 적었다. 그래서 나는 남자애들 앞에서 자신 있고 당당할 수 있었다. 남자애들은 그런 내 모습을 좋아했다. 윤 후는 그 동안 만났던 다른 남자애들 보다 좀 반응이 강했다. 한 순간도 웃음이 떠나지 않는 그의 얼굴을 보고 있으면 누구라도 그가 나한테 반했음을 알 수 있을 것이다. 미팅 자리에서 커피를 마시면서 몇 마디 이야기를 나누는 동안 나는 친절하면서도 무심한 태도를 취했다. 다정한 무관심이야말로 남자들의 마음을 사로잡는 무기라는 걸 본능적으로 알고 있었다. 그는 나더러 저녁을 먹으러 가자면서 서둘러 자리에서 일어났다. 저녁을 먹기에는 좀 이른 시간이었지만 그는 나를 이 레스토랑으로 데리고 왔다.

"내가 수영 씨하고 파트너 되려고 친구 녀석하고 거래까지 한 거 알아요?"

윤 후는 와인 잔을 들고 역시 싱글싱글 웃으며 내게 말했다.

"거래라뇨? 무슨 거래요?"

"원래 내가 1번이었거든요. 근데 미팅 주선한 친구 녀석한테 미리 1번 여학생이 누군지 알려달라고 했어요. 이번 미팅은 미리 번호 정해 가지고 만났잖아요."

나는 2번이고 1번은 희수였다. 아, 그럼 얘가 원래는 희수 짝이었구나. 나는 무슨 말인지 짐작이 갔다.

"수영 씨가 다방에 1번 여학생하고 같이 들어왔잖아요. 수영 씨가 2번이라기에 2번 갖고 있는 녀석하고 바꿨어요. 내일 술 사기로 하고."

윤 후는 재미있어 죽겠다는듯이 연방 웃으며 그런 사연을 들려줬다. 자기가 나를 보자마자 첫눈에 반했다는 걸 강조하기 위해서인 듯했다.

"그래요? 희수 파트너가 원래 내 파트너였다는 거잖아요. 난 사실 그 친구가 더 마음에 들었는데. 이렇게 부정이 있는 줄 알았으면 윤 후 씨하고 저녁 먹으러 안 오는 건데."

나는 정색을 하고 말했다. 물론 그건 사실이 아니었다. 아무리 따져 봐도 희수의 파트너였던 그 친구보다는 윤 후가 훨씬 매력적이었다. 아직은 외모만 봐서 그렇다는 거지만 바보 같이 줄곧 웃고 있는 모습이 귀엽지 않은 건 아니었다. 게다가 대학생으로서는 다소 가격이 부담스러울 수 있는 메뉴를 군말 없이 대접하는 매너도 나쁘지 않았다. 내가 원래의 파트너가 마음에 들었다고 말한 것은 여자들이 흔히 써먹는 책략이다. 조금 머리가 있는 여자라면 남자를 몸 달게 하는 그런 책략을 배우지 않아도 본능적으로 알고 있다. 게다가 처음부터 서로 반해서 바로 연애가 성립된다는 건 너무 싱겁지 않은가? 나는 좀 더 극적이고 재미있는 스토리를 원했다. 윤 후는 나의 책략에 너무 쉽게 말려들었다. 사실은 말려들고 말고 할 것도 없었다. 처음부터 백기를 들고 나에게 달려 와서 무릎을 꿇고 있었으니까. 그가 그렇게 아무 계산도 없이 내가 좋다고 표현한 것은 그의 경험이 시킨 일이었다. 그는 삼수를 해서 대학에 들어올 때까지 여자한테 거절당한 적이 없었기 때문이다. 그는 자기가 원하는데 여자가 싫다고 할 수도 있다는 생각은 해보지 않은 게 분명했다.

하지만 이번만큼은 그의 뜻대로 되지 않았다. 나는 속마음과는 달리 그를 순순히 받아들일 생각이 없었다. 잘 생겼다는 것과 매너가 좋다는 것만으로 나의 첫 남자친구가 되는 영광을 차지할 수는 없는 노릇이다. 나는 저녁을 먹고 마주앙 한 병을 다 비우고 나서 헤어질 때가 되자 그의 애프터 신청을 보기 좋게 거절했다. 그는 예기치 못한 상황에 당황해서 어쩔 줄을 몰랐다.

결론부터 말하자. 나는 그와 두 학기에 걸쳐서 연애를 했다. 무척이나 애를 먹이고 나서야 마지못한 듯 그와의 연애를 받아들였다. 나는 그를 사랑했던가? 그렇다. 그를 사랑하지 않았다고 말하기는 어렵다. 나는 처음으로 그에게서 남자라는 성을 구체적으로 느끼고 관능에 빠져들었으니까. 그는 내가 처음으로 섹스를 한 남자였고 그와 함께 있으면 강한 성적 자극을 느꼈다. 그의 몸이 가까이 있을 때면 온몸이 간질간질하고 숨이 막히는 것 같은 갈망으로 몸이 달아오르곤 했다. 하지만 그는 내가 원하던 남자는 아니었다. 나는 그를 사랑했다기보다 그에 대한 나의 사랑을 사랑했다고 하는 편이 더 정확할 것이다. 처음 느껴보는 관능적 도취를 사랑이라고 믿었으니까. 그 관능적 도취는 유효기간이 그리 길지 않았다.

그는 문제아이긴 했지만 문제적 인간은 아니었다. 그의 문제는 그가 너무 문제의식을 못 느낀다는 데 있었다. 그는 하라는 공부는 안 하고 놀기만 하는 평범한 문제아였을 뿐이다. 그는 책임감이 없고 감각적인 것에 유난히 탐닉하는 편이었다. 그는 내가 문학적 재능이 뛰어나다는 걸 믿어 의심치 않았지만 그것은 근거 없는 믿음이었다. 그는 문학을 이해하지 못했고 문학에 관심도 없었기 때문이다.

그가 문학을 이해하고 관심을 가져 보려고 눈물겨운 노력을 했다는 건 나도 인정한다. 하지만 그는 책 읽기보다 당구 치는 것을 좋아했고 물 좋은 디스코텍에 가서 예쁜 여자애들과 어울려 춤추는 것을 무엇보다도 좋아했다. 그는 자기가 갖고 있는 당구 400의 신화를 사랑했지만 대학신입생이 당구 400점을 달성했다는 것을 나는 전혀 대견해 하지 않았다. 그가 그토록 당구를 잘 치고 춤을 잘 춘다는 것이 잘못은 아니다. 하지만 그는 그런 것을 경멸하는 나 때문에 죄책감을 가졌다.

나는 그에게 많은 편지를 써서 보냈다. 내가 좋아하는 작가들, 내가 쓰려는 소설들, 책에서 읽은 의미심장한 구절들을 편지에 담았다. 나의 편지는 그와 직접 문학적 대화를 나눌 수 없는 것을 보상받기 위한 마스터베이션이었던 셈이다. 그는 나의 편지에 대해서 한 번도 답장을 하지 않았다. 내가 편지를 보내면 그는 꽃이나 선물을 사 들고 나를 직접 찾아 왔다. 그리고 나의 편지에 답장하지 못하는 자기의 무능을 사과했다. 자기에게 나의 편지들이 얼마나 소중하고 감동적인지 모른다고 강조했다. 정말이지 그것은 조금도 사과할 필요가 없는 일이었다. 그런 식이라면 나 역시 그와 함께 디스코텍에 갔을 때, 그의 춤 솜씨에 화답하는 화려한 춤을 보여주지 못하는 나의 무능을 사과해야 할 판이었다. 나는 물론 그런 것을 사과할 생각은 쥐털만큼도 없었다.

그 당시에는 그가 왜 하필이면 그토록 사귀기 어려운 상대인 나를 좋아했는지 생각조차 해 보지 않았다. 그 나이의 여자들이 흔히 그렇듯이 자기가 특별한 존재여서 남자가 자기를 사랑하는 것은 당연한 일인 것처럼 받아들였다. 나중에서야 그 역시 나와 별로 다를 게 없었을 거라는 걸 알게 됐다. 그에게 나는 여자라는 미지의 성으로서 관능적 끌림의 대상이었으며 나를 사랑하는 자기의 사랑을 사랑했을 거라는 사실을. 내가 그를 이해하지 못하듯이 그는 나를 이해하지 못했다. 우리는 낯선 것에 대한 동경까지 사랑이라고 여기는 나이에 우연히 만나 서로에게 끌렸을 뿐이다.

윤 후는 1학년 1학기와 2학기에 잇달아 학사 경고를 받았다. 학사 경고를 세 번 연속해서 받으면 학교에서 제적당하게 되어 있었기 때문에 그는 제적을 피하기 위해 군대에 가기로 결정했다. 입대를 앞두고 그는 나에게 처음이자 마지막으로 편지를 보냈다. 그의 편지는 내가 생각했던 것보다 훌륭했다. 자기의 생각을 꽤 정확하게 표현했다는 점에서는 말이다. 그는 나에게 어울리는 좋은 남자가 되고 싶었지만 자기는 형편없이 부족한 사람이라고 썼다. 그래서 지금이라도 자기가 군대에 가게 되어 나를 떠나는 것이 나를 위해서는 다행스러운 일이라면서 부디 나를 잘 이해하고 나와 어울리는 성실하고 똑똑한 남자를 만나서 행복하기를 바란다는 게 그 편지의 요지였다. 맞춤법이나 문법은 엉망이었다. 창작실기 시간에 서동완 선생이 그 글을 봤다면 그 글을 쓴 사람은 온전한 정신으로 강의실을 탈출하기는 어려웠으리라. 하지만 그는 문학지망생이 아닌 공대생이었다. 나는 그의 진심을 느끼고 가슴이 아팠지만 조금은 기대했던 눈물은 나오지 않았다. 그가 입대하지 않아도 어차피 그와의 관계는 오래 가지 못할 거라는 걸 우리는 둘 다 알고 있었다. 남자친구의 입대 소식을 듣고 술을 퍼 마시며 울고불고 하는 친구들을 보면서 묘하게 쓸쓸한 느낌이 들었다.

나는 윤 후와의 결별을 괴로워했던가? 유감스럽게도 그러지 못했다. 나는 너무 쉽게 그를 잊었다. 가끔 그와 함께 했던 시간들을 떠올리긴 했어도 못 견디게 보고 싶다거나 다시 만나고 싶다는 생각은 떠오르지 않았다. 그 후에도 오랫동안 사람들이 첫사랑에 대해서 물어 보면 윤 후를 생각했다. 그가 나에게 얼마나 많은 흔적을 남긴 존재였던가를 오랜 시간이 지난 후에야 깨달았다. 그는 내가 이성을 대하는 기준이 되었다. 그래서 첫 경험이 중요하다고 하는 것이다. 윤 후와 헤어진 후에 나의 연애는 상대를 바꿔 가면서 계속 됐다. 그러나 상대가 달라져도 연애의 양상은 별로 달라지지 않았다. 상대를 진심으로 이해하거나 사랑하지 못하고 나의 사랑을 사랑하는 연애의 매너리즘에 빠져들었다. 윤 후를 뛰어넘는 다른 사랑은 예기치 않은 곳에서 나를 기다리고 있었다.

1학년 2학기에 접어들면서 나를 초조하게 만든 건 연애가 아니라 소설이었다. 나의 소설 쓰기는 앞으로 나아가지 못했다. 그때까지 나의 생각을 글로 표현하는데 별로 어려움을 느껴 본 적이 없었다. 어려서부터 워낙 책을 좋아하고 많이 읽은 덕분이기도 하겠지만 나는 처음부터 글을 쉽게 써냈다. 국민학교와 중고등학교를 거치면서 글짓기대회나 백일장에 나가서 빈손으로 돌아와 본 적이 없었다. 어떤 제목이 주어져도 빠른 시간 안에 앞뒤가 맞는 글을 써낼 수 있었다.

중학교 때는 노트에 순정만화 같은 내용의 짧은 소설을 써서 학급의 아이들이 모두 돌려 읽기도 했다. 고등학교 때는 대학에서 모집하는 고교생 문예 공모에 세 번이나 당선되었다. 국어 선생님이 문창과 진학을 권했던 것도 다 그런 이유 때문이었다.

사실 문창과 동기들을 보면 다들 나 정도의 이력은 가지고 있었기 때문에 특별히 내세울 만한 것은 아니었다. 중요한 것은 화려한 이력이 아니라 현재의 능력이었다. 대학에 들어 와서 소설을 습작하면서 처음으로 마음먹은 대로 글이 써지지 않는다는 것을 경험했다. 보통 소재를 정하고 주제를 생각하고 플롯을 짜고 나서 소설을 쓰기 시작한다. 그런데 막상 첫 문장부터 막히기 일쑤였고 억지로 서너 페이지를 쓰고 나도 마음에 들지 않아서 찢어 버리고 말았다.

거대한 바위 같은 것이 나를 짓누르고 있는 것 같았다. 나는 가위 눌린 사람처럼 허둥거리고 당황하면서 한 걸음도 앞으로 나가지 못했다. 1학기가 다 지나가도록 소설 창작 실기 시간에 제출할 소설 한 편도 완성하지 못했다. 학기가 끝나기 전에 소설을 제출해야 학점을 받을 수 있다. 창작 실기는 시험을 보지 않고 작품으로 평가하게 되어 있었다. 학기말 시험을 앞두고 나는 미칠 지경이 되었다. 학기말 시험이 끝나면 곧 여름방학이었다. 여름방학 전에 소설을 꼭 한 편 완성해야 하는데 소설은 여전히 써지지 않고 있었다. 희수와 수인은 진작 소설을 써서 제출해 놓았다.

강의도 빼먹고 기말고사 준비도 거의 포기한 채 아침부터 작가폐업에 죽치고 앉아서 원고지를 붙들고 씨름했다. 내가 원고지를 열 장째 찢어냈을 때 업 선배가 내 앞으로 왔다.

“글이 잘 안 써져서 그래?”

좀체 남의 일에 나서는 법이 없는 사람이라 좀 놀랐다. 그래도 워낙 답답하고 다급했던 터라 그의 아는 체가 반가웠다.

“무슨 일이 있어도 이번 학기 중에 소설 한 편 써서 내야 되는데 죽어도 안 써져요.”

대학에 들어 와서 처음으로 우는 소리를 했다.

업 선배가 가만히 내 등 뒤로 가더니 내 어깨에 손을 얹었다. 그리고는 부드럽게 어깨를 주물러 주었다.

"힘을 빼. 내 생각에는 수영이가 너무 힘이 들어가 있어서 소설이 안 써지는 거야. 어깨에 힘을 빼는 것처럼 정신도 긴장을 풀고 이완시키는 게 필요해. 지금부터 아무 생각 하지 말고 그냥 멍하니 있어 봐. 눈 감고 한 시간쯤 음악만 들으면서 머리를 완전히 비워 봐. 넌 겨우 1학년이야. 불후의 명작을 쓸 시간은 얼마든지 있어. 완벽하게 잘 써야 한다는 생각을 버려 봐. 말 그대로 습작이야. 연습이라고."

업 선배가 그렇게 말을 길게 하는 걸 처음 봤다. 신기할 정도로 마음이 편안해졌다. 그의 말대로 눈을 감고 음악에 귀를 기울였다. 잠이 올 것처럼 온 몸이 나른해졌다. 업 선배는 내 어깨를 한참 풀어 주고 나서 조용히 자기 자리로 돌아갔다.

내가 거의 잠이 들려 하고 있는데 희수가 왔다.

"너, 강의도 안 들어오고 뭐해?"

"소설 못 써서 그러잖아. 이러다가 소설 실기 학점, F 받게 생겼다."

나는 희수를 보고 엄살을 부렸다.

"너 고등학교 때 써놓은 거 있잖아. 대학에서 상 받은 것도 세 편이나 된다며? 그거 중에 하나 골라서 내면 되겠네."

희수가 해결사처럼 말했다.

"싫어. 고등학교 때 쓴 걸 지금 어떻게 내? 그때 쓴 거는 유치하단 말이야."

나의 말에 희수가 고개를 뒤로 젖히고 낄낄거렸다.

"야, 열여덟 살, 열아홉 살 때랑 지금이랑 우리가 뭐 그렇게 크게 달라진 줄 알아? 오히려 그때 보다 퇴보했을지도 몰라. 난 그래. 대학 들어오고 나서 오히려 정신적으로 무너진 것 같아. 우린 쓸 데 없는 일에 에너지를 낭비하고 있잖아. 술 처먹어야지, 연애해야지. 잘난 척 해야지. 창작에 집중하기엔 우린 너무 산만하게 살고 있어. 난 고등학교 때 지금보다 더 진지하게 소설을 썼던 것 같아. 다른 애들은 입시에 매달려 있었지만 나는 소설에 집중하고 있었거든. 고등학교 때 쓴 소설 꺼내서 다시 읽어 봐. 10대는 어떻게 보면 20대보다 더 창조적인 에너지가 넘치는 나이야. 랭보는 열아홉 살에 이제 쓸 거 다 썼다고 손 털었잖아. 나도 열아홉 살에 알 거 다 알았어."

희수의 말에 동의할 수밖에 없었다. 뭔가 착각하고 있었던 게 틀림없다. 대학에 들어왔기 때문에 어른이 되었고 성숙해진 만큼 그 이전과는 다른 뭔가 대단한 작품을 쓸 수 있을 거라고 생각했던 건 아닐까?

그날 밤 고등학교 때 썼던 소설 중 한 편을 꺼냈다. '쥐'라는 제목의 그 소설은 쥐를 의인화해서 인간들의 세상을 그린 내용이다. 대학에서 상을 받은 작품 중 하나였다. 심사위원인 국문과 교수는 그 작품이 '젊은이 특유의 감성으로 어른들의 세상을 날카롭게 비판한 수작이며 형식과 내용이 독창적이고 참신하다.'고 칭찬했다. 그는 교과서에 시가 실릴 정도로 문단에서 인정을 받으면서 대중적인 인기까지 얻고 있는 시인이었는데 나는 그의 시를 별로 좋아하지 않았다. 상을 받으러 갔을 때 그는 나더러 자기네 학교에 진학하라고 권하기도 했다.

나는 소설 〈쥐〉를 펼쳐 들고 꼼꼼하게 읽어 나갔다.

오늘 아침은 기분이 정말 안 좋다. 어젯밤 거의 먹은 게 없는데다가 밤새 눈이 내리고 날씨까지 몹시 추워졌기 때문이다. 점점 살기가 힘들어지고 있다. 이놈의 집구석은 원래부터가 별로 먹을 게 많지 않았는데 요즘 들어서는 밥을 하루에 한 끼도 제대로 끓여먹지 않는다.

예전에는 그래도 밥을 안 하면 라면이라도 끓여 먹고 국물이나 찌꺼기가 들어 있는 냄비를 부뚜막에 올려놓곤 했었다. 나는 귀옥이가 게을러서 설거지를 제때 하지 않고 먹고 난 빈 그릇을 아무렇게나 방치하는 버릇을 무척이나 반기는 편이다. 라면 국물에서 풍겨오는 냄새의 유혹은 참기 힘들다. 나는 사람의 기척이 사라지기가 무섭게 살금살금 부뚜막으로 올라가서 라면국물과 퉁퉁 불은 면발을 먹어 치운다. 나는 사실 밥보다 라면을 더 좋아한다. 엄마는 그래도 밥을 먹어야 든든하다고 하지만 말이다. 엄마는 유난히 밥을 좋아한다. 그래서 귀옥이네 식구들이 라면 국물에 밥을 말아 먹고 남기는 것을 엄마는 가장 탐탁해 하는 편이다.

내가 제일 싫어하는 녀석은 귀옥이 동생 귀남이다. 녀석은 라면을 먹건 라면에 밥을 말아먹건 국물 한 모금, 면발이나 밥 한 톨 남기지 않고 설거지할 필요도 없이 냄비를 깨끗이 핥아 먹기 때문이다. 녀석은 정말이지 엄마와 나에게는 원수 같은 놈이다. 게다가 녀석은 걸핏하면 엄마와 나의 보금자리가 있는 수채 구멍 옆의 돌무덤 위에다 오줌을 갈긴다. 우리는 그 돌무덤 아래에 구멍을 파고 집을 지었는데 녀석이 그 위에 오줌을 싸면 우리 집은 수해를 입게 마련이다. 정말이지 미운 놈이다.

요즘 들어서 귀옥이네 집은 먹는 날보다 굶는 날이 많아졌다. 귀옥이 아버지가 집에 돌아오지 않기 때문이다. 귀옥이 엄마는 죽었는지 집을 나갔는지 몰라도 내가 처음 이 집에 왔을 때부터 이 집에 없었다. 내가 본 사람은 귀옥이 아버지와 귀옥이 귀남이 남매뿐이다. 귀옥이 아버지는 고물장수였다. 아침을 먹으면 리어카를 끌고 나가서 고물을 모아다가 팔고 저물어서야 돌아왔다. 그는 매일 술에 취해 있었고 매일 자기 아이들을 때렸다. 귀옥이는 처녀가 다 된 것처럼 덩치가 컸지만 사실은 열다섯 살이었고 귀남이는 열 두 살이었다. 귀옥이는 중학교에 다닐 나이였지만 학교에 가지 않았다. 귀남이는 국민학교에 다니고 있었지만 학교에 안 가는 날이 많았다.

나는 이 집에서 사는 게 싫었다. 먹을 것도 별로 없고 날마다 술주정을 하고 아이들을 때리는 귀남이 아버지도 보기 싫었다. 그래서 엄마더러 이사를 가자고 했지만 엄마는 이사 가기란 그렇게 쉬운 게 아니라고 했다. 사람들만큼이나 우리도 사는 곳을 옮기기가 어렵다고 했다. 그리고 아무래도 우리에게는 귀옥이네처럼 가난하고 허술한 집이 더 살기 편한 법이라는 얘기도 했다. 귀옥이네 집은 집이라고 부르기도 민망할 만큼 초라한 집이다. 비스듬한 언덕에

기대어 블록을 아무렇게나 쌓아 올려 겨우 방 한 칸과 부엌 한 칸을 들이고 슬레이트 지붕을 얹어 간신히 집의 흉내를 내고 있는 그런 집이었다. 이웃집들도 대개 사정은 비슷해서 조금 더 나아 봤자 방 두 칸에 부엌 한 칸 정도로 생긴 모양은 다 거기서 거기였다. 그런 집들이 다닥다닥 모여 있는 동네였지만 귀옥이네 집은 다른 집들과 조금 떨어져 있었다.

엄마가 나를 데리고 귀옥이네 집으로 살러 온 것은 동네에서 있었던 쥐들끼리의 자리싸움에서 졌기 때문이다. 그때 엄마는 형과 누나를 잃었다. 먹을 것이 많은 집을 둘러싸고 벌어지는 그런 싸움은 죽고 죽이는 무서운 싸움이다. 엄마는 피투성이가 된 채로 어린 나를 데리고 비틀거리며 귀옥이네 집으로 도망쳤다. 그때만 해도 귀옥이 아버지가 고물장수를 착실히 다니면서 아이들 밥은 굶기지 않던 시절이었다. 귀옥이는 예나 지금이나 항상 게을러서 설거지 감을 늘 부뚜막이나 수채 근처에 내팽개쳐 두었다. 다음 끼니때가 될 때까지 거들떠보지도 않다가 그 냄비나 숟가락이 필요해지면 마지못해서 설거지를 했다. 귀옥이의 그런 게으름이 엄마와 나를 살렸다. 우리는 귀옥이가 설거지하기 편하게 늘 냄비와 밥그릇에 남아 있는 찌꺼기를 먼저 처리해 주었다. 귀옥이가 어쩌다가 반찬다운 반찬을 만들기 위해서 생선이나 채소를 손질하면서 조심성 없이 함부로 버리는 찌꺼기들도 우리가 늘 깨끗이 치워 주었다.

그런데 며칠 전부터 귀옥이 아버지가 집에 돌아오지 않고 있는 것이다. 그가 아이들을 때리는 것을 보지 않게 되어 다행이라고 생각했지만 나나 그들이나 먹을 것이 없는 게 걱정이었다.

불과 2년 전에 내가 쓴 소설인데도 다른 사람이 쓴 것을 읽는 것처럼 새삼스러웠다. 소설은 도입부를 지나면서 점점 더 참혹한 상황으로 치닫는다. 귀옥의 아버지는 집을 나가서 돌아오지 않고 귀옥이와 귀남이는 배고픔을 견디다 못해 이웃집에 가서 밥을 구걸하게 된다. 처음에는 남매를 동정해서 먹을 것을 나눠주던 이웃들도 시간이 흐를수록 저마다 가난한 형편이라 그들을 외면하게 된다. 남매가 굶주리면서 쥐 모자도 굶주림에 시달리게 되고 '나'와 엄마는 위험을 무릅쓰고 이웃의 다른 집들을 기웃거리며 먹을 것을 훔치게 된다. 그러던 중 나이에 비해서 숙성한 귀옥을 탐내던 이웃의 아저씨가 먹을 것을 미끼로 귀남을 꼬여 내 심부름을 시킨 후 귀옥을 강간하는 사건이 일어난다. 쥐인 나는 의분을 느끼지만 아무것도 할 수 없다. 그 후 귀옥은 그 남자뿐만 아니라 동네의 중학생이나 고등학생, 불량배를 가리지 않고 아무한테나 몸을 팔고 그 대가로 먹을 것을 구한다. 귀남은 누나의 상황에는 관심 없이 여전히 먹을 것만 밝힌다. 나는 귀옥 남매의 그런 정황이 보기 싫어서 엄마에게 이사를 가자고 조른다. 엄마는 우리는 동네에 들어갈 수 없어서 갈 데가 없다면서 내 말을 듣지 않는다. 귀옥이 몸을 팔아서 먹을 것을 구해 오기 때문에 엄마와 나도 그럭저럭 굶주림을 면하고 살아갈 수는 있다. 처음 귀옥을 강간했던 남자는 그 후에도 종종 귀옥을 찾아오는데, 어느 날 그 남자의 부인이 포주를 데리고 와서 귀옥을 사창가에 팔아먹는다. 보호자가 없는 귀옥은 포주와 그가 데려온 깡패들에게 끌려가고 혼자 남은 귀남은 아무도 돌보지 않은 채 방치된다. 귀남은 추위와 굶주림에 지쳐 죽어 간다. 나는 귀남을 동정해서 그에게 도움을 주고 싶지만 아무것도 해줄 수 없다. 나의 엄마는 이제 어디로 가서 먹을 것을 구해야 할 것인지만 걱정하고 있다.

열여덟 살의 소녀가 썼다고 보기에는 너무 우울하고 무거운 이야기였다. 나는 그때 고골리의《외투》와 도스토예프스키의《가난한 사람들》, 에밀 졸라의《목로주점》 같은 소설들을 읽고 있었다. 하나 같이 극단적인 빈곤에 처한 사람들을 다룬 소설들이다. 내가 〈쥐〉라는 소설을 쓴 데는 그 소설들의 영향이 컸다.

내가 살던 국민주택 단지의 위쪽에 달동네가 있었다. 언덕배기에 부스럼 딱지처럼 다닥다닥 붙어 있던 초라한 판잣집들로 이루어진 동네였다. 이따금 그 동네 안에 들어가 보곤 했다. 미로처럼 복잡한 작은 골목들이 여기 저기 뻗어 있고 담장도 대문도 없이 그저 방문을 열면 바로 골목이 나오는 그런 집들이 가득 들어 차 있었다. 부엌이 따로 없이 방문 앞에 있는 연탄아궁이에서 밥을 끓여 먹는 집도 많았다. 어느 날 그런 집들 중 하나에서 꾀죄죄한 한 소년이 나와서 수채구멍 옆의 돌무더기에 오줌을 누는 걸 보았다. 소년이 돌아 서자 쥐새끼 하나가 돌무더기 아래에서 기어 나와 어디론가 달음질쳤다.

소설은 그 모습에서 받은 인상에서부터 태어났다. 사람이 쥐와 별로 다를 게 없다는 생각이 들었다. 먹어야 산다는 것 말고 다른 것은 생각할 겨를조차 없는 사람들의 삶이란 실제로 쥐보다 나을 게 없을 터였다. 오히려 쥐보다 더 비참하다고 할 수 있었다. 왜냐하면 쥐들은 생존 조건이 비슷하지만 사람은 그렇지 않으니까. 하기야 쥐들의 세상도 나름대로 약육강식의 세상이기 때문에 살기가 만만한 것은 아니다. 소설 속에서는 인간이 쥐보다 자식에 대한 책임감이 부족한 존재로 묘사되고 있다. 같은 인간으로 태어나서 다른 인간 동료들과는 달리 인간다운 삶을 전혀 보장받지 못하는 인간이라면 쥐보다 더 비참하지 않은가? 비참한 가난 속에 사는 인간들은 최소한의 도덕심도 수치심도 책임감도 없는 존재다. 그것이 내가 그 소설을 쓸 때의 생각이었다. 가난에 대한 전문가인 선배 작가들이 간 길을 나도 모르게 뒤따라갔다. 그러나 그들과는 다른 나만의 길을 찾기 위해 쥐를 등장시켰다. 가난한 사람들을 쥐의 눈으로 냉정하게 관찰하고 쥐의 동정을 일으키는 상황을 묘사함으로써 그들의 삶이 쥐보다 못하다는 것을 드러내 보였다. 초보 작가치고는 나름대로 많은 계산이 들어간 작품이다.

그렇다. 우리는 소설을 쓸 때 누구나 나만의 세계를 창조하려고 애쓴다. 그러나 자기도 모르게 앞선 작가들이 걸어 간 길을 따라 가고 있다. 그 길을 따라 가면서도 그들이 보지 못하고 내가 본 것을 찾아내려고 머리를 쥐어짜는 것이다. 그들이 아직 발견하지 못한 세계를 발견해야 한다. 그러기 위해서 쥐의 눈을 빌려 오기도 하고 새의 눈을 빌려 오기도 하고 노인이건 어린아이건 그 누가 되었건 새로운 이야기를 할 수 있는 누군가를 불러 와야 한다. 지금 내가 쓸 수 있는 것은 무엇인가? 내가 쓰고 싶은 이야기는 무엇인가? 밤새도록 머리를 싸매고 고민했지만 역시 그것을 발견하지 못했다. 희수의 말 대로 대학에 들어 와서 보낸 한 학기 동안 열에 들뜬 듯 삶을 즐기느라고 창작을 할 수 있는 사색의 시간이 너무 부족했던 모양이다.

결국 나는 '쥐'의 원고를 펼쳐놓고 다시 쓰기 시작했다. 어색하다고 생각되는 문장을 고치고 더 좋은 표현을 찾아내려고 고심했다. 내용이 부족하다고 생각되는 부분을 좀 더 세밀하게 묘사해 가면서 많은 내용을 덧붙이고 글의 순서도 바꿨다. 원래 200자 원고지 50장 분량이었던 '쥐'는 70장으로 늘어났다. 나는 원고를 완성하고 나서 한숨을 쉬었다. 창작 실기 시간에 제출할 소설 한 편도 새로 쓰지 못하고 한 학기를 보내 버렸다는 것이 한심하게 느껴졌다. 이래 가지고서 어떻게 소설가가 될 수 있단 말인가?

그 원고를 학교에 제출하기 전에 딱 한 사람에게 보여줬다. 그건 희수도 수인도 아닌 업 선배였다. 왠지 그래야 할 것 같았다. 그가 내 어깨를 풀어주었던 그날 이후로 나는 그에게 빚진 기분이었다. 업 선배는 내가 내민 원고를 받아 들고 찬찬히 읽어내려 갔다. 소설을 다 읽고 나서 그는 나를 보고 빙긋 웃더니 말했다.

"넌 소설가야."

그의 말이 나에게 위안이 되었던가? 조금은 그랬다. 하지만 나의 뇌 속에 있는 문학 창고가 너무 빈약한 것이 아닌가 하는 두려움에서 벗어나지 못했다. 내가 쓸 수 있는 소설과 내가 쓰고자 하는 소설 사이에는 엄청난 거리가 가로놓여 있었다. 나는 사람들이 그 전까지 한 번도 본 적이 없는 소설을 쓰고 싶었다. 카뮈의《이방인》을 처음 읽고 내가 그랬던 것처럼 전율을 느끼며 밤잠을 설치고 뒤척이게 하는 소설 말이다. 사형을 앞둔 뫼르소의 다음과 같은 독백처럼 가슴속에 깊이 남는 문장들을 찾아내고 싶었다.

……신호들과 별들이 가득 찬 밤을 앞에 두고, 나는 처음으로 세계의 정다운 무관심에 마음을 열고 있었던 것이다. 그처럼 세계가 나와 닮아 마침내는 형제 같음을 느끼자, 나는 전에도 행복했고 지금도 행복하다고 느꼈다. 모든 것이 완성되도록 하기 위해서, 내가 덜 외롭게 느껴지기 위해서, 나에게 남은 소원은 다만, 내가 사형집행을 받는 날 많은 구경꾼들이 와서 증오의 함성으로 나를 맞아주었으면 하는 것뿐이다.

5

연못시장

"상상이나 해 봤어? 순진한 남자의 진심어린 구애를 받아도 수줍어서 고개를 숙일 그 나이에
오직 자신의 몸만 필요로 하는 남자들을 상대하는 생활을.
너희들이 누군가의 짝사랑이나 동경의 대상이 될 때, 그들은 오직 경멸의 대상이 되고 있어.
한 여자로서 자신을 존중해 주는 남자를 경험하지 못한다는 게 얼마나 뼈아픈 일인지 알아?"

기말고사가 끝나고 대학은 긴 방학에 들어갔다. 여름방학 동안 집 안에 칩거하면서 책을 읽고 앞으로 써야 할 소설의 소재와 주제를 정리하는 데 열중했다. 그러는 동안 장마가 지나갔다. 그 방학 동안 기억에 남는 일은 수철이 보낸 한 장의 엽서였다. 수철은 아무나 읽을 수 있는 보통 우편엽서에 자기가 그린 듯한 엉성한 삽화를 곁들인 짤막한 내용의 엽서를 보내왔는데 그 엽서가 아버지 손에 먼저 들어갔다.

끝도 없이 비가 내린다.
보들레르의 〈악의 꽃〉을 읽으면
우울이 곰팡이처럼 내 머리통에 피어난다.
어두운 방구석에서 너를 생각하면서 수음을 한다.

녀석이 왜 하필이면 나를 생각하면서 수음을 하는지 도통 알 수가 없는데 아버지는 나를 나무랐다. 내가 행동을 어떻게 하고 다녔기에 같은 과의 남학생이 이 따위 편지를 보내느냐는 것이다. 아무 대꾸도 안 하고 그 놈의 엽서를 쓰레기통에 던져 버렸다. 제 딴에는 그것이 나에 대한 관심의 표시인지 모르겠지만 그런 유치하고 치졸한 수작이 마음에 들지 않았다.

장마가 끝나고 무더위가 기승을 부리던 어느 날 수인이 자다가 일어난 것처럼 부스스한 얼굴을 하고 우리 집을 찾아 왔다. 희수는 여름방학 내내 아르바이트를 하느라고 정신없었다. 넉넉하지는 못해도 부모가 등록금을 대 주는 수인이나 나와는 달리 희수는 자기 힘으로 대학에 다녀야 한다고 했다. 입학금도 자기가 아르바이트를 해서 마련했다고. 오랜만에 수인을 만나니 반갑기 그지없었다. 학기 내내 매일 붙어 다녔는데 얼굴을 못 본 채 한 달이 지나간 것이다.

"미리 전화라도 하고 오지 그랬어. 집에 없으면 어쩌려고?"

내가 그렇게 말했더니 수인은 아무렇지도 않게 말했다.

"없으면 그냥 가면 되지 뭐. 산책 삼아서 왔다 생각하고."

그건 좀 이상한 얘기였다. 수인은 서울에서 살고 있었고 우리 집은 인천이었다. 버스와 전철을 갈아타고 걷는 시간까지 하면 한 시간 반이 넘는데 산책이라니. 수인은 집에 전화가 없었고 원래 전화 걸기를 싫어했다. 수인은 예고 없이 갑자기 만나는 편이 더 좋다고 했다. 그녀는 말했다.

"나는 더 많은 우연을 원해."

우리는 월미도에 갔다. 바닷가에 늘어선 포장마차에 들어가 소주를 마셨다.

"소주를 마시면 목에서부터 위와 창자로 흘러 들어가는 소주의 길이 느껴져."

수인이 첫 잔을 털어 넣고 나서 말했다.

"창자에서 끝나?"

내가 물었다.

"그럼 너는 더 가니?"

"응. 나는 거기서 자궁으로 소주가 흘러가는 게 느껴지는데."

내가 그렇게 말하자 수인이 고개를 끄덕거렸다.

"저런, 나는 왜 거기까지 가는 걸 못 느끼지? 나도 오늘은 그 길을 느껴봐야겠다."

날씨는 부더웠다. 바다에서 미지근한 바람이 불어왔다. 기름기가 떠 있는 바다는 검고 더러웠다. 나는 이 바다를 사랑한다. 고향은 아니지만 인천에서 10년을 사는 동안 나에게 바다는 으레 이렇게 탁하고 더러운 빛으로 떠올랐다. 동해나 남해의 깨끗한 바다에도 가보았다. 그 바다는 아름다웠지만 그곳에서도 월미도나 연안부두에서 만나는 더러운 바다를 그리워했다. 인천 앞바다에는 늘 많은 배들이 떠 있었다. 멀리, 그리고 가까이. 언젠가는 그 배들 중 하나를 타고 태평양이나 대서양을 건너보고 싶었다. 나는 이 바다가 싫기도 하고 좋기도 했다. 익숙하다는 건 어쩔 수 없는 감정 중의 하나다. 마치 가족처럼.

"난 아버지 얼굴을 몰라. 내가 태어나자마자 집을 나갔대. 여섯 살

때 아버지가 한 번 찾아왔었는데 엄마하고 다투는 소리를 듣고 내가 자다가 일어나서 빨래 방망이로 아버지를 때렸대. 할머니가 그런 얘기를 했지만 난 그런 일이 있었는지 생각나지 않아."

수인이 느닷없이 그런 얘기를 했다. 수인의 집에 가서 여러 번 잔 적이 있지만 그런 얘기는 처음이었다. 수인은 두어 달 전부터 연애에 열중하고 있었다. 상대는 국문학과에 다니는 2학년생이었는데 어딘지 수인과 닮은 느낌을 주었다. 둘이 같이 다니는 걸 보면 남매 같다는 생각이 들 정도였다.

"수영아. 난 걔한테 너무 집착하고 있나 봐. 걔는 내가 너무 외롭게 살았기 때문이래. 내가 자기를 구속한다고 생각해. 내가 귀찮대."

수인은 커다란 안경 너머로 내 눈을 지그시 바라보며 그렇게 말했다. 수인은 방학하자마자 그와 함께 서해에 있는 안면도로 여행을 갔었다. 사실 그들은 학교에서도 너무 붙어 다녔다. 수인은 내숭 떨 줄도 모르고 나처럼 책략을 쓸 줄도 몰랐다. 그냥 좋으면 좋은 대로 다 표현하는 편이었다. 나는 수인이 그한테 집착하는 게 아니라 열중해 있는 거라고 생각했다.

"그래서 어떻게 할 거야? 이제 구속하지 않겠다고 했어?"

내가 그렇게 묻자 수인은 고개를 저었다.

"아니, 난 그럴 수 없어. 매일 만나지 않으면 견딜 수가 없어."

"방학 동안 매일 만났단 말이야? 여행 갔다 와서 줄곧?"

나는 조금 놀랐다.

"응, 그가 우리 집에 매일 왔어. 내가 오라고 했거든."

나는 더 놀랐다.

"집에? 할머니는?"

"할머니? 할머니는 아무 말 안 해."

집에서 그들이 섹스를 했는지 물어 보려다가 그만 두었다. 그건 물어보나 마나 한 질문이었기 때문이다. 아무튼 목장우유에 대해서 궁금해 하던 수인이 그 사이 먼 길을 왔다는 건 확실했다.

"그가 나더러 색골이래."

수인은 내 생각을 알아차린 것처럼 자진 신고를 해왔다.

"네 생각은 어떤데?"

"내가 매일 걔와 같이 있고 싶고 섹스하고 싶어 하는 게 이상한 거라는 생각은 안 들어. 자연스럽고 당연한 거 아니야? 사랑하는 사람들은 다 그런 거 아니냐고?"

사실 그게 당연한 건지 아닌지는 알 수 없었다. 나도 윤 후를 사귀고 같이 자기도 했지만 매일 하고 싶지는 않았으니까. 하지만 수인의 그 남자가 좋은 놈이 아니라는 건 알 수 있었다.

"네가 정상이고 아니고를 떠나서 그가 나빠. 색골이라니 그걸 말이라고 하니? 색골이 뭔지 알지도 못하고 하는 말이야. 저도 좋다고 해 놓고 그게 여자 친구한테 할 소리니? 당장 때려치워."

나는 목소리를 높였다.

"안 돼. 나는 그가 없으면 살 수 없어."

수인은 눈물이 글썽해졌다. 빠져도 단단히 빠진 것이다. 수인은 너무 순진하고 외골수여서 문제였다. 나는 이럴 때 가장 하지 말아야 하는 짓을 하기로 결심했다. 그 녀석을 수인에게서 떼어내기로 마음먹은 것이다.

나는 희수가 아르바이트 하는 곳으로 찾아가 이 문제를 의논했다. 희수는 내 의견에 반대했다.

"그냥 놔 둬. 그런 문제는 개입하는 거 아냐. 지가 알아서 하게 놔둬."

"하지만 나쁜 놈이야."

내가 열을 내며 말하자 희수가 웃었다.

"니가 데리고 살 것도 아니잖아. 니 애인도 아니고. 무슨 상관이야? 그리고 거의 다 나쁜 놈이야. 좋은 놈은 별로 없어. 그렇다고 수인이가 걔랑 결혼하겠다는 것도 아니고 때가 되면 다 헤어질 텐데 뭘 그렇게 애를 써?"

그러나 희수와 나의 그런 이야기는 필요 없는 것이 되고 말았다. 2학기가 시작되기도 전에 그들의 연애는 끝났기 때문이다.

"우리 헤어졌어. 헤어지자고 해서 그러자고 했어"

학기가 시작되어 업에서 만났을 때 수인이 그렇게 말했다.

"절대 헤어질 수 없다며?"

나의 물음에 수인은 씁쓸하게 웃었다.

"내가 싫어졌다는데 어떻게 해? 날 만나는 게 괴롭다는데."

희수와 나는 아무 말도 하지 않았다. 수인이 예방 주사를 맞은 것이라고 생각했다. 이제 좀 더 현명해질 거라고. 예상했던 대로 수인은 곧 다른 남자친구를 만났다.

1학년 2학기가 끝나고 겨울방학이 시작될 때까지 우리는 각자 분주한 날들을 보냈다. 희수는 학교 방송국에서, 수인은 학교 신문사에서 각각 일했다. 나는 소설에 매달렸다. 그러나 아무리 애를 써도 여전히 소설은 써지지 않았다.

희수와 수인은 방송국이나 신문사 일 때문에 점심시간에 종종 나를 혼자 있게 했다. 나는 도시락을 싸가지고 다녔는데 남학생들은 물론이고 여학생들도 도시락을 싸 오는 애가 없었다. 여학생들 몇몇은 다이어트를 한다면서 아예 밥을 먹지 않았고 나머지 애들은 학교 식당에서 밥을 사먹었다. 나는 도시락을 가지고 식당에 가서 과의 친구들과 어울려 밥을 먹곤 했다. 어느 날, 식당에 가기가 귀찮아서 그대로 빈 강의실에서 도시락을 먹으려고 남아 있는데 석균이가 뒷자리에 앉아서 도시락을 꺼내놓고 있었다. 나는 그의 옆으로 갔다.

"도시락 같이 먹자."

내가 도시락을 꺼내자 그는 씩 웃었다.

"너, 내 도시락 보면 놀랄 텐데."

"놀랄 게 뭐 있어?"

하지만 그가 도시락을 꺼내 놓았을 때 한 번 놀랐고 도시락 뚜껑을 열었을 때 더 놀랐다. 그의 도시락은 내가 본 것 중에 가장 큰 알루미늄 도시락이었고, 그 안에는 시커먼 보리밥이 꽉꽉 눌러서 가득 담겨 있었다. 반찬은 도시락 한 쪽 구석을 차지하고 있는 길쭉한 반찬통에 들어 있는 시커먼 고추 장아찌 딱 한 가지뿐이었다.

"내 도시락은 아직 60년대식이지? 박정희의 경제개발계획의 성공이 무색할 정도 아냐?"

석균의 말을 듣고 나도 모르게 고개를 끄덕거렸다. 그때까지는 엄마가 싸주는 도시락 반찬이 그렇게 대단하다는 생각은 해보지 않았다. 하지만 석균의 도시락을 보니 그게 아니었다. 달걀부침이나 쇠고기 장조림, 오징어 채 볶음, 멸치 볶음, 가끔은 과일샐러드까지 싸주는 나의 도시락은 황송할 만큼 사치스러운 것이었다. 나의 도시락은 밥그릇과 반찬그릇의 크기가 거의 같았다. 석균은 다행히 내가 권하지 않아도 내 반찬을 잘 집어 먹었다. 그의 고추 장아찌 한 개를 집어 먹었는데 어찌나 짠지 그거 하나로 밥을 반 정도는 먹을 수 있었다. 과연 그 많은 밥을 먹기에 모자라지는 않을 성 싶었다.

도시락을 다 먹고 나서 우리는 식당으로 갔다. 식당에서는 따뜻한 보리차를 얼마든지 무료로 마실 수 있었다. 우리는 아이들이 많이 빠져 나가 조용한 식당에서 보리차를 한 잔씩 따라가지고 마주 앉았다.

"나는 대학에 들어와서 제일 당황스러운 게 출신학교 묻는 거였어."

석균이 갑자기 그런 말을 했다.

"왜?"

이유를 물어볼 수밖에 없었다.

"나는 고시출신이거든."

그의 말을 즉시 알아듣지 못하고 얼굴만 빤히 쳐다봤다.

"사법고시 말고 검정고시."

석균이 다시 웃으며 덧붙였다.

나는 그제서 '아' 하고 짧은 감탄사를 뱉어냈다.

"집이 어려워서 고등학교를 갈 수가 없었어. 아버지는 많이 편찮으시고 엄마 혼자 벌어서는 먹고 살기도 힘들었거든. 아버지가 돌아가시니까 오히려 여유가 생겼어. 병원비나 약값은 안 들어가니까. 그래도 대학 들어 온 거 생각하면 꿈만 같아. 대학에 붙었을 때 엄마가 나보다 더 좋아하셨어. 그런데 참, 돈 많이 주는 아르바이트 없을까? 1학기 때는 중학생 애들 과외 가르쳤는데 생각보다 돈이 얼마 안 되더라."

나는 정말로 그에게 도움을 주고 싶었다. 하지만 돈 많이 버는 아르바이트에 대해서는 아는 게 없었다. 그 날 수업이 끝난 후에 작가폐업에 가서 업 선배와 의논해 봐야겠다고 생각했다. 큰 기대는 안 했지만 달리 의논할 사람이 생각나지 않았다.

선배는 내 얘기를 듣고 한참 생각하더니 이렇게 물었다.

"그 친구 체격 좋아? 힘 좀 있어 보여?"

"네. 키도 크고 덩치도 있고 꽤 남자답게 생겼어요."

사실 석균이는 지적이고 섬세한 얼굴에 비해 체격이 단단하고 키도 큰 편이었다.

"좀 험한 일이긴 한데 보수는 센 편이야. 본인 의사가 중요하니까 내일 그 친구 데리고 와 봐."

다음날 석균이와 함께 업 선배를 만났다. 업 선배의 얘기를 듣고 깜짝 놀랐다. 그가 말하는 일자리는 바로 학교 근처의 연못시장에서 기도를 보는 일이었다. 석균이가 기분 나빠 하지 않을지 조금 걱정이 됐다.

"돈만 많이 주면 무슨 일이든 상관없어요. 근데 제가 그 일을 할 수는 있을까요? 덩치는 커도 싸움은 별로 안 해봤거든요. 저는 폭력을 아주 싫어합니다."

석균이는 내 생각과는 다른 걱정을 했다.

"그건 걱정할 것 없어. 폭력을 행사할 일은 별로 없을 거야. 그럴 필요가 생기면 그건 해 줄 사람이 따로 있으니까. 그냥 여자애들 보호 차원에서 경비 선다고 생각하면 돼."

업 선배의 말을 들으며 의문이 생겼다. 도대체 저 사람은 어떻게 그런 일자리를 소개해 줄 수 있는 걸까?

"그럼 지금 나하고 가 보자고. 수영이가 가게 잠깐 봐 줄래? 금세 다녀올게."

업 선배와 석균이는 함께 나갔다. 30분쯤 지났을 때 업 선배 혼자 돌아왔다.

"잘 됐어. 주인이 석균이가 마음에 드나 봐. 하던 사람이 갑자기 그만 둬서 난감했는데 오늘 당장 시작했으면 좋겠다고 해서 그러기로 했어. 선불도 조금 당겨 주기로 하고."

업 선배가 기뻐하면서 보고했다.

"선배는 그런 데를 어떻게 알아요? 주인이면 포주 말하는 거죠?"

내가 궁금증을 참지 못하고 물었다.

"그런 데를 어떻게 알 것 같아? 단골이니까 알지."

업 선배는 빙긋이 웃으면서 그렇게 말했다.

"에이, 설마. 선배가 그런 데를 간다고요?"

그가 나를 놀린다고 생각했다.

"나는 결혼 적령기를 넘긴 남자야. 애인도 없고. 성적으로는 이상 없는 건강한 남자인 내가 어떻게 기본적인 욕구를 해결한다고 생각해?"

업 선배는 정색을 하고 그렇게 말했다. 괜히 물어 봤다고 후회를 했지만 엎질러진 물이었다.

"책임질 생각도 없는 비겁한 연애보다 그쪽이 더 떳떳하다고 생각해."

나는 솔직히 업 선배의 말을 잘 이해하지 못했다.

석균이 그곳에서 정확히 무슨 일을 하고 돈을 받는지 알 수가 없었다. 다음 날 같이 점심을 먹으면서 물어보고 싶었지만 왠지 어색해서 참고 있었다. 석균이가 먼저 이야기를 꺼냈다.

"나, 그런데 처음 가봤거든. 그래서 처음에는 무척 긴장했는데 일도 편하고 주인아주머니도 좋은 사람 같아서 다행이야. 아가씨들도 다 나한테 잘해 주고."

"거기서 네가 하는 일이 뭐야?"

"사실 딱히 무슨 일을 한다고 하기는 애매한데. 이를테면 망을 본다고 할까? 아니 그냥 상징적인 존재? 글쎄, 어떻게 말하면 좋을까? 음……손님 중에는 좀 이상한 치들도 있으니까 술이 취해 가지고 오는 애들도 많고, 아가씨들한테 무리한 요구를 하거나 욕을 하거나 더러는 손찌검을 하는 경우도 있거든. 일단 내가 입구에 버티고 있으면 그런 일을 예방하는 효과가 있고 또 실제로 그런 일이 생기면 아주머니랑 같이 들어가서 손님을 끌어내기도 해야 되나 봐. 문제가 심각해지면 거기 봐 주는 건달들한테 연락하고, 경찰에 도움을 청하기도 한대. 어제는 아무 일도 없어서 그냥 지키고 있기만 했어."

석균이 자기가 파악한 내용을 이야기해 주었다. 나도 어떤 성격의 일인지 짐작이 갔다.

"너무 힘들지 않아? 새벽 4시까지 꼬박 있어야 한다며."

조금 걱정이 되어 물었지만 석균이는 고개를 저었다.

"괜찮아. 그 정도 받으면서 그만큼도 안 할 수 있나? 1교시 수업이 일주일에 이틀뿐인 걸 뭐. 잠 잘 시간은 충분해. 그보다 더 한 일도 많이 해 봤어. 그만하면 좋은 일자리야. 업 선배한테 밥 한 번 사야겠다."

"업 선배가 진짜 그 집 단골이야?"

어제 얘기를 듣고도 어쩐지 믿기지 않아서 그렇게 물었다. 석균이는 씩 웃으며 말했다.

"몰라. 어제는 안 왔던데. 어쨌든 주인아주머니 하고는 친한 것 같더라. 근데 너 왜 신경 써? 혹시 업 선배 좋아하냐?"

나는 잠시 멍해졌다. 어제 업 선배와 그런 얘기를 나누고 나서 줄곧 그 일이 머리에서 떠나지 않았다. 아닌 게 아니라 지나치게 신경을 쓰고 있는 것이다. 석균이의 말을 듣고 나자 정신이 번쩍 드는 것 같았다. 나는 업 선배에게 특별한 감정을 품고 있는 것일까? 내가 말없이 생각에 잠겨 있었더니 석균이 다시 물었다.

"근데 업 선배라는 사람 어떤 사람이야? 너희들하고 친한 건 알겠는데 작가폐업 주인이라는 거 말고 뭐 아는 거 있어? 인간성도 좋은 것 같고 머리도 좋은 것 같긴 하지만 젊은 사람이 왜 돈 벌 생각도 안 하고 취직도 하지 않고 그런 식으로 틀어박혀 있는지 이상하지 않아? 건강에도 이상이 없고 교육도 받은 사람 같던데."

나도 석균과 같은 생각이었다. 업 선배는 베일에 싸인 사람이었다. 그는 자기 자신에 대해서 이야기하는 법이 없었다. 부모 형제나 친지, 친구에 대해서 말하는 것도 본 적이 없었다. 자기가 어떤 학교를 다녔는지도 말하지 않았고 찾아오는 사람도 없었다. 어떻게 사람이 그렇게 혼자일 수 있을까? 왜 그토록 자신을 드러내지 않고 살게 되었을까? 왜 누구와도 개인적인 관계를 맺지 않으려고 할까?

"무슨 사연이 있는 사람 같지?"

나는 겨우 그런 하나 마나 한 소리를 했다.

"그러게 말이야. 한 번 물어볼까?"

석균이 말했다.

그 날 수업이 끝나고 석균과 나는 작가폐업으로 갔다. 업 선배는 여느 때와 다름없이 책을 읽으며 자리를 지키고 있었다. 실내에는 이글스Eagles의 〈호텔 캘리포니아Hotel Callifornia〉가 흘러나오고 있었다.

우리가 들어가자 업 선배는 책을 덮고 일어나 우리와 함께 앉았다.

"커피 줄까?"

업 선배가 일어서려는 걸 말리고 내가 일어났다.

"제가 할게요. 선배도 커피 드려요?"

"그래. 한 잔 줘. 고마워. 커피는 수영이가 잘 내려."

내가 커피 석 잔을 만들어 가지고 자리에 가서 앉았을 때 두 사람은 이마를 맞대고 뭔가 재미있는 이야기를 하는 듯한 분위기였다.

"뭐 재미있는 거 있어요?"

내가 물었더니 두 사람은 서로 마주 보며 싱긋 웃었다.

"남자들끼리 얘기야."

석균이 그렇게 말했다. 어느 새 두 사람은 무척 친해진 것 같았다.

"언제부터 그렇게 친했어요? 통하는 게 있는가 보죠?"

내가 그렇게 물었더니 업 선배가 나를 보며 물었다.

"수영이가 나에 대해서 궁금한 게 많다며? 뭐가 알고 싶어?"

조금 당황했지만 잘 됐다 싶어서 얼른 말했다.

"아는 게 너무 없어서 뭐부터 물어봐야 할지 모르겠어요. 정확한 나이도 모르고 심지어는 이름도 모르잖아요."

"수영이가 나한테 그렇게 관심이 있다니 영광인데. 나야 뭐 그냥 고독한 술집 주인일 뿐이지. 수영이처럼 예쁘고 재능 있고 인기 있는 여대생이 나 같은 사람에 대해서 자세히 알아서 뭐 하게?"

업 선배는 웃으면서 그렇게 말했다. 그는 교묘하게 자신에 대해서 말하는 걸 회피하고 있었다.

석균이는 아무 말도 하지 않고 보고만 있었다.

"관심이 있어요. 알고 싶어요. 업 선배가 어떤 사람인지 알면 안 돼요?"

나도 모르게 도전적인 말투로 말했다. 왠지 화가 나려고 했다.

"영어로 'I know him'이라는 표현이 우리가 아는 단순한 뜻 말고 어떤 뜻을 포함하고 있는지 알아?"

업 선배는 내 말을 못 들은 척 하고 엉뚱한 소리를 했다.

"그게 상황에 따라서 나는 그 사람하고 같이 잤다, 자 봤다, 뭐 그런 뜻이 있다면서요?"

석균이가 끼어들었다. 도대체 얘는 뭐 이렇게 아는 게 많을까? 고등학교를 안 다니면 그렇게 아는 게 많아지는 걸까? 그런 생각을 하며 두 사람을 노려보았다.

"맞아. 내가 하려는 얘기는 사람을 안다는 것에 대해서 영어권 애들은 우리와는 좀 다른 기준을 갖고 있는 게 아닌가 하는 거야. 우리가 서로 안다는 게 실은 참 피상적인 거거든. 이름이나 나이, 어느 학교 나왔나, 직업은 뭔가, 부모님은 어떤 사람이고 가정환경은 어떤가, 돈은 어느 정도 있나, 상대방에 대해서 그런 정보를 갖고 있으면 그 사람을 안다고 생각하는데 그건 사실 별로 중요한 게 아니라는 거지. 그렇다고 뭐 잠자리를 해 봐야 꼭 그 사람을 알게 되는 건 아니지만 우리가 사람을 안다고 생각하고 그 사람에 대해서 판단하는 기준이라는 걸 어디다 두고 있을까 하는 생각을 하게 돼. 수영이가 나에 대해서 아는 게 없다고 해서 하는 말이야."

업 선배의 말을 들으며 문득 고등학교 때 읽은 쌩 떽쥐베리의《어린 왕자》가 생각났다. 어린 왕자가 보기에 어른들은 쓸데없는 것만 묻는다. 아버지는 뭐 하시냐? 몇 살이냐? 공부는 잘 하느냐? 그런 것들. 자기가 하루 중에 해가 지는 풍경을 가장 좋아하는 것, 자기에게 사랑하는 장미꽃이 있다는 것 따위는 알고 싶어 하지 않는다는 것이다.

"선배는 하루 중 어느 시간을 가장 좋아하세요? 아침이 밝아 올 때, 혹은 황혼이 질 때를 좋아하세요? 비가 올 때는 무슨 음악을 듣고 싶으세요? 아름다운 저녁놀을 보면 누가 생각나요?"

나는 업 선배를 바라보며 그렇게 물었다. 선배는 가만히 내 눈을 들여다보았다.

"나는 낮에서 밤으로 넘어가는 시간, 하늘이 잉크 빛으로 변하는 그 시간을 가장 좋아해. 매직 아워라고 부르는 시간이지. 밤의 요정들과 마녀들의 시간이 다가 오는 그 순간을 좋아해. 비가 올 때는 음악을 듣지 않고 빗소리를 듣는 편이 더 좋아. 아름다운 저녁놀을 보면 어머니가 생각나지."

업 선배가 나지막한 어조로 그렇게 말했을 때 내가 그를 오래 전부터 좋아하고 있었다는 것을 깨달았다. 윤 후와 데이트를 하고 다른 남학생들과 미팅도 하면서 몇 달을 지내는 동안 실은 다른 사람을 좋아하고 있었던 것이다. 업 선배 역시 나를 좋아한다는 것을 알았다. 설명할 수는 없지만 그런 느낌은 그냥 알게 되는 것이다. 그 자리에 있던 석균 역시 그것을 눈치 챈 것 같았다. 우리는 한동안 별 다른 대화 없이 음악에 귀를 기울이고 있었다.

석균이 아르바이트를 하러 가고 나서도 업 선배와 나는 여전히 마주 보고 말없이 앉아 있었다. 그날따라 이상하게 아무도 오지 않았다. 손님도 들어오지 않았고 수인과 희수도 오지 않았다. 마음이 편안하면서도 슬픈 것 같기도 했다. 왜 슬픈지는 알 수 없었다. 업 선배가 일어나더니 음반을 바꾸고 맥주 세 병을 가지고 왔다. 우리는 맥주를 마셨다. 선배는 띄엄띄엄 이야기를 하기 시작했다. 자신의 이름은 김준혁이고 나이는 서른세 살이라고 했다. 그는 나와 띠 동갑이었다. 우리가 다니는 대학보다 좋은 사립대학 출신이고 사학을 전공했다고. 어머니는 시골에 계시고 자신은 혼자서 살고 있다고. 그는 아버지에 대해서는 이야기하지 않았다. 다만 자기가 취직도 하지 않고 술집을 하고 있는 것은 아버지 때문이라고 했다. 아버지 때문에 자기는 제대로 된 사회생활을 포기했노라고.

그의 이야기를 듣기만 하고 아무 것도 묻지 않았다. 아버지 때문에 사회생활을 포기했다는 게 무슨 뜻인지 물어보고 싶었지만 그가 말하고 싶을 때까지 묻지 않는 게 좋을 것 같았다. 그는 담담하게 그런 이야기를 했지만 나는 마음이 아팠다. 내가 짐작하고 있었듯이 그는 '사연'이 있는 사람이었다. 나는 김준혁이라는 그의 이름이 낯설었다. 그래서 앞으로도 그냥 업 선배라고 부르기로 혼자 마음먹었다. 그를 좋아한다고 해서 특별히 달라진 것은 없었다. 아니다. 겉으로는 달라진 것이 없었지만 내 마음에는 설렘과 불안감이 가득 차올랐다. 달콤하고 행복하면서도 슬프고 불안했다. 내 마음이 왜 그렇게 종잡을 수 없이 복잡한지 알 수 없었다. 업 선배는 다정한 눈길로 나를 바라보았지만 그 다정함 뒤에는 슬픈 빛이 배경처럼 깔려 있었다. 그날 밤 잠을 자려고 누웠을 때 그의 눈빛이 생각 나 오래도록 잠을 이루지 못했다.

그 날 업 선배와 나 사이에서 있었던 일에 대해 수인이나 희수에게 말하지 않았다. 우리 세 사람이나 업 선배가 예전과 다름없이 지내는 게 좋다고 생각했다. 업 선배도 그러기를 원할 거라 생각했다. 하지만 작가폐업에 있을 때 들뜬 기분을 감추기가 어려웠다. 남의 일에 관심이 없는 수인은 그런 나의 변화를 알지 못했지만 눈치 빠른 희수는 그렇지 않았다. 며칠 못 가서 나는 희수의 유도 심문에 걸려 모든 것을 실토하고 말았다. 희수는 내 얘기를 듣더니 미간을 모으며 말했다.

"업 선배 아버지, 사상범 아닐까?"

"사상범이라니? 그게 무슨 말이야?"

"있잖아. 공산주의자."

"그래, 그럴지도 모르겠다."

희수는 내 어깨를 치면서 말했다.

"멋진데. 우리 아버지는 남로당이었다. 소설 감이야."

"멋지기는 암울한 거지. 업 선배 불쌍하다."

"흠. 비전향 장기수일지도 몰라."

나도 희수의 말이 맞을 수 있다고 생각했다.

"업 선배가 좋은 사람이긴 하지만 나이가 너무 많지 않니?"

희수가 다시 물었다.

"나이가 많아서 안 통한다든가 그런 거는 못 느끼는데? 나는 업 선배가 좋아. 그냥 같이 있으면 좋고, 보고만 있어도 좋고 그게 다야. 그 이상 뭘 어떻게 해보겠다는 생각은 없어."

내 말에 희수는 고개를 끄덕거렸다.

“그래. 그럼 됐지 뭐. 우리가 지금 결혼할 것도 아니고. 연애야 많을수록 좋은 거고. 그렇지?”

“많을수록 좋을 건 뭐 있니? 정말 좋은 사람 있으면 하나가 더 좋지.”

희수는 깔깔거렸다.

“글쎄. 나는 많을수록 좋던데. 넌 그럼 똑똑한 놈으로 하나만 키우던가. 니 맘이지 뭐.”

“근데 있잖아. 업 선배가 거기 석균이 아르바이트 하는 집 단골이라는 게 맘에 걸려.”

내가 그렇게 말하자 갑자기 희수가 정색을 했다.

“요즘도 거기 간대? 석균이가 봤대?”

“아니. 석균이 있을 때 오는 건 못 봤대.”

희수가 한참 생각을 하더니 갑자기 내 팔을 잡았다.

“야, 우리 오늘 석균이한테 가 보자. 업 선배 단골이 누군지도 알아볼 겸.”

나는 깜짝 놀랐다.

“말도 안돼. 우리가 거길 어떻게 가니?”

“왜 못 가? 친구 아르바이트 하는데 좀 가보면 안 되냐? 석균이한테 내가 얘기할게. 한 번 가보고 싶지 않니? 연못시장 말이야. 남자애들은 뻔질나게 가는데 우리는 가 볼 기회가 없잖아. 석균이 핑계 대고 한 번 가보는 거지 뭐. 재미있겠다. 수인이하고 셋이서 가 보자.”

나도 호기심이 없지 않았다. 희수와 수인과 함께라면 가 봐도 괜찮을 것 같았다.

수업이 끝나고 우리는 개미집으로 갔다. 연못시장 입구에 있는 선술집이었다. 희수와 수인과 내가 개미집에서 막걸리를 마시고 있는데 수철이 왔다.

"어서 와. 수철이도 오라고 그랬어. 같이 가려고."

희수가 말했다.

"여자들이 연못시장에는 뭐 하러 가려고 그래? 레즈비언이냐? 레즈비언들은 다른 데로 가야 돼."

수철이 느물거렸다.

"석균이가 힘들 것 같아서 격려 차 가는 거야. 사장한테 잘 봐 달라고 부탁도 하고."

희수가 받아 쳤다.

"대단한 우정이네. 석균이는 좋겠다."

막걸리 한 통이 바닥났을 때 석균이가 왔다.

"우리가 가도 괜찮을까? 곤란하면 말해."

내가 석균이에게 말했다.

"지금 가서 물어 보고 왔어. 너희들 데리고 가도 되냐고. 아주머니가 데리고 오래. 와서 술도 한 잔 하고 놀고 가래. 아주머니도 여대생들 구경하고 싶대."

"우리가 연못시장 구경하러 가는 게 아니라 그 사람들한테 여대생 구경시키러 가는 거네."

수인이 재미있다는 듯이 말했다.

"아무려면 어때? 서로 구경하고 구경시키고 공평하네. 근데 거기서 술도 마시니?"

희수가 물었다.

"그럼. 와서 술 찾는 사람도 있으니까. 술집도 겸하는 셈이지."

"야. 나는 오늘 거기서 자고 갈 테니까 니 백으로 좀 싸게 해 주라고 그래라. 제일 괜찮은 아가씨 하나 해 주고. 응?"

수철이 말했다.

"괜찮은 아가씨 추천받는 것과 싸게 하는 것 둘 중 하나만 해라. 나 거기 취직한지 얼마 안 돼서 그렇게 백 세지 않거든."

석균은 씩 웃으며 수철의 팔을 잡았다.

우리는 어둑어둑해질 무렵 개미집을 나와 석균이 근무하는 집으로 갔다. 담장도 없이 기다랗게 지어진 나지막한 집에 조그만 방들이 죽 붙어있는 이상하게 생긴 집이었다. 그 방들이 디귿 자를 그리면서 늘어서 있었다. 얼핏보면 무슨 하숙집 같아 보였다. 방마다 분홍색이나 노란색 커튼이 드리워져 있었다.

주인아주머니는 50대 중반으로 보이는 뚱뚱하고 키 큰 여자였다. 사납게 생긴 인상에 약간 긴장했지만 우리를 친절하게 맞아 주었다. 이 방 저 방의 문이 열리면서 아가씨들이 고개를 내밀고 우리를 구경했다.

"어서들 와. 석균이 친구들이라니까 반갑네. 들어와서 앉아요."

우리는 조잡한 분홍색 커튼이 드리워진 좁은 방으로 들어갔다. 영화에서 본 일이 있는 소위 방석집 같이 생긴 방이었다. 방에서는 싸구려 향수 냄새가 풍겼다. 벽은 온통 벌거벗은 여자들의 사진으로 도배되어 있었다. 성을 매매하는 곳이라는 것을 노골적으로 드러내는 풍경이었다. 얼마 안 있어 두 아가씨가 커튼을 젖히고 들어 왔다. 그들은 술상을 맞들고 있었다. 아주머니도 그들 뒤를 따라 들어왔다. 좁은 방안이 사람으로 가득 찼다. 수철은 자기 본향에라도 온 듯이 흥겨워하고 있었다.

"얘네들은 향숙이하고 성숙이야. 쌍둥이래. 하나도 안 닮았지만 지네들이 쌍둥이라고 우기니까 우리도 그렇다고 하는 거야."

주인아주머니가 아가씨들을 소개했다. 자칭 쌍둥이 자매는 둘 다 약간 통통한 편이었고 썩 예쁘지는 않아도 밉상은 아니었다.

"어, 나는 김희수, 얘는 이수영, 키 큰 쪽은 명수인이고 여기는 정수철이라고 해요. 만나서 반가워요. 사장님, 그리고 향숙 씨, 성숙 씨."

희수가 우리를 대표해서 소개를 했다.

"언니들, 오빠, 잘 부탁 드려요."

향숙이가 그렇게 말하며 둘이 같이 고개를 숙였다.

나는 잠깐 어리둥절했다. 짙은 화장 때문인지는 몰라도 아무래도 그쪽이 언니들인 것 같았기 때문이다. 하지만 잠시 후에 내가 잘못 보았다는 것을 알게 되었다.

"향숙이하고 성숙이는 열아홉 살이랬나? 우리보다 두 살 적은 거지."

석균이가 그렇게 말했기 때문이다. 그들이 열아홉 살이라는 게 영

믿기지 않았다.

"사실은 열여덟 살인지도 몰라요. 나이를 정확히 모르는데 고아원에 있을 때 대충 들은 걸로는 열여덟 아니면 열아홉일 거예요."

이번에는 성숙이 그렇게 말했다.

그 날 우리는 항숙, 성숙 자매와 꽤 즐겁게 얘기를 하고 술을 마셨다. 석균이는 저녁을 먹고 나서 바로 일하러 갔고 주인아주머니도 금세 자리를 떴다. 항숙이와 성숙이는 각자 손님이 와서 찾을 때까지 우리와 함께 있었다. 우리는 주로 그들의 얘기를 들어주는 편이었고 그들이 묻는 말에 대답해 주었다. 그들은 같은 고아원에서 자랐고 국민학교를 졸업하고 같이 고아원을 나왔다고 했다. 물론 진짜 쌍둥이 자매는 아니었지만 나이도 같고 서로 의지하면서 지내다 보니 쌍둥이였으면 좋겠다고 생각해서 그렇게 말한다는 것이다. 그들은 3년 전에 이곳에 왔다고 했다. 그들에게는 목표가 있었다. 미용기술을 배워서 둘이 같이 미용실을 차리기 위해서 열심히 저축을 하고 있다고 했다.

"꼭 성공하도록 해."

"부지런하고 착하니까 숙 자매는 성공할거야."

"그래. 우리 수자매가 숙 자매 잘 되라고 빌어 줄게."

희수와 수인과 나는 한마디씩 그들을 격려해 주었다.

희수는 그 집을 나오기 전에 주인아주머니를 만나서 업 선배에 대해 물어 본 모양이었다.

"수영아. 안심해라. 업 선배는 이 집 단골이 아니고 주인아주머니하고 선배 어머니가 같은 고향이래. 오래 전부터 아는 사이라나봐."

그 말을 듣고 체증이 내려간 듯 속이 시원했다.

그 날의 만남은 우리보다 향숙 자매에게 더 특별한 일이었던 것 같다. 석균이 전하는 바에 의하면 그들이 우리를 무척 마음에 들어 했다는 것이다. 대학생이라고 자기들을 우습게 보지도 않고 너무 잘 해줘서 고맙고 우리가 똑똑하고 멋있어서 좋다고 했단다.

"똑똑하긴 걔들이 똑똑하다 얘, 우리가 멋있는 줄을 알아보니까 말이야."

수인이 그렇게 너스레를 떨었다.

며칠 지나서 석균이 향숙과 성숙을 작가폐업으로 데리고 왔다. 우리는 그들을 반갑게 맞았다.

"사실은요. 언니들한테 부탁이 있는데 곤란하면 안 들어주셔도 괜찮아요."

향숙이가 말했다.

"무슨 부탁인데?"

우리가 거의 동시에 물었더니 이번에는 성숙이 말했다.

"얼마 있으면 대학축제 하잖아요. 축제 구경 한 번 시켜주시면 안 돼요?"

희수가 나섰다.

"축제 구경하고 싶어? 안 될 게 뭐 있어? 축제는 아무나 구경 오라고 하는 건데."

희수의 장담 덕분에 우리는 숙 자매의 축제 구경을 위한 준비를 떠맡았다. 희수는 숙 자매에게 진짜 축제를 경험하게 해 주겠다고 기염을 토했다. 우리는 우선 향숙이와 성숙이가 입을 옷을 마련해 주었다. 그들이 갖고 있는 옷은 대학 축제에 입고 오기에는 아무래도 튀는 편이었기 때문이다. 내 옷을 빌려 주고 싶었지만 사이즈가 맞지 않았다. 수인의 옷도 마찬가지였다. 희수가 자기 옷을 하나 가져 왔지만 수인과 나에게 퇴짜를 맞았다. 우리는 여학생회에서 설치해 놓은 헌옷수거함을 뒤졌다. 거기서 숙 자매에게 맞을 만한 수수하면서도 깔끔해 보이는 옷들을 건질 수 있었다. 우리는 그 옷을 학교 앞 세탁소에 맡겨서 깨끗이 손질했다. 희수는 우리 과에서 가장 착하고 순한 동기 남학생 두 명을 선발했다. 향숙과 성숙의 축제 파트너를 만들어 주려고 했던 것이다. 그들은 처음에 질색을 했지만 술을 사고 달래고 협박해서 승낙을 받아냈다. 우리 수자매가 다른 파트너 없이 그들과 동행한다는 조건까지 내걸었다. 어차피 우리는 남자친구를 데리고 축제에 참여할 생각이 없었다. 나는 고등학생 때 언니의 대학 축제에 두 번이나 가봤다고 잘난 척 했고 희수도 대학생 행세를 하며 축제 파트너로도 가 봤다고 잘난 척 했다. 수인은 축제에 별로 관심이 없었다.

드디어 약속했던 축제의 마지막 날이 되었다. 석균이가 주인아주머니에게 어렵게 승낙을 받아냈다. 향숙이와 성숙이가 평소에 워낙 착실하고 말썽이 없었기 때문에 그들로서는 근무시간인 저녁 시간에 특별히 외출할 수 있었다. 향숙과 성숙은 전날 우리가 석균이를 통해서 전달한 옷을 입고 화장을 엷게 하고 나타났다. 웨이브가 강한 파마머리를 미장원에 가서 펴고 나니 그들은 여느 여대생과 다를 바가 없었다. 우리가 선발한 일일 파트너들도 항숙과 성숙을 보더니 우거지상이 펴졌다. 우리 일곱 명의 축제 참가자들은 즐겁게 캠퍼스를 누비고 다녔다.

주량에 자신이 있는 성숙이 막걸리 마시기 대회에 참가하고 싶어 하는 걸 겨우 뜯어 말렸다. 취하면 축제를 제대로 즐길 수 없다고 설득했다. 캠퍼스에 늘어 선 학생들이 운영하는 주점에서 약간 목을 축이고 사이비 점쟁이 흉내를 내는 철학과 학생들한테 사주도 보았다. 항숙과 성숙은 좋아서 어쩔 줄 몰랐다. 젊은 학생들이 뿜어내는 활기와 열기에 들떠 얼굴이 발갛게 달아올라 있었다.

항숙과 성숙이 가장 기대하고 있는 것은 축제의 절정인 쌍쌍파티였다. 대학생들에게 인기 있는 가수들이 출연하는 공연이 벌어지고 파트너를 데리고 나와 퀴즈를 풀기도 했다. 성숙은 상품에 탐이 나서 퀴즈에 참가하고 싶어 했다. 성숙의 파트너는 꽁무니를 뺐지만 희수가 나섰다. 성숙과 성숙의 파트너를 앞세워 셋이서 같이 무대로 뛰어올라갔다. 사회자가 그들을 보고 웃었다.

"아니, 왜 세 분이 나오셨어요? 어떤 분이 남의 데이트에 끼어드신 거예요?"

희수가 말했다.

"전데요. 제가 파트너가 없어서 파트너 데리고 온 친구 옆에 덤으로 붙어 다녔어요."

"아, 그럼 여기 이 두 분이 한 쌍이고 한 분은 그분들 방해하러 따라다니는 거고?"

"네, 맞아요. 이 두 사람이 다 내 친구거든요. 남학생하고 저하고는 문창과 1학년이구요. 이 친구는 직장 다녀요. 내가 이 두 사람 소개해 준거예요."

"아, 알겠습니다. 그럼 퀴즈 풀어 볼까요? 퀴즈의 정답은 여기 파트너로 함께 온 두 분만 맞출 수 있습니다. 남의 청춘사업 방해하러 따라다니는 친구 분은 자격 없고요."

하지만 퀴즈의 정답은 희수가 나서서 맞췄고 사회자 뺨치게 북 치고 장구 치면서 분위기를 띄운 끝에 상품을 각자 하나씩 타 가지고 내려왔다.

캠프파이어가 시작되고 학생들이 노천극장 마당에서 신나게 춤을 추면서 축제는 막을 내렸다. 성숙과 항숙은 불꽃이 다 사그라질 때까지 우리와 함께 춤을 추었다. 불빛을 받아 환하게 빛나는 그들의 얼굴을 보면서 춤을 추던 그날 밤, 나는 대학에 들어 와서 가장 행복한 시간을 보냈다.

그런데 그 일로 뜻밖의 사건이 터졌다. 3학년 여학생 중에 우리가 싫어하는 선배가 하나 있었다. 공부를 잘하고 작품도 좋아서 교수들한테 신임을 받는 애였는데 자기 말고 다른 사람이 주목 받는 것을 참지 못했다. 우리가 수자매라고 불리면서 신입생들 중에 눈에 띄게 되면서부터 우리를 곱지 않은 눈으로 보고 있었다. 그 선배가 우리 세 사람을 부른다는 전갈을 받고 우리는 203호 강의실로 갔다. 203호는 예술대학 전체가 합반해서 교양과목 수업을 듣는 계단식의 큰 강의실이었다. 시청각 교육을 하는 곳이기도 해서 낮에도 전등을 켜야 하는 어두운 강의실이었다. 하필 그렇게 크고 컴컴한 곳에서 보자고 하는 이유가 뭔지 궁금했다.

강의실 문을 열자 선배는 맨 앞자리에 버티고 앉아 있었다. 우리가 들어가자 아무 소리도 하지 않고 못마땅한 시선으로 우리를 노려보았다. 우리도 아무 말 안 하고 눈싸움 하듯이 그녀를 마주 쏘아 보고 있었다. 이윽고 그녀가 입을 열었다.

"니네가 대학생이면 대학생답게 처신해. 어디서 그런 지저분한 애들을 학교까지 데리고 와서 전교생들 있는 데서 광고를 하고. 문창과 망신은 니네들이 다 시키고 있는 거 알아?"

수인과 나는 뜻밖의 공격에 마땅히 대꾸할 말을 찾지 못하고 있었다. 도대체 어떻게 숙 자매에 대해서 알게 되었을까 궁금했다. 우리가 머뭇거리고 있는데 갑자기 희수가 앞으로 한 걸음 나서더니 선배의 따귀를 힘껏 올려붙였다. 나와 수인은 너무 놀라서 입이 딱 벌어졌다. 졸지에 따귀를 맞은 선배도 혼이 나간 것처럼 꼼짝 하지 못하고 온몸을 부들부들 떨기만 했다.

"잘 들어. 걔네들은 지저분한 애들이 아니야. 니까짓 게 언제 니 힘으로 니 입에 들어갈 밥 한 톨 벌어본 적 있어? 부모한테 버림받고 고아원에서 자라다가 어린 나이에 자기네 의지와는 상관없이 그런 곳으로 가게 된 애들이야. 아직 스무 살도 안 된 애들이지만 열심히 일해서 자기들 힘으로 그런 데서 나가 제대로 살아 보려고 죽을힘을 다하는 애들이란 말이야. 너처럼 대가리는 비고 입만 살아 가지고 잘난 척하는 것들이 맘대로 업신여겨도 좋은 그런 애들 아니야. 소위 문학한다는 년이 겨우 그 따위 사고방식 가지고 문학이 잘도 되겠다."

희수는 선배를 향해서 그렇게 쏘아붙이더니 우리를 보고 말했다.

"가자."

수인과 나는 뒤도 돌아보지 않고 강의실을 나가는 희수를 열심히 따라 나갔다. 강의실 문턱에서 슬쩍 뒤를 돌아보았더니 선배는 그때까지도 정신을 차리지 못한 채 멍하니 앉아 있었다.

그날 우리는 상기된 기분으로 하루를 보냈다. 찍소리도 못하고 얼굴이 질린 채 앉아 있던 선배의 모습이 머리에서 떠나지 않았다. 뭔가 대단한 일을 한 것처럼 우쭐한 기분도 들었다. 우리는 수업이 끝난 후 작가폐업으로 달려가서 맥주를 마시며 영웅담을 늘어놓듯이 오늘 일을 되새기며 선배를 비웃었다. 우리 이야기를 듣고 있던 업 선배가 끼어들었다.

"그렇다고 너희가 향숙이나 성숙이를 이해한다고 생각하지는 마라. 소외된 채 살아 보지 않은 사람은 소외된 사람을 이해하기 힘들어. 제대로 태어나서 제대로 살아 온 사람들은 그렇지 못한 조건을 타고 난 사람들이 어떤 심정으로 살아가는지 몰라."

우리는 깜짝 놀라서 업 선배를 쳐다보았다. 할 말이 궁해지고 부끄러운 마음마저 들었다.

"선배는 그럼 소외된 사람이란 말인가요?"

희수가 분위기를 바꾸려는 듯 농담조로 말했다.

"향숙이와 성숙이가 왜 쌍둥이도 아니면서 쌍둥이를 고집하는지 생각해 봤어?"

업 선배는 희수의 질문에 대답하지 않고 엉뚱한 소리를 했다. 이번에는 희수도 입을 다물었다. 수인은 그 질문에 대해서 생각해 보는 것 같았다.

"소외감 때문이란 말이군요? 이 세상에 단 한 사람의 혈육도 없이 살아가야 한다는 것 때문에 두 사람이 굳이 자매를, 그것도 가장 결속력이 강한 쌍둥이 자매라고 주장한다는 거죠?"

수인이 말했다.

"맞아. 자기들 두 사람만이라도 강한 유대를 갖고 싶어서 그러는 거야. 반대로 이복형제나 아버지 다른 형제들은 왜 서로를 부정하려고 하겠어. 그들은 서로의 존재가 자신을 정상 범주에서 소외시킨다고 생각하기 때문에 그런 형제가 있는 것을 싫어하는 거지."

업 선배가 말했다.

"선배, 사학 전공 아니었나? 심리학은 부전공이었어요?"

희수가 말했다.

"이건 심리학이 아니라 사회학이야. 소박하게 말하면 경험을 통해서 얻은 깨달음이라고 할까?"

업 선배가 비로소 미소를 띠면서 말했다.

"너희들 향숙이 자매 자주 만나지 마라. 너희를 만날수록 자신들의 소외가 더 두드러지게 느껴질 거야. 상상이나 해 봤어? 순진한 남자의 진심어린 구애를 받아도 수줍어서 고개를 숙일 그 나이에 오직 자신의 몸만 필요로 하는 남자들만 상대하는 생활을. 너희들이 누군가의 짝사랑이나 동경의 대상이 될 때 그들은 오직 경멸의 대상이 되고 있어. 한 여자로서 자기를 존중해 주는 남자를 경험하지 못한다는 게 얼마나 뼈아픈 일인지 알아?"

"선배, 혹시 그거 소외학 아니에요? 아무래도 소설은 선배가 써야겠는데요."

수인이 감탄한 듯이 말했다.

"나도 남 모르게 소설 써 봤어. 안 되더라고. 열등감에, 자기 연민에, 피해 의식 따위가 뒤죽박죽 섞여 나오는데 내가 봐도 구역질이 나더라. 소외에 대해서 쓰려면 수영이가 좋아하는 카뮈의 《이방인》처럼 쓰면 모를까. 나는 열 번 죽었다 깨어나도 그렇게 못 써."

업 선배가 말했다.

"《이방인》이 소외에 대한 소설인가?"

희수가 말했다.

"이미 주어진 세계, 관습적인 세계로부터 스스로를 소외시킨 사람이 뫼르소 아닌가? 나는 카뮈야말로 소외의 전문가라고 생각해."

업 선배가 말했다.

"오늘 문학 강의 제대로 듣네. 강의실에서 듣던 것보다 훨씬 재미있다."

수인이 눈을 빛내며 말했다.

"칭찬받은 김에 조금 더 해 볼까? 작가들은 뫼르소처럼 스스로를 소외시키지 않으면 자기 세계를 창조하지 못하니까 타고난 이방인들이라고 봐야지. 카프카처럼 그것을 극단으로 밀고 가면 모든 것이 낯설어지고 급기야는 자신이 누구인지 조차 알지 못하게 되는 거지.

행복해지고 싶은 사람은 작가가 되지 못해. 끊임없이 스스로를 소외시키면서 이 세계가 무엇이고 자신이 누구인지 다른 사람들이 발견하지 못한 방법으로 새롭게 규명해 보려고 하니까."

업 선배가 말했다.

수인이 커다랗게 고개를 끄덕거렸다.

"맞아. 선배 말이 맞아. 하지만 나는 행복해지고 싶어. 그래서 나는 소설 따위 쓰지 않을지도 몰라"

"나는 행복한 작가가 될 거야."

희수가 말했다.

"희수는 어쩌면 작가 보다 투사가 되는 게 어울릴지도 모르겠다."

업 선배가 말했다.

"맞아요. 나는 세계의 비밀을 규명하는 것 보다 현실에서 사람들이 처한 어려움을 해결해 주는 방법을 찾는 것이 더 필요한 일이 아닐까, 인권 문제나 사회적 불평등, 빈곤 문제 같은 게 더 중요하게 느껴지고 있어요."

희수가 말했다.

그들의 대화를 들으면서도 한편으로는 항숙과 성숙에 대해서 생각하고 있었다. 아무리 생각해도 그들이 처한 현실을 현실로 받아들일 수가 없었다. 실감이 나지 않았다. 성을 매매한다는 것, 돈을 받고 성행위를 한다는 것이 다른 세상의 일처럼 낯설게 느껴졌다. 나의 미숙한 성 경험에 의하면 성행위에 이르기까지는 무척이나 까다롭고 힘든 과정이 필요했다. 그리고 막상 성행위를 하고 나서는 감정을 처리하는 문제가 남았다. 성행위에 대해서 큰 의미를 부여하는 남자들을 설득하고 달래는 것도 필요했다. 한 번 하고 나면 언제든지 또 할 수 있다고 생각하는 착각에서 깨어나도록 하는 것도 쉽지 않은 일이었다. 그때까지 나에게 있어서 성이란 스스로를 소외시키는 것에 불과한지도 몰랐다. 실제의 성행위는 내가 상상했던 것과 전혀 달랐다. 큰 즐거움이 있는 것도 아니고 무엇보다도 그것에 집중할 수가 없었다. 막연한 죄책감과 찜찜함이 남는 것도 싫었다. 게다가 남자들은 돈을 주고 여자를 사기도 한다는 사실을 의식하면서부터는 불결감도 없지 않았다. 항숙과 성숙을 대하면서 그들을 불결하다고 생각하는 건 아니었다. 언젠가 업 선배가 석균이 아르바이트 하는 집 단골이라는 소리를 들었을 때처럼 성 매매에 대해서 생각하면 꺼림칙한 기분이 들었다. 나는 그때까지 사랑과 성에 대해서 제대로 아는 것이 없었다.

내가 아는 것은 대부분 책에서 읽은 것이었다. 나를 둘러싼 현실세계에 대해서 나 스스로 파악하고 이해하기보다는 책에서 얻은 관념의 잣대로 재보고 있었다. 그것이 소설을 쓰는데 어려움을 느끼는 이유 중 하나인지도 몰랐다.

6

하늘 아래 가장 슬픈 일

하늘 아래 가장 슬픈 일은 사랑하는 이에게 안녕이라고 말하는 것
당신이 안녕이라는 말을 하기도 전에 좋은 시절은 이별을 고하는군요
이 세상에서 가장 애절한 울음소리는 사랑하는 이의 소리 없는 안녕

희수와 수인과 나, 우리 세 사람에게는 작가폐업 말고 또 하나의 아지트가 있었다. 교문 바로 앞이 종점인 시내버스가 있었는데, 수유리를 지나 우이동까지 가는 버스였다. 그 버스의 또 다른 종점은 화계사로 되어 있었다. 2학기가 시작되고 한 달 쯤 지난 어느 날 우리는 그곳에 가 보기로 하고 버스를 탔다. 학교 주변에서만 맴도는 생활에 싫증이 난 터라 학교에서 최대한 멀리 벗어나 보기로 한 것이다. 한강 남쪽의 캠퍼스 거리를 떠나 서울의 북쪽 끄트머리에 있는 또 다른 세상으로 가는 짧은 여행을 제안한 사람은 수인이었다.

맑고 상쾌한 가을날이었다. 한강을 건너고 종로를 지나 한 시간 넘게 달린 끝에 우리는 화계사라는 절의 입구에 도착했다. 우리는 절 안으로 들어가지 않고 절 뒷산으로 올라갔다. 고도가 400미터라는 산의 중턱에서 우리는 방공호 하나를 발견했다. 6·25전쟁 때 사용하던 방공호인 것 같은데 지상에서 2미터 정도의 깊이에 뚫려 있는 동굴이었다.

우리가 왜 그 동굴에 들어갔는지 이유는 모른다. 우리는 그냥 한 사람씩 사다리를 타고 굴 안으로 내려갔고, 폭이 20여 미터 되는 그 동굴 속에서 한참 앉아 있었다. 동굴 속은 캄캄했다. 우리는 아무 말도 하지 않고 어둠 속에 앉아서 바람 소리를 들었다. 어둠에 눈이 익고 나서 보니 동굴 안에는 타다 만 양초 토막과 빈 소주 병, 그리고 깔고 앉았던 것으로 보이는 신문지 등이 널려 있었다. 누군가 우리 말고도 이 동굴을 방문한 사람들이 있는 모양이었다.

우리는 동굴 밖으로 나와서 나뭇가지와 마른 풀을 주워 모아 동굴 입구를 은폐했다. 왜 그랬는지 모른다. 그저 그날의 즉흥적인 놀이였을 뿐이라고 생각했다. 그러나 얼마 안 가서 우리는 가끔 그곳을 찾아가기 시작했다. 셋이서 함께 가기도 했고 둘이서 간 적도 있었다. 나는 혼자서 가거나 다른 사람과 간 적은 없었는데, 물어보지는 않았어도 희수와 수인도 마찬가지였을 거라고 생각한다. 우리는 그곳에서 가지고 간 촛불을 켜 놓고 소주를 마시기도 했고 많은 얘기를 나눴다. 어린 시절 누구나 책상 밑이나 장롱 속에 들어가 숨어 본 기억이 있을 것이다. 혹은 동네 어딘가 은밀한 곳에 '본부'를 지어놓고 마음이 맞는 친구들끼리 모여서 장난을 도모하고 가상의 이야기들을 만들어냈던 기억도 있다. 우리에게 화계사 뒷산의 동굴은 그런 장소였을 것이다. 그곳은 우리가 완전히 성인이 되기 전에 마지막으로 유년으로의 퇴행의식을 치렀던 장소가 아닐까? 성인이 되고 난 후에도 유년의 습관을 유지할 수만 있다면 누구나 그렇게 했을 것이다. 하지만 나이가 들어갈수록 그런 동굴을 가지기 힘들어진다. 오랜 시간이 지난 뒤에 비로소 그 동굴이 중요했다는 걸 알게 되는 법이다.

우리는 그곳에 가면 다른 곳에서는 하지 못했던 이야기들이 술술 풀려 나오는 것을 느꼈다. 어떤 때는 고해성사를 하듯 마음 깊은 곳에 묻어 놓았던 비밀스런 이야기도 털어놓았다. 어느 날 수인이 말했다.

"나는 소설을 쓸 수 없을 것 같아. 고등학교 다닐 때는 미술반이었어. 3년 내내 그림을 그렸거든. 재수하면서 그림을 집어치우고 소설을 쓰기 시작했어. 내가 원하는 그림이 나오지 않아서 소설을 썼는데, 이제는 내가 원하는 소설이 나오지 않아. 그림도 소설도 결국은 못하고 말 것 같아."

"서동완 선생이 네 소설 좋다고 하잖아. 우리 동기 중에 네가 제일 잘 쓴다고 입에 침이 마르는데 무슨 소리야?"

희수의 말은 사실이었다. 서동완 선생은 수인이 지난 학기에 제출한 두 편의 소설을 극찬했다. 나와 희수의 소설에 대해서도 긍정적인 평가를 해주었지만 수인만큼은 아니었다.

"서동완이 뭐라고 하든 그건 중요한 게 아니야. 나는 그 사람을 대단한 작가로 인정하지도 않아. 내가 볼 때 나는 재능이 없어. 너희들도 알잖아. 자기가 어느 정도인지는 자기 자신이 가장 정확하게 알고 있다는 거."

한참 후에 희수가 말했다.

"그래. 네 말이 맞아. 사실은 나도 내가 재능이 부족하다는 걸 느끼고 있어."

희수는 소설을 많이 쓰고 빨리 썼다. 나는 희수의 그런 재능이 부러웠다. 하지만 희수는 교수들로부터 신인다운 참신함과 패기가 부족하다는 평가를 받고 있었다. 서동완과 함께 소설 창작 실기를 맡고 있는 정우현 교수는 희수더러 소설이 통속적으로 흐르는 것을 경계하라고 주문했다. 기성작가처럼 소설을 능숙하게 만들어내는 희수는 나름대로 고민이 있었다. 우리는 모두 비슷한 어려움을 겪고 있었다.

"호랑이를 그리려고 하는데 자꾸 고양이가 그려지는 거? 내가 요즘 늘 생각하는 게 그거야. 난 요즘 고양이가 튀어나올까 봐 아예 그리지도 못하고 있어."

나도 그렇게 실토했다. 우리는 일렁거리는 촛불을 바라보면서 잠시 침묵을 지켰다. 희수는 종이컵에 소주를 부어서 조금씩 마시기 시작했다. 나는 안주로 사 온 과자 봉지만 만지작거렸다. 수인이 조그만 소리로 노래를 불렀다. '모닥불 피워놓고 마주 앉아서 우리들의 이야기는 끝이 없어라. 인생은 연기 속에 재를 남기고 말없이 사라지는 모닥불 같은 것. 타다가 꺼지는 그 순간까지 우리들의 이야기는 끝이 없어라.'

수인이 부르니까 그 평범한 노래가 오페라의 아리아처럼 클래식하고 비장한 울림을 전해 왔다. 뭘 해도 보통사람들과는 다른 비범한 감각을 보여주는 그녀가 재능이 부족해서 모두 때려치우겠다고 말하고 있었다. 내가 보기에 수인은 그녀 자체가 하나의 예술품 같았는데 말이다.

"소설은 모든 예술 중에서 가장 어려운 장르야."

수인의 노래가 끝나자 희수가 말했다.

"그래, 맞아. 가치 있는 소설을 쓰려면 너무 많은 공부가 필요해. 지식도 많아야 하고 통찰력과 감수성, 깊이 있는 철학, 그 모든 것을 갖추지 않으면 좋은 소설은 쓰지 못해. 그래서 나는 소설 쓰기는 틀렸다고 생각하고 있어. 나는 그런 것을 갖출 만한 자질도 능력도 끈기도 없어. 그렇다고 어중간한 선에서 타협하고 아무 가치도 없는 진부한 소설은 쓰고 싶지 않아. 독자들을 고문하는 쓰레기 같은 소설은 지금도 차고 넘쳐. 나는 그냥 안 쓸래."

수인이 그렇게 말하고 나서 종이컵에 든 소주를 털어 넣었다.

"문창과에 들어온 지 아직 1년도 안 지났어. 벌써 포기한단 말이야?"

나는 뭔가 다급한 심정으로 그렇게 말했다.

"그래, 포기하기는 아직 일러. 우리에게는 앞으로도 3년이라는 시간이 남아있어. 그동안 해 볼 수 있는 데까지 해봐야지. 그리고 소설은 평생이 걸리는 일이라고 생각해. 너무 조급하게 생각하지 말고 학교 다니는 동안은 최선을 다해야 하는 거 아냐?"

희수가 수인을 타이르듯이 말했다.

"말했잖아. 나는 재능이 부족한데다 끈기도 없다고. 안 될 줄 알면서 평생 미련하게 붙들고 있기 싫어. 고통스러운 게 싫어. 그림 그릴 때 생각했어. 쥐꼬리만 한 재능은 차라리 없는 것만 못하다고. 재능이 전혀 없으면 예술 따위 생각하지 않고 그냥 마음 편하게 살아갈 수 있을 텐데 이게 뭐야. 왜 이렇게 늘 마음이 무겁고 초조하고 괴로워야 되냐고. 나는 그게 싫어. 그냥 살래. 창작 같은 거 붙들고 씨름하지 않고 남들처럼 그냥 살고 싶어."

수인이 고개를 저으며 천천히 말했다. 수인의 한마디 한마디가 마치 나 자신의 말처럼 느껴졌다. 진실을 말한다는 것은 잔인한 일이다.

"꼭 그렇게 대단한 작품을 써야 돼? 가볍게 읽히는 대중소설 같은 거 쓰면 안 되냐고? 통속적이면 어때? 자기가 쓸 수 있는 수준으로 쓰면 되는 거 아냐?"

희수가 마치 화 난 사람처럼 큰 소리로 말했다.

"그건 뭐 쉬운 줄 아니? 잘 읽히는 재미있는 소설도 쓰기 힘들어."

수인이 작은 목소리로 말했다. 우리는 다시 할 말을 잃고 침묵을 지켰다. 동굴 바깥에서 바람이 산등성이를 휘감고 지나가는 소리가 들렸다.

"우리가 이런 얘기를 하는 것도 다 다른 애들보다 똑똑하기 때문이야. 다들 아직 꿈에서 깨지 못하고 기고만장하고 있잖아."

희수가 사기를 북돋우려는 듯 다시 목소리를 높였지만 수인과 나는 맞장구를 치지 못했다. 그것은 의미 없는 자기 위안일 뿐이었기에.

1학년 2학기가 끝나고 겨울방학에 들어갈 무렵, 업 선배가 사라졌다. 작가폐업의 문이 닫혀 있는 것을 보고 가슴이 내려앉았다. 우리에게 아무 통고도 없었고 내색조차 없었기 때문이다. 나는 업 선배의 부재를 받아들일 준비가 되어 있지 않았다. 업 선배가 사라지고 1주일이 지나자 가슴이 텅 비어 가는 것 같았다. 종강하는 날 과 사무실 앞의 우편함에는 업 선배가 보낸 엽서가 들어 있었다.

여행 중이야. 갑자기 떠나게 돼서 미리 알리지 못했어. 미안해. 3월에는 돌아갈 거야. 방학 잘 보내.

엽서의 내용은 그게 전부였다. 몹시 허전하고 맥 빠지는 기분이었다. 윤 후가 군대에 입대한다며 나를 떠난 것도 그 무렵이었다. 12월에 접어든 거리는 차갑게 얼어붙어 있었다.

겨울방학이 시작되고 1주일쯤 지났을 때 희수와 나는 여행을 떠났다. 여수에 사는 과 동기가 놀러 오라고 했지만 갈 생각이 별로 없었는데 희수가 나를 채근했다. 여행에서 돌아오고 나서 한 편의 소설을 완성했다. 여행에서 받은 인상이 내 마음속에서 어떤 화학작용을 일으켜 소설이 되어 나온 것이다. 소설의 제목은 '달의 이면裏面'이었다.

소설은 우리의 여행이 그랬던 것처럼 용산역에서 출발해 여수까지 가는 전라선 완행열차에서부터 시작된다. 실제와는 달리 소설 속 주인공 '수'는 혼자다. 소설 속에서 갓 스무 살인 대학 1학년생 수는 이 열차를 타고 저녁 여덟 시에 서울을 출발해서 밤새도록 달린다. 정시에 도착해도 여수까지 열네 시간이 걸리는데 이날은 밤새도록 눈이 내려서 도착은 한없이 지연된다. 난방도 되지 않는 야간 완행열차를 타고 가면서 보는 풍경과 그 속에서 느끼는 수의 상념이 소설의 초반에 펼쳐진다.

자정이 가까워지면서 눈이 오기 시작했다. 하얀 눈송이들이 차창에 마구 부딪치면서 쏟아져 내렸다. 말할 때마다 하얗게 입김이 보일 정도로 추운 기차 안에서 이미 네 시간의 여행을 견딘 사람들은 모두 지쳐 있었다. 창 밖에 흩날리는 눈을 보고 반가워하는 사람은 아무도 없었다. 사람들은 입을 꾹 다문 채 머리를 옷깃 속에 깊숙이 처박고 어떡하든 잠을 청해 보려고 애를 썼다. 놀랍게도 그 추위 속에서도 곯아떨어져서 코를 고는 사람들이 간혹 있었다. 수는 잠에 곯아떨어진 사람들을 유심히 살펴보았다. 그들이 잠들 수 있었던 것은 소주 덕분임을 금세 알 수 있었다. 차에 올라타자마자 준비해 갖고 온 소주병을 꺼내 이빨로 마개를 따고 병째로 꿀꺽꿀꺽 술을 들이켜는 남자들이 있었다. 그들을 신기하게 봤는데 이제 보니 그들이 현명했음을 알 수 있었다. 수는 아버지를 통해서 소주가 갖고 있는 신기한 효능을 알게 됐다. 불행한 아버지의 인생을 잠시나마 행복한 것으로 바꿔주는 힘을 가진 것은 소주뿐이었다.

수의 맞은편에 앉아 있던 할머니 한 사람이 자리에서 일어나다가 기차가 흔들리는 바람에 수의 무릎 위로 넘어졌다. 할머니는 병 속에 들어있던 알약이 쏟아지듯 힘없이 무너졌다. 수는 저도 모르게 팔을 벌려 할머니를 받아 안았다. 할머니의 머리칼에서 시큼한 냄새가 풍겼다.

"아이고, 미안하네, 학생. 당최 무릎에 힘이 없어서 걸핏하면 자빠지니 원."

할머니가 수의 품 안에서 말했다. 수는 말없이 할머니를 부축해서 일으켜 세웠다. 할머니의 얼굴에는 굵고 가는 주름살이 무수하게 새겨져 있었다. 마치 누군가가 여러 가지 굵기의 조각칼을 사용

해서 새겨 놓은 것 같았다. 할머니의 눈가는 불그스레하게 짓물러 있었고, 눈에는 눈물이 고여 있었다. 수는 너무 가까이에 있어서 자세히 볼 수밖에 없었던 할머니의 얼굴에서 슬그머니 눈길을 돌렸다. 할머니는 늙고 추했다. 늙는다는 것은 보는 것조차 견디기 어려운 일이다. 늙은 사람을 보아 주기 힘든 이유는 인생이 그렇게 오래 살아남아 버텨야 할 만큼 가치 있는 것이 아니기 때문이다. 할머니는 수의 부축을 받고 일어나 화장실로 가기 위해서 힘겨운 발걸음을 옮겨 놓았다.

수는 자신의 할머니를 생각했다. 할머니는 웃는 법이 없었다. 할머니의 말투는 항상 퉁명스러웠다. 수는 할아버지와 할머니 사이에서 벌어지곤 하는 소통 불능의 대화를 떠올렸다.

"고속도로가 한 군데 더 생긴다고 하는데 박정희 대통령이 경제 정책은 잘하는 거이 아니간?"

나름대로 시사 문제에 관심이 많고 뉴스를 귀담아 듣고 하는 할아버지는 종종 그런 이야기를 입에 올렸다. 하지만 할머니는 그런 시사 논평에는 관심이 없었다.

"두엄 옆댕이에 호박이 넉 댕이래 있었는데 오늘 가보니끼니 서이밖에는 없으니 이런 조화가 어디 있갔소?"

할아버지가 고속도로 이야기를 하는데 할머니는 호박 이야기를 한다. 수는 두 사람의 그런 대화를 들을 때마다 부조리극을 보는 것처럼 황당했다.

인생은 뜻대로 되는 것이 아니다. 수는 그것을 조부모와 부모를 통해서 배웠다. 인생은 그의 의지와는 상관없이 사람들을 엉뚱한 지점에 내려놓곤 한다. 할아버지는 일제강점기에 신의주에서 농업전문학교를 우수한 성적으로 졸업했다. 20대 중반에 일본 사람이 경영하는 규모 있는 무역상사에서 지배인의 지위에 올라 중국과 러시아를 오가며 화려한 젊은 시절을 보냈다. 그러나 그는 평양에서 김동인 등과 어울리며 문사가 되기를 꿈꾸었다. 수는 할아버지가 젊은 시절부터 줄곧 써 왔던 원고 뭉치를 본 적이 있다. 국어 시간에 고전문학을 배울 때 보았던 낯선 표기법이 등장하는 할아버지의 소설 원고는 마치 공룡의 화석을 보는 것처럼 현실감이 없었다.

그 시대의 대부분의 사람들처럼 할아버지는 부모가 정해준 여자를 아내로 맞아들였다. 할머니는 학교 문턱도 넘어보지 않은 사람이었다. 지식이나 교양이 턱없이 부족한데다가 얼굴조차 예쁘지 않았다. 할아버지는 처음부터 할머니는 거들떠보지도 않고 여기저기 첩을 얻어 두고 살았다. 신의주의 부유한 상인 집안의 딸이었던 할머니는 자존심이 무척 강했다. 배우지는 못했어도 두뇌는 명석한 편이었다. 그래서 자기를 사랑하지 않고 존중하지 않는 남편에게 고분고분하지 않았다. 두 사람의 결혼생활은 부조화와 불화라는 두 단어로 요약될 수 있었다. 게다가 그들은 전쟁으로 인해 고향을 버리고 낯선 땅에서 영원한 이방인이 되어 살아가고 있었다. 수가 보기에 두 사람은 똑같이 불행했다.

수의 아버지는 페스탈로치와 같은 훌륭한 교육자가 되려는 꿈을 안고 사범대학에 들어갔지만 6·25전쟁이 나자 단기사관후보생 교육을 받고 장교가 되어 전장의 총알받이로 나갔다. 전쟁이 끝났을 때 그는 기적적으로 살아남은 자의 대열에 끼어 있었다. 전쟁 후에 사범대학을 졸업하고 시골 중학교에서 교사 생활을 시작한 아버지는 전쟁 전에 가슴속에 품고 있던 꿈과 의욕을 되살려 내지 못한 채 술에 의존하기 시작했다. 알코올에 대한 아버지의 의존도는 날이 갈수록 심해졌다. 아버지에게는 미처 꺼내지 못한 총알의 작은 파편들이 몸속에 여러 개 남아 있었다. 그러나 그 납덩어리들보다 더 치명적인 상흔이 아버지의 내면에 자리 잡았다. 아버지는 전쟁의 악몽에서 쉬이 깨어나지 못했다. 거의 날마다 가위눌림과 악몽에 시달리며 편한 잠을 이루지 못했다. 낮에도 가끔 전장에서 죽어가던 사람들의 외침소리가 환청으로 들려오곤 했다. 외아들이었던 아버지는 결혼하고 나서 할아버지, 할머니를 모시고 살 수밖에 없었다. 불행한 시부모, 불행한 남편과 살아야 했던 수의 어머니가 행복할 리가 없었다.

수의 엄마는 예쁜 사람이었다. 얼굴도 예쁘고 마음씨도 고왔다. 사랑이 많아서 누구에게나 호의를 베풀고자 했다. 6·25전쟁 중에 어머니를 잃고 갓 스무 살에 아버지의 사랑을 믿고 시집왔지만 새로 가족이 된 사람들은 하나같이 그녀를 괴롭힐 뿐이었다. 특히 남편에게 사랑받지 못하고 돌처럼 마음이 굳어버린 할머니는 엄마에게 화풀이를 했다. 수는 어린 시절에 엄마가 혹시 벙어리가 아닌가 의심한 적이 있다. 그만큼 엄마는 말이 없었다. 엄마의 예쁜 눈에는 늘 물기가 어려 있었다.

소설의 주인공 수는 대학에 들어가지만 사춘기 때부터 싹튼 세상과 인간에 대한 불신과 혐오의 염을 떨쳐버리지 못하고 방황한다. 수는 자신이 선택한 것이 아니라 자신에게 주어진 혈연의 족쇄에도 심한 염증을 느낀다. 우리가 늘 달의 한쪽 면만을 보고 있듯이 우리가 다른 사람에 대해서 알고 있는 것은 극히 일부에 지나지 않는다고 생각한다. 달의 이면을 보지 못하듯이 우리는 타인의 내면을 제대로 이해하지 못하면서 서로 상처를 주고받는다는 게 수의 생각이다. 특히 어쩔 수 없이 자신의 운명으로 주어져서 오랜 동거를 통해서 가장 많은 상처를 서로에게 남기는 가족들을 못 견뎌 한다.

술 때문에 직장에서 쫓겨난 아버지의 알코올 중독은 날이 갈수록 심해져서 수의 가족들은 극단적인 빈곤 상태로 내몰렸다. 엄마가 친정의 도움으로 겨우 이끌어가고 있는 가계는 파탄 상태로 치닫고 더 이상 대학에 다닌다는 것은 터무니없는 사치로 여겨지는 상황이 되었다.

1년의 대학생활이 끝났을 때 수는 자기를 둘러 싼 삶으로부터 탈출하기로 결심하고 그 밤 기차를 탄 것이다. 그녀는 여수에 가서 바닷가를 배회하며 며칠을 보내고 나서 돈이 떨어지자 바닷가의 아낙네들 틈에 끼어 배에서 내린 고기를 손질하는 일을 한다. 겨우 입에 풀칠하기도 어려운 가혹한 노동을 견딜 수 없었던 수는 그곳을 떠나 고향인 장항으로 간다.

장항에 도착해서 어렸을 때 살던 집을 찾아가 보지만 초가집은 사라지고 그 자리에 담뱃잎 말리는 창고가 들어서 있는 것을 보게 된다. 수는 아버지가 알코올 중독이 심해지기 전, 조금이나마 행복했던 유년의 기억을 떠올려 보지만 그것은 큰 위안이 되지 못한다.

수는 어린 시절 할머니를 따라서 가 본 적이 있는 수덕사 근처에서 하룻밤을 묵고 새벽에 수덕사를 찾아가는데 산길에서 자기보다 어려 보이는 행자를 만난다. 수는 순간적인 충동으로 행자를 유혹해서 얼어붙은 숲 속에서 성 관계를 하게 된다. 일이 끝난 후 당황해서 울음을 터뜨리는 행자에게 '세상에는 그렇게 울면서 후회할 만큼 중요한 일은 없다. 사람은 누구나 약하고 인생은 자신의 의지대로 살아갈 수 없게 되어 있다'라고 말하고 그곳을 떠난다.

수는 군산으로 가서 다시 바닷가를 배회하다가 부둣가에 있는 다방에 종업원으로 취직한다. 그곳에서 매일 술에 만취해서 손님들과 싸움을 벌이고 닥치는 대로 남자들과 잠자리를 같이 한다. 어느 날 밤, 술을 마시고 거울을 보면서 아버지의 술 취한 모습과 흡사한 자신의 모습을 발견하고 절망한다. 그녀는 밀물 때가 되어 바닷물이 밀려들어오고 있는 바다 한가운데로 걸어 나간다. 수는 '나는 달의 인력이 작용하는 방향과 반대로 가 볼 거야. 우리가 보지 못하는 달의 반대편 쪽을 보러 갈 거야.'라고 중얼거리면서 바다 속으로 잠겨 간다.

소설은 단편소설의 두 배에 가까운 200자 원고지 150매 분량으로 완성되었다. 2학년 1학기가 시작되고 정우현 선생의 소설 창작 시간에 이 소설을 제출했다. 정우현 선생은 대중적이면서도 문학성이 있는 역사 소설을 쓰고 있는 인기 작가였다. 두 군데 중요한 문예지의 편집위원이기도 했다. 소설을 제출하고 1주일쯤 지난 뒤 선생이 나를 자기 연구실로 불렀다. 선생은 말미에 몇 가지 수정 사항을 메모해 놓은 내 소설 원고를 내 앞으로 내밀었다.

"이 소설을 초회 추천해 줄 테니까 여기 이런 부분을 보충하고 수정해서, 중편 분량이 되게 200매 정도로 늘려서 다시 써 와. 그리고 단편으로 두 편, 아니면 중편 하나 정도 빨리 준비해. 두어 달 있다가 한 번 더 실으면 추천 완료야. 등단하게 되면 더 열심히 써야 된다."

선생의 말을 듣고 나는 몹시 당황했다. 등단이라니, 생각도 못해 본 일이었다.

"교수님, 전 아직 등단은 생각하지 못하고 있습니다. 그럴 만한 능력이 없어요."

내 말은 결코 겸양이 아닌 진심이었다. 선생은 웃으면서 내 어깨를 두드렸다.

"떨 거 없어. 처음은 누구한테나 처음이야. 자네는 충분히 등단해도 될 만큼 재능이 있어. 자질이 충분하고 잠재력도 있으니까 지금부터 성실하게 쓰기만 하면 되는 거야."

나는 식은땀이 났다. 자신이 없었다. '자기가 어느 정도인지는 자신이 잘 알잖아.'라고 말하던 수인의 목소리가 귓가에 들려오는 것 같았다. 지금 이대로 아무 밑천도 없이 문단에 나갔다가 청탁이 왔는데 제대로 쓰지 못하면 그대로 끝장인데 어쩌자고 교수님은 저런 말을 하는 걸까?

"교수님, 정말입니다. 조금 더 준비가 되면 그 때 등단하겠습니다. 말씀은 감사하지만 지금은 정말 못하겠습니다."

나는 거의 빌다시피 말했다. 선생은 어이가 없다는 듯이 나를 빤히 바라보았다.

"오정희도 스물두 살에 등단했네. 최인호는 더 빨랐고. 자네는 지금 그다지 이른 것도 아니야. 남들은 다 기회를 잡지 못해서 안달인데 자네는 기회를 주겠다는데 싫단 말인가?"

"싫은 게 아닙니다. 겁이 나서 그래요. 등단만 해 놓고 제대로 쓰지 못할까 봐 겁이 납니다. 아직 준비가 안 됐습니다."

선생은 어쩔 수 없다는 듯이 고개를 흔들었다.

"알았네. 그럼 일단 보류해 놓자고. 그 대신 열심히 작품을 써. 작품을 쓰면서 자신감이 생기면 언제든지 나한테 와. 알았지?"

"고맙습니다, 교수님."

그 얘기를 아무한테도 하지 않았다. 희수나 수인은 물론이고 석균이한테도. 그즈음 학교에서 내가 가장 마음을 터놓고 지내던 상대는 희수나 수인이보다 오히려 석균이였다. 석균이는 1학년이 끝난 겨울방학 때부터 장편소설을 쓰고 있었다. 장편소설 공모를 겨냥한 소설이라면서 200자 원고지 100장 분량의 원고를 내게 보여주었다. 석균이의 소설은 사람의 마음을 파고드는 힘이 있었다. 내가 칭찬을 해주었더니 그는 고개를 흔들었다.

"아니, 아닌 것 같아. 내가 쓰려고 했던 건 이게 아닌데 싶어."

갑자기 웃음이 나왔다. '이게 아닌데.'는 모든 소설가 지망생들의 공통 언어인 모양이었다. 석균이도 내 웃음의 의미를 짐작한 듯 씩 웃었다.

"불후의 명작을 쓸 시간은 얼마든지 있어. 우린 이제 고작 스물두 살일 뿐이야."

나는 업 선배의 말을 흉내 내어 그렇게 말했다.

등단 이야기를 듣고 나서 이상하게 마음이 무겁고 착잡했다. 내 소설이 인정을 받은 건데도 하나도 기쁘지 않았다. 내면에서 들려오는 목소리가 나를 짓누르고 있었다. '네가 쓰고 있는 소설은 진짜가 아니야. 너는 아직 네가 쓰고 싶은 것을 발견하지 못했어. 너는 지금 소설을 쓰기 위해서 쓰고 있는 것뿐이야. 너는 소설가가 되고 싶어 하지만 왜 소설가가 되려는지 아직 너 자신에게 설명하지 못하고 있잖아.'

3월이 되어서 다시 학기가 시작되었지만 작가폐업의 문은 여전히 닫혀 있었다. 날마다 가서 확인해 보아도 4월이 다 되도록 문은 열리지 않았다. 업 선배의 얼굴이 떠오를 때마다 이를 악물었다. 그와 나 사이에 뭐가 있었던가? 거의 매일 얼굴을 보고 이야기도 많이 나누었지만 그 뿐이었다. 여전히 그에 대해서 아는 게 없었고 우리 사이에는 좋아한다거나 사랑한다는 말이 오고 간 적이 없었다. 당연히 아무 약속도 하지 않았다. 말하자면 우리 사이는 아무 것도 아닌 것이다. 수도 없이 그 사실을 나 자신에게 상기시켰지만 가슴 속에 커다란 구멍이 뚫린 듯 공허한 느낌이 드는 것이 업 선배의 부재 때문임을 부정할 수 없었다. 그를 보고 싶었다. 그의 맑은 눈을 바라보면서 내 마음 속에 있는 이야기를 하고 싶었다. 그의 차분한 목소리를 듣고 싶었다. 그는 물 같은 사람이야, 라고 나는 혼자서 속삭였다. 물처럼 부드럽고 물처럼 차갑고 물처럼 따뜻하고 물처럼 실체가 잡히지 않는 그런 사람이야.

양볼을 부드럽게 어루만지는 4월의 따뜻한 바람에 숨이 막힐 것 같았다. 학교 앞 미용실 의자에 앉아 창문을 통해 오가는 학생들의 가벼워진 옷차림에 눈길을 주고 있었다. 미용사가 다가왔다.

"어떻게 자를까요?"

"짧게, 아주 짧게요. 삭발 수준으로 깎아 주세요."

나의 주문에 미용사가 눈을 크게 떴다.

미용사는 더 이상 못 자르겠다며 가위를 던졌다. 거울 속의 내 모습은 낯설었다. 재수생 때부터 나의 긴 생머리는 많은 부러움을 사곤 했다. 숱이 많고 자연스러운 갈색을 띈 나의 머리칼은 반짝반짝 윤이 났다. 친구들은 내 머리가 올리비아 핫세 같다고 말하곤 했다. 영화 〈로미오와 줄리엣〉의 히로인인 올리비아 핫세는 처녀들이 동경하는 청순한 미인의 전형이었다. 그 머리칼을 다 잘라 버렸다. 이제 나의 머리칼은 〈페이톤 플레이스〉의 주인공 미아 패로우보다 더 짧았다. 얼핏 보면 비구니로 보일 정도였다.

"짧은 머리도 어울리긴 하는데 너무 아깝다."

미용사는 잘라낸 나의 긴 머리채를 붙잡고 다시 이어 보기라도 하려는 듯 아쉬워했다.

강의실에 들어갔더니 희수와 수인이 나를 양 쪽에서 붙들고 뚫어져라 내 얼굴을 들여다보았다.

"무슨 일이야? 무슨 일이 있었어?"

이윽고 희수가 심문하듯 물었다.

"아무 일도 없어."

나는 얼른 자리에 앉았다. 다른 친구들도 나를 둘러싸고 모여들었다. 다들 신기하다는 듯이 나의 짧은 머리를 바라보고 심지어 만져 보는 애들도 있었다.

"모자 사러 가자. 햇빛 날 때는 너무 뜨거울 거 같은데."

수인이 그렇게 말했다.

뒤늦게 강의실에 들어온 석균이는 영감처럼 혀를 차면서 신음했다.

"야, 수영이 니 뒤에 앉아서 머리카락 감상하는 게 내 취미생활인데 내 허락도 없이 어떻게 그럴 수가 있냐?"

머리카락에 대한 사람들의 관심이 기대 이상인 것을 보고 내심 만족했다. 나는 주목받기를 좋아하는 게 틀림없었다. 등단을 포기한 것에 대한 아쉬움과 돌아오지 않는 업 선배를 기다리는 초조함에서 벗어나려면 뭔가 해프닝이 필요했던 것이다. 마치 업 선배한테 화풀이를 한 것처럼 마음이 후련했다. 머리 자른 기념으로 한 잔 하자며 수인과 희수가 나를 개미집으로 데리고 갔다. 벙어리처럼 말이 없는 주인아주머니마저 내 머리를 보더니 혀를 차면서 한마디 했다.

"지지바가 그거이 뭐네? 세상이 어케 될라고 머스마들은 머리를 기르지 못해 안달이고 지지바들은 머스마처럼 숭허게 허고 다니고……. 잘못 보믄 중인 중 알겄다……."

아주머니는 도대체 어느 지방 사람인지 모르게 사투리가 뒤죽박

죽이었다. 암튼 아주머니는 내 머리가 보기 싫은 모양이었다.

희수는 나더러 머리를 자른 게 업 선배 때문이냐고 물었다. 나는 굳이 부정하지 않았다. 업 선배 생각만 하면 가슴 한복판이 시렸다. 이제 가슴 대신 머리가 시렸으면 했다. 시린 게 가슴이든 머리든 빨리 데우기 위해 서둘러 막걸리를 들이 부었다. 막걸리를 좋아하지 않는 희수는 혼자 소주를 마시고 수인과 나는 계속해서 막걸리를 마셨다. 인천으로 가는 마지막 전철이 끊길 시간이 되었는데도 나는 더 마시겠다고 고집을 피웠다. 수인과 희수가 나를 억지로 일으켜 세웠다. 밖으로 나오자 걸음이 잘 걸어지지 않았다. 길바닥이 제멋대로 일어서서 내게 덤벼드는 것처럼 느껴졌다. 고등학교 졸업식이 끝나고 처음 술을 마셨던 날 그랬던 것처럼.

내가 걸음을 똑바로 옮겨 놓지 못하자 수인과 희수는 나를 양쪽에서 부축했다.

"택시 타고 우리 집으로 가자."

수인이 말했다.

"그래. 우리 셋이 같이 가자. 집에다 전화해. 나는 아까 집에다 전화했어."

희수가 말했다. 나는 공중전화 부스로 들어갔다. 동전을 넣고 다이얼을 돌렸다. 신호음이 서너 번 울리고 나서 수화기에서 낯익은 음성이 흘러 나왔다.

"작가폐업입니다."

업 선배였다. 집으로 전화를 건 게 아니라 작가폐업으로 전화를 한 것이다. 그보다 더 중요한 것은 업 선배가 지금 그곳에 있다는 사실이었다. 나는 수화기를 귀에 댄 채 아무 말도 하지 못했다. 업 선배도 잠시 말이 없었다. 이윽고 그가 말했다.

"수영아. 수영이지? 수영아."

"언제……왔어요?"

"오늘. 조금 전에 서울 들어와서 가게로 나왔어. 아직 집에 안 갔어?"

"네. 학교 앞이에요."

"지금 들를 수 있어? 너무 늦었지?"

"갈게요."

전화를 끊고 나서 집으로 전화를 했다. 엄마한테 수인이네 집에서 자고 간다고 말하고 한참 야단을 맞은 다음 전화를 끊었다. 업 선배와 통화를 하고 나자 술이 갑자기 깨는 것 같았다. 공중전화 부스에서 나와 희수와 수인에게 말했다.

"너희들 먼저 가라. 나 업 선배 만나고 갈게."

"뭐? 업 선배 왔어?"

수인과 희수가 동시에 말했다.

"응. 지금 가게에 있대."

희수와 수인은 서로 얼굴을 마주 보더니 나를 향해 손을 들어 보이고는 돌아섰다. 그들의 뒷모습을 잠시 바라보다가 작가폐업으로 발길을 돌렸다.

업 선배는 가게에 혼자 앉아 있었다. 그는 내가 들어오자 넋을 잃은 듯 멍하니 바라보았다. 마치 귀신이라도 본 것 같은 얼굴이었다.

처음에는 조금 당황했지만 그가 왜 그런 얼굴을 하는지 금세 알아차렸다. 내 짧은 머리 때문이었다. 기대 이상의 효과가 나타난 것 같아서 웃음이 나왔다. 그는 내 앞으로 천천히 걸어 왔다. 바로 앞까지 다가와 잠시 바라보더니 손을 들어 내 머리칼을 쓰다듬었다. 그의 손길이 닿자 온 몸에 소름이 돋는 것처럼 전율이 느껴졌다. 그는 양손으로 내 머리를 감싸고 내 얼굴을 자기 앞으로 끌어당겼다. 그의 입술이 눈앞으로 다가왔다. 그의 입술이 내 입술에 닿았을 때 마른 잎처럼 까칠한 감촉을 느꼈다. 그의 입이 내 입을 완전히 덮었다. 그의 혀가 내 입술을 비집고 들어 왔다. 나는 입을 벌려 그의 혀를 받아들이며 그의 눈을 바라보았다. 얼굴이 서로 닿아 있어서 초점이 맞지 않고 흐릿하게 그의 눈꺼풀만 보였다. 그래도 나는 눈을 감지 않고 그를 바라보려고 애를 썼다. 자꾸만 몸이 떨려왔다. 업 선배가 두 팔로 내 온 몸을 결박하듯 꽉 끌어안았다. 뜨겁고도 메마른 입술의 감촉과 내 입 안을 가득 채우고 있는 듯한 그의 혀의 감촉을 느끼면서 나는 그의 품 안에서 계속 떨고 있었다. 그는 입술을 떼고 나서도 나를 계속 끌어안고 있었다. 그의 품 안은 따뜻했다. 점차 떨림이 멎고 한 없이 편안하고 나른한 기분이 밀려 왔다. 그가 내 귓가에 대고 말했다. "보고 싶었어. 아주 많이. 돌아오지 않는 게 좋겠다고 생각했어. 그런데 돌아오지 않을 수가 없었어. 미안해." 그는 나를 풀어 주고 나서 내 어깨를 감싸 안은 채 의자에 앉혔다. 그는 내 앞에 무릎을 꿇고 앉아서 내 얼굴을 들여다보았다.

"수영아. 오늘 우리 집에 가자. 괜찮지?"

왠지 말이 잘 나오지 않아서 고개만 끄덕거렸다.

업 선배가 사는 집은 작가폐업에서 멀지 않았다. 가게 뒤쪽으로 서너 개의 골목을 이리 저리 돌아서 비탈진 언덕을 올라간 곳에 그가 사는 다가구주택이 있었다. 그는 나의 손을 잡고 어두운 계단을 올라갔다. 그의 집은 3층이었다. 그는 현관문을 열쇠로 열고 들어가서 불을 켰다. 오래 비워둔 집이라 써늘한 냉기가 감돌고 있었다. 집안은 황량할 정도로 텅 비어 있었다. 방 두 개와 거실 겸 주방이 있었는데 가구는 거의 없었다. 업 선배는 나를 방으로 데리고 들어갔다. 그의 방은 마치 수도사의 방 같았다. 침대 하나와 책상 하나, 책장 하나가 있었고 벽은 텅 비어 있었다. 달력 하나도 걸려 있지 않았다. 그는 책상 밑에서 전기스토브를 꺼내어 스위치를 올렸다. 선배는 나더러 잠깐 기다리라고 하더니 방을 나갔다. 나는 침대에 걸터앉아서 전기스토브를 쬐고 있었다. 그가 따뜻한 모과차 두 잔을 타 가지고 돌아왔다.

"술 많이 마셨니? 나도 술 좀 마셨는데 이제 다 깼다."

업 선배가 차를 건네면서 말했다. 따뜻한 모과차를 마시니까 살 것 같았다.

"나도 다 깼어요. 아까는 길이 막 일어서서 나한테 덤비는 것 같았는데."

"씻을래? 물 데워줄까?"

"그냥 찬물로 씻어도 돼요."

"아니야. 보일러 올렸으니까 온수로 돌려놓고 조금만 기다리면 돼."

"근데 선배는 옷장도 없어요? 옷은 어디다 둬요? 하다못해 서랍장이라도 있어야지."

내 말에 엽 선배는 입 꼬리를 올리고 조금 웃었다.

"침대 밑에 서랍 붙어 있어. 속옷은 거기 있고 겉옷 몇 벌은 작은 방 못에 걸려 있고 나머지는 거실에 있는 트렁크 속에 들어 있어. 옷이라고 몇 벌 돼야지. 겨우 궁금한 게 그거야?"

나는 침대 위에 덮여 있는 이불을 만지며 말했다.

"이불은 깨끗하네요."

"나 깨끗한 사람이야."

불을 쬐고 있으려니까 졸음이 왔다. 엽 선배와 단둘이 있는데도 긴장이 되지 않는 게 이상했다. 그는 내가 졸고 있는 걸 알아채고 이불을 들치더니 나에게 말했다.

"누워. 안 씻으면 어때. 그냥 자."

그에게 말했다.

"그럼 잠깐만 나가 있을래요? 나 조금 자고 일어날게요. 졸려서 못 참겠어요."

"여기서 같이 자면 안 될까? 여기는 내 방이잖아."

그가 농담처럼 그런 말을 했다.

"나갔다가 내가 잠들면 들어와요."

나도 농담처럼 그렇게 받았다.

"알았어."

그가 밖으로 나가자마자 나는 옷을 입은 채로 침대 이불 속으로 기어 들어갔다. 그리고 눈 깜짝할 새에 잠이 들어 버렸다.

심한 갈증을 느끼며 눈을 떴다. 나는 그의 침대에서 혼자 자고 있었다. 어둠 속에서 몸을 일으키고 침대 위에 잠시 앉아 있다가 어둠에 눈이 익자 방문을 열었다. 거실은 어두웠고 주방 쪽에는 불이 켜져 있었다. 주방으로 나가자 냉장고 앞에 놓인 작은 탁자를 마주 하고 업 선배가 앉아 있었다.

"왜? 왜 일어났어? 추워?"

"아니요. 목이 말라서."

선배는 냉장고를 열고 물병을 꺼냈다.

물을 마시고 나서 그의 손을 잡았다.

"가서 자요. 왜 이렇게 안자고 앉아 있어요?"

선배는 내 손을 잡은 채 자리에서 일어났고 나와 함께 방으로 들어 왔다. 그의 침대는 좁았지만 그런 대로 둘이서 누울 만 했다. 그와 나는 나란히 침대에 누웠다. 업 선배는 가게에서의 열정적인 키스와 포옹은 다 잊어버린 듯 그저 내 옆에 가만히 누워 있기만 했다. 그의 체온을 느끼면서 점점 가슴이 뛰기 시작했다. 내가 품 안으로 파고들자 그는 나를 안아 주었지만 더 이상의 몸짓은 하지 않았다. 그는 뭔가 깊은 생각에 잠겨 있는 것 같았다. 나는 그가 마치 어디 멀리 떠나버린 것처럼 허전함을 느꼈다. 우리는 그렇게 오랫동안 마주 본 채 끌어안고 누워 있었다. 나는 팔이 저려서 몸을 뒤틀었다. 업 선배는 포옹을 풀고 천정을 보고 똑바로 누운 채 다시 그대로 가만히 있었다. 그렇게 한참 시간이 흘러갔다. 잠은 오지 않았다.

"우리 어머니는 무당이었어."

업 선배가 밑도 끝도 없이 말했다. 나는 그 말을 분명히 들었지만 마치 그 말이 무슨 말인지 못 알아들은 것처럼 대꾸를 못하고 그의 얼굴을 보려고 몸을 돌렸다. 어둠 속에서 그의 얼굴이 희끄무레하게 떠올라 보였다.

"무당 몰라? 샤먼 말이야."

"어, 알아요. 선배 어머니가 무당이셨다고요?"

"응. 어머니한테 다녀왔어. 어머니 산소에."

업 선배는 담담한 어조로 그렇게 말했다. 뭐라고 대꾸해야 할지 몰라서 가만히 있었다.

"사람이 가장 먼저 좌절을 겪는 것은 주로 자기의 태생 때문이지. 어디서 누구의 자식으로 태어났느냐 라는 것, 거기서부터 이미 많은 것이 결정되니까. 나는 지지리도 운이 없는 편이었어. 어머니는 무당, 아버지는 빨갱이, 거기다가 사생아로 태어났으니까. 그런 나의 태생에 대해서 알게 되면서 절망을 맛보긴 했지만 내게 가장 큰 좌절감을 안겨 준건 아버지의 부인, 그러니까 이런 경우에 세상 사람들이 큰 어머니라고 부르는 그 분이었어. 우습잖아. 큰 어머니는 원래 아버지의 형인 큰 아버지의 부인인데, 그럼 첩의 자식으로 태어난 사람들은 이 큰 어머니와 저 큰 어머니를 어떻게 구분하냐고? 아무튼 나는 아버지의 부인인 그분을 만나게 되면서 묘한 경험을 했어. 그 분은 나와 대면할 때 나를 똑바로 쳐다본 적이 한 번도 없어. 늘 비스듬히 외면을 하고 나를 보지 않으면서 이야기를 했지. 그런 이상한 대면을 몇 번 겪다 보니 이런 생각이 들더군. 나의 존재를 인정하고 싶지 않아서 그러는 거구나. 내가 이 세상에 있지만 없는 것처럼 생각하고 싶어 하는구나. 그런 생각…… 그건 나를 무시한다기보다 부정하는 것이었어. 누군가가 나의 존재 자체를 그렇게 부정하고 싶어 한다는 건 슬픈 일이었지. 내가 이 세상에 나온 것을 부정하고 싶어 하는 사람과 만나야 한다는 사실이 괴로웠지. 공산주의자였던 아버지가 무당이었던 어머니와 어떻게 인연을 맺게 되었는지 모르지만 집을 나와 떠돌아다니다가 어머니와 잠시 살았고 해방되던 해에 내가 태어났고, 6·25전쟁이 끝난 후에 아버지는 감옥에 가게 되었다는 것, 큰 어머니에게는 딸만 셋이 있어서 나를 호적에 입적시키기로 했다는 것, 그런 것들을 철들면서 알게 되었지. 아버지는 아직 감옥에 있어. 비전향 장기수라는 이름으로. 한 때는 아버지가 나를 자기 자식으로 인지하고 호적에 넣었다는 것을 무척 원망했어. 그냥 아버지를 모르는 무당의 사생아로 살아가는 게 비전향 장기수의 아들로 살아가는 것보다 나을 것 같아서. 우리 사회에서 가장 인정받기 힘든 조건을 가진 사람들을 둘씩이나 부모라는 이름으로 등에 지고 살아가야 한다는 게 힘겨웠지. 이제는 다 포기했어. 내가 선택하거나 바꿀 수 있는 게 아무것도 없다는 걸 알기 때문이지."

선배의 긴 이야기가 끝나고 나서 아무 대꾸도 하지 못했다. 할 말을 쉽게 찾을 수가 없었다. 가혹하다는 말로는 부족했다. 잔인하다는 말로도 부족했다.

그의 태생과 그가 처한 현실에 대해서 내가 얼마나 공감하고 이해할 수 있었을까? 연좌제라든가 사상범이라고 불리는 사람들에 대해서 들어 본 적은 있었지만 크게 관심을 가져 본 적은 없었다. 나와는 너무 먼 거리에 있는 일이라고 생각했기 때문이다. 그러나 그의 목소리에 담겨 있는 절망감이 폐부를 찌르는 것처럼 강렬하게 내 가슴을 파고들었다. 나는 있는 힘을 다해서 그의 온 몸을 끌어안았다. 그의 절망을 반쯤 덜어내어 나의 존재 안에 받아들이고 싶었다. 그는 나를 안은 채 자리에서 일어났다. 나를 조심스럽게 떼어내더니 내 옷을 하나씩 벗기기 시작했다. 나는 숨을 죽인 채 그가 하는 대로 몸을 맡기고 있었다. 겉옷을 다 벗기고 나서 자기도 옷을 벗었다.

"수영아. 목욕하자. 내가 씻어줄게. 나는 너 자는 동안 씻었어."

그의 말에 나는 깜짝 놀라 몸을 움찔했다. 그는 나를 가만히 끌어안고 내 귓가에 속삭였다.

"너를 씻어 주고 싶어. 부탁이야."

욕실에는 자그만 욕조와 샤워기가 있었다. 욕조에는 더운 물이 받아져 있었다. 업 선배는 욕조에 손을 담가 물의 온도를 가늠해 보더니 고개를 끄덕거렸다. 그는 나를 욕조 안에 앉히고 어깨에 물을 끼얹어 주었다. 그의 앞에서 벌거벗고 있는 것이 별로 부끄럽게 느껴지지 않는 것이 이상했다. 처음에는 기겁을 했는데 막상 욕조 안에 앉아 있으니 어린애가 된 것처럼 편안하게 몸을 맡길 수 있었다. 그는 말할 수 없이 부드럽고 조심스런 손길로 나를 씻겨 주었다. 하얀 세숫비누 하나로 머리를 감기고 온 몸에 비누칠을 해서 깨끗이 닦아냈다. 샤워기로 몇 번이고 깨끗이 구석구석 헹구더니 커다란 수건으로 내 몸의 물기를 닦아 주었다. 그는 나를 방으로 데리고 가서 자기의 커다란 티셔츠를 입혀 주었다. 그의 셔츠는 내 상체를 덮고 엉덩이까지 내려 왔다. 그는 내 짧은 머리를 손바닥으로 감싸더니 씩 웃었다.

"머리 감기는 편하네. 말릴 필요도 없고. 잘 잘랐다. 요정 같이 깜찍해 보여."

그는 내가 입고 있던 커다란 티셔츠를 벗겼다. 나를 침대에 눕히고 이마에 입을 맞췄다. 눈꺼풀에 입술을 대고 누르더니 뺨에 입을 맞췄다. 턱에 입술을 갖다 대고 목, 어깨, 가슴, 배의 순서로 온 몸을 천천히 쓰다듬고 입을 맞췄다. 그는 나를 한 없이 소중하게 다뤘다. 눈물겹도록 조심스럽고 부드러운 몸짓으로 나를 애무하고 내 몸 안으로 들어 왔다. 그가 내 몸 속에 들어왔을 때 나는 울고 있었다. 그는 조용하게 움직였지만 나는 큰 파도를 타고 있는 것처럼 어지러웠다. 이 세상에 그와 나 두 사람만 존재하는 것 같았다. 어렸을 때 아득한 벼랑에서 추락하면 몸이 가벼워지면서 새처럼 날아오르는 꿈을 꾸곤 하던 순간과도 흡사했다. 내 몸의 중력이 느껴지지 않았고 존재감마저 사라져 버리는 아득한 느낌에 온 몸을 떨었다. 그의 몸은 따뜻하고 슬펐다.

그는 사정하지 않은 채로 나의 몸에서 천천히 빠져 나갔다. 나는 그의 몸을 붙들었다. 왜 그러느냐고 묻고 싶었지만 말이 되어 나오지 않았기 때문에 몸짓으로 내 질문을 대신한 것이다. 그는 부드럽게 나를 떼어 내고 내 옆에 누웠다.

"확인하고 싶었어. 내가 널 얼마나 사랑하는지. 그런데 왜 너를 사랑하면 안 되는지."

"사랑할 자격이 있다, 없다 그런 얘기 하지 말아요. 그런 건 의미 없는 말이에요."

"자격이 없다는 말을 하는 게 아니야. 네 곁으로 돌아오지 않으려고 했어. 해명이나 변명 같은 거 하고 싶지 않았어. 하지만 아무 말도 없이 사라지는 게 네게 더 큰 상처가 될지도 모른다는 생각이 들었지. 사랑한다는 말을 하지 않았다고 해서 책임이 없는 건 아니야. 나는 이미 네 마음속에 들어갔고 네가 내 마음 속에 들어오는 걸 허락했기 때문에 너와 이야기해야 한다고 생각했지. 일어날 일은 일어나고야 만다는 걸 인정하지만 내가 지고 있는 짐을 누구와도 나눠 가지지 않겠다는 내 결심은 바뀌지 않았어. 너를 위해서라는 말은 하지 않을게. 내가 네 곁에 있을 수 없는 건 나 때문이야. 내가 힘들어서 그러는 거야. 누군가의 사랑, 서로의 인생을 붙들어 매는 관계를 감당할 자신이 없어."

그의 말을 이해했던가? 그렇다. 그가 하는 말을 이해했다기보다는 그가 느끼는 안타까움을 이해했다. 하지만 마음속으로 다른 생각을 하고 있었다. 그가 아무리 그렇게 말해도 그를 사랑하고 그와 함께 하리라는 생각을 했던 것이다. 나는 이미 그를 사랑하고 있었고 사랑보다 더 치명적인 연민이 마음속에 생겨나고 있었다. 놓아 주지 않으리라. 놓아 주지 않으리라. 나는 마음속으로 수없이 그런 말을 되풀이하며 그의 품속으로 파고들었다. 우리는 날이 훤하게 밝아 올 때까지 아무 말 하지 않고 서로 마주 보고 누워 있었다. 어슴푸레하게 밝아오는 여명에 어둠 속에 잠겨 있던 그의 얼굴이 부옇게 떠올랐다.

그의 창백하고 단정한 얼굴을 바라보았다. 그도 나의 얼굴을 하염없이 바라보고 있었다.

서로 다른 생각을 하며 하룻밤을 지새우고 아침을 맞았던 그와 나. 그는 헤어져야 한다는 생각을 했고 나는 헤어지지 않겠다는 결심을 했다. 그가 이겼다. 그는 속까지 어른이었고 나는 거죽만 어른이었기 때문이다. 그는 며칠 후에 다시 가게를 닫고 사라졌다. 나는 그가 내 곁을 떠나는 것을 막을 힘이 없었다. 그를 찾을 방법도 없었다. 석균이 아르바이트를 하는 곳의 주인아주머니가 업 선배의 어머니와 같은 고향 사람이라는 것을 알게 됐지만 아무 도움도 되지 않았다. 그 아주머니를 통해서 업 선배와 아버지가 다른 여동생에게도 연락을 취해 봤지만 역시 소용없었다. 업 선배가 큰 어머니라고 부르던 분이나 그쪽의 누나들 역시 업 선배의 행방을 모른다고 했다. 치명적인 사랑과 연민을 남겨놓고 그는 떠나갔다.

나는 깊은 상심에 빠졌다. 주위의 모든 것이 빛을 잃은 것 같았다. 당시에 유행하던 멜라니 사프카의 〈더 새디스트 씽The Saddest Thing〉을 들으면서 하루 종일 울 때도 있었다. 친구들은 당황했다. 희수와 수인, 석균, 수철이까지 나를 걱정하고 위로해 주었지만 아무 말도 귀에 들어오지 않았다. 그때까지 윤 후와 사귀다가 헤어지고 서너 명의 남자친구가 있었지만 그들은 안중에도 없었다. 나는 학교에 나갔지만 강의에 들어가지 않았다.

5월이 왔다. 하늘은 맑고 햇빛은 눈부셨다. 교정에는 라일락과 등꽃이 피어나 향기를 내뿜었고 이른 장미가 활짝 피어났다. 밤송이 같았던 나의 머리칼은 삐죽삐죽 자라났다. 나는 노란 꽃창포가 만발한 연못가의 벤치에 앉아 멍하니 분수를 바라보고 있었다. 분수대에서 물이 뿜어져 나와 물보라를 일으키며 지구를 감싼 청룡상에 부딪치며 떨어졌다. 물보라를 유심히 보고 있으면 햇빛이 반사되고 굴절하면서 생겨난 무지개가 언뜻언뜻 보였다. 사랑은 저 무지개처럼 잡을 수 없고 허망한 것이었을까? 사랑한다는 것은 무엇일까? 내가 업 선배를 사랑한다는 것은 사실일까? 이 미칠 것 같은 상실감은 정말 사랑 때문일까? 사랑이 아니라면 달리 무엇으로 이 감정을 설명할 수 있을까? 수많은 물음표가 허공에서 날아올랐다가 분수처럼 떨어져 내렸다.

"수영아, 수업 들어가자."

어느 새 석균이 벤치의 옆 자리에 앉아 있었다.

"싫어. 들어가면 뭐해. 아무 말도 귀에 들어오지 않는데."

석균이는 내 어깨에 팔을 둘렀다.

"수영아, 사랑 내가 해 줄게. 업 선배 대신 내가 너 사랑해 줄게. 업 선배 보다 더 많이 사랑해 줄게."

나는 그의 팔을 떨어내며 웃었다.

"왜 이래. 징그럽게."

"정말이야. 왜 꼭 그 사람이어야 해? 내가 널 사랑하는데 너도 날 사랑하면 되잖아."

석균이 내 앞으로 얼굴을 들이밀면서 정색을 하고 말했다.

"안돼. 업 선배여야 돼. 아무도 대신할 수 없어."

나도 정색을 했다. 석균은 내 눈을 가만히 들여다보았다. 우리는 눈싸움을 하듯이 한 동안 서로의 눈을 노려보다시피 마주 쏘아 보았다. 나는 결국 웃음이 나와서 픽 웃으면서 눈길을 돌렸다.

"나 잘 생겼지? 엽 선배보다 더 잘 생긴 거 맞잖아."

석균이 말했다.

"자꾸 그렇게 장난 할래? 내가 지금 괜히 그러는 걸로 보여?"

나는 언성을 높였다. 화가 나려고 했다.

"장난하는 거 아니야. 너 괜히 그런다고 생각하는 것도 아니지만 나도 괜히 그러는 거 아니야."

석균이의 목소리가 낮아졌다. 순간 머리를 한 대 얻어맞은 것처럼 멍해졌다. 이건 뭐지? 석균이가 지금 나를 좋아한다고 하는 건가? 우리는 둘 다 더 이상 아무 말도 하지 않고 분수대만 바라보았다. 석균이가 내 팔을 잡아 일으키고 내 가방을 집어 들었다.

"강의 들어가자. 이제 더 이상 그냥 두고 보지 않을 거야. 그 사람 돌아오지 않을 거고 너 이러는 거 아무 소용도 없어. 감정의 낭비고 소모일 뿐이야."

석균이에게 한쪽 팔을 맡긴 채로 예술대학 건물을 향해서 걸음을 옮겼다. 그 해 5월, 나는 스물두 살이었고 사랑의 아픔 속에서 다른 사랑이 다가 오고 있었다.

7

4월의 노래

"나한테는 지금 이 순간도 4월이야. 대학에 들어온 그날부터
대학을 졸업하는 그날까지 언제나 4월일 거야.
나에게 대학생활은 언제나 목련꽃 그늘 아래서 베르테르의 편지를 읽는 그런 날들이라고.
빛나는 꿈의 계절이고 눈물 어린 무지개의 계절이야."

석균의 장편소설은 한걸음씩 앞으로 나아가고 있었다. 석균은 하나의 국면이 바뀔 때 마다 내게 원고를 보여 주었다. 빨간색으로 칸이 나뉜 하얀 원고지 위에 단정한 글씨로 써내려간 석균의 소설은 벽돌을 쌓듯이 정교하게 하나의 세계를 창조해 내는 중이었다. 그는 자신만의 방법으로 사물의 핵심에 도달하려는 치열함을 갖고 있었다. 나는 그가 헤르만 브로흐가 말한 '실존의 새로운 한 단면'을 발견해 낼 수 있을지 판단할 능력은 없었다. 하지만 최소한 그런 의지와 노력이 엿보이는 작품을 쓰고 있다는 건 알 수 있었다. 그의 작품을 읽고 내 생각을 이야기해 주었고, 때로 그는 내 의견을 작품에 반영해 내용을 수정하기도 했다. 그의 소설을 읽을 때마다 내 마음속에는 좌절감이 쌓여 갔다. 소설 쓰기에서 그는 내가 가보지 못한 길을 저만치 앞서서 가고 있다는 것을 부정할 길이 없었다.

석균이 나를 사랑한다고 고백했다고 해서 그와 나 사이가 특별히 달라진 것은 없었다. 도시락을 같이 먹고 강의를 같이 듣고 강의가 비는 시간에 많은 대화를 나누는 것은 예전과 같았다. 석균은 학교 공부와 소설 쓰기, 아르바이트까지 해야 했기 때문에 학교생활 이외에 따로 시간을 내어 나와 데이트라는 걸 할 수가 없었다. 예전과 결정적으로 다른 게 있다면 그가 나를 자신과 가장 가까운 사람으로 여긴다는 점이었다. 자기의 생각과 일상은 물론이고 창작의 세계까지 모두 나와 공유하고 싶어 했고 매 순간마다 나의 생각과 느낌을 알고 싶어 했다. 그는 나에게 놀라울 정도로 몰두했고 집중했다. 그것은 새로운 경험이었다. 윤 후와 달랐고 업 선배와도 달랐다. 그는 나의 가장 가까운 친구이자 연인이 되고자 노력했다. 그런 그의 마음을 이해하고 고마워했지만 마음을 열고 그것을 받아들일 수 없었다. 업 선배에 대한 그리움이 수시로 마음속에 차올랐기 때문이다. 아무리 노력해도 그를 잊을 수 없었다. 그 무렵에 나는 소설 대신 시를 썼다. 그것은 시라기 보다는 고통을 토해 내기 위한 몸부림이었고 눈물이었는지도 모른다.

어 제

그것은 잔인한 추억이었다
불로 덴 듯이 아프고
칼로 벤 듯이 날카로운 통증이었다
어디 한 군데 눈 돌릴 곳 없이
내 삶의 모든 시간과 공간 속에

촘촘히 박혀 있는 기억 기억들

함께 하지 않은

결코 기억될 수 없는 아득한 시간의 저 편

그 속에서도 불가사의하게 고개를 드는

기억의 파편과 감정의 조각들

인간은 기억으로 이루어진 집이라고 했던가

그것은 가혹한 일이다

태어나기 전부터 당신을 알았던가

존재하기 전부터 당신이 있었던가

한없이 맑고 투명한 어느 날 아침

그 숲으로 갔다

그 숲에 앉아 수 없이 많은 저녁과 밤들과 아침을

또 어느 날 오후를

하염없이 넋을 잃고 되새기고 있었다

가고 오면서

오고 가면서

한 없이 슬펐던

그 많은 기억들

숙취와 불면과 한탄과 원망과 한숨으로 뒤덮인

시간과 공간들

눈을 부릅뜨고 결코 변명하지 않으려고

절대로 후회하지 않으려고 몸부림쳤던

나와 또 다른 나와 나

수 없이 많은 나

어째서 기쁨의 순간은 쉽게 잊혀지는가

가슴을 훑고 지나가는 동통만이

마음이 아프다는 것이 가장 사실적인 아픔이라는 것을

실감시키던 그 순간들만이

선명하게 떠올랐다

그 숲에서 하루가 졌다

어둠 속에서 주술처럼 당신을 부르며

베갯머리에 얼굴을 묻고 울던 많은 밤들처럼

또 그렇게 울고 있었다

그 날 저녁

충혈된 눈을 비비며

완성되지 못한 추억의 장을 접고

숲을 떠났다

그 시간 당신은 무엇을 하고 있었을까

어제

당신

그때 나는 당신을 보았지만

당신을 보지 못했다

그때 나는 당신을 만났지만

당신을 만나지 못했다

많은 시간이 지나고

나는 알았다

그때 내가 본 당신

내가 그 이름을 알 수 없었던

당신의 정체를

당신은 왕자

낯선 별에서 볼모로 잡혀 온

불행한 왕자였다

아무리 해도 미워할 수 없었던

가슴 미어지던 연민의 근원이

그것이었음을 이제 나는 안다

긴 시간 동안 당신은

왕자의 풍모를 감추고

걸인처럼 자유롭게 살고자 했는지

그러나 당신은 언제나 왕자였다

문득 내게로 와서

어색하게 키를 낮추고

갓등 아래 빛나는 램프처럼

아늑한 빛을 던져 주지만

나는 당신의 발아래

몸을 던지고

내 끝없는 연민의 눈물로

당신의 발등을 적시고 싶을 뿐

그때나 지금이나

나는 당신으로부터 받을 것이 없는

아주 희미한

바랜 꿈 같은 존재다

업 선배가 나를 떠나고 석균이 내 곁으로 다가 왔던 무렵에 쓴 글들이다. 석균이 없을 때는 희수와 수인이 나와 함께 있어 주었다. 희수는 내게 업 선배를 잊고 석균의 마음을 받아들이라고 했다. 수인은 나의 연애에 대해서 아무 말도 하지 않았다. 업 선배에 대해서도 석균에 대해서도. 그저 나와 함께 커피를 마시고 술을 마시고 음악을 들었다. 오랜 시간 아무 것도 하지 않고 아무 말도 하지 않고 내 곁에 함께 있어 주었다. 수인은 첫 번째의 실연 뒤에 몇 번의 짧은 연애를 거쳐서 결국 혼자 남았다. 수인은 남자애들에게 더 이상 흥미가 없다고 했다. 그 무렵 수인의 집에도 자주 갔다. 수인은 베토벤의 〈영웅〉과 퀸Queen의 노래들을 자주 들었다. 수인은 '지푸'라는 이름의 고양이를 길렀다. 지푸는 지푸라기를 줄인 말이다. 새끼 고양이 때 지푸라기처럼 바싹 말랐었기 때문에 수인이 그렇게 불렀다.

수인은 지푸를 배 위에 얹어 놓고 베토벤의 〈영웅〉을 들었다. 그녀는 골동품에 가까운 오래된 스테레오 전축을 갖고 있었고 많은 엘피 레코드를 갖고 있었다. 수인과 함께 커피를 마시고 담배를 피우며 음악을 듣는 시간이 가장 마음 편했다. 수인이 사는 아파트는 오래 된 5층짜리 아파트였다. 그녀의 집은 5층이었는데 창밖으로 꽤 크게 자란 나무들이 서 있는 화단이 내려다보였다. 자작나무가 바람에 흔들리는 모습이 보기 좋았다. 누가 아파트 화단에 자작나무를 심을 생각을 했을까? 수인은 그 사람을 만나면 악수하고 싶다고 말하곤 했다.

수인은 언젠가 화계사의 동굴에서 소설을 쓰지 않겠다고 말한 이후 소설을 쓰지 않았다. 창작 실기 시간에는 재수생 시절에 습작했던 작품들을 하나씩 제출했다. 서동완 선생은 수인이 어떤 소설을 내든 언제나 칭찬 일색이었다. 그 늙은 선생은 수인의 작품이 아니라 수인을 좋아하는지도 몰랐다. 하지만 그가 뭐라고 하건 수인은 관심이 없었다.

"나는 졸업하고 돈이나 벌어야겠어."

어느 날 수인이 말했다.

"뭐 해서 돈 벌 건데?"

내가 물었다.

"술집을 차릴 거야. 업 선배처럼 대학가에 카페를 낼 생각이야. 이름도 벌써 생각해 두었어. '음향과 분노' 어때?"

윌리엄 포크너는 수인이 가장 좋아하는 작가였다.

"글쎄. 술집 차리려면 밑천이 있어야지. 그리고 업 선배는 술집 해서 돈 못 벌었잖아."

"밑천은 엄마더러 대라고 하지 뭐. 나 대학 졸업하면 퇴직하고 서울로 올라오시라고 해야지. 장사는 엄마랑 같이 할 거고. 나는 업 선배처럼 하지 않을 거야. 돈 벌 수 있게 열심히 할 거야."

수인의 어머니는 지방의 소도시에서 회사에 다니고 있었다.

"엄마가 허락하시겠니?"

"아마 허락할 거야. 엄마는 내가 하겠다는 일을 못하게 한 적이 없어."

수인의 이야기를 들으며 나는 졸업 후에 무엇을 할까 생각해 보았다. 소설 쓰기를 계속한다면 취업은 하지 말아야 하나? 막막한 생각이 들었다. 지푸는 나른한 몸짓으로 기지개를 켜더니 수인의 배 위에서 내려 와 방 한 구석에 놓인 재봉틀 위로 올라갔다. 수인은 엄마가 쓰던 낡은 재봉틀을 갖고 있었다. 수인은 재봉틀로 옷이나 소품을 만드는 일을 좋아했다. 그녀가 갖고 다니는 가방은 자기 손으로 만든 거였다. 청바지를 사면 솔기를 다 뜯어서 자기 마음에 들게 다시 만들어 입었다. 원피스를 뜯어서 셔츠를 만들기도 했다. 할머니의 옷도 만들어 드리고 이불이나 베개도 만들었다. 손재주가 없는 나는 그런 것들을 만들어 내는 수인의 손이 신기했다. 그녀의 손끝에서 마치 요술처럼 없던 것들이 만들어져 나왔다. 소설도 그렇게 써진다면 얼마나 좋을까? 그런 생각도 들었다.

"바느질 같은 것에 비하면 소설은 너무 작위적이고 밥맛없는 작업이야. 바느질 할 때는 아무 생각도 안 하고 그냥 이 일에만 몰두할 수 있어서 좋아."

수인은 그렇게 말했다.

바느질도 잘 하지 못하고 소설도 잘 쓰지 못하고 수인처럼 돈 벌 생각도 없는 나는 뭐란 말인가? 내가 아무짝에도 쓸모없는 인간인 것처럼 느껴졌다. '넌 소설가야'라고 말해주던 업 선배는 어디로 가 버렸을까? 수없이 되풀이해 온 그 질문이 다시 머릿속에 떠올랐다. 눈물은 절대로 마르지 않는 샘을 갖고 있었다. 업 선배 생각이 나면 바로 눈물이 솟아올랐다. 나 자신이 지긋지긋하게 느껴질 지경이었다.

2학년 여름방학이 시작되면서 석균은 아르바이트를 그만 두었다. 소설을 마무리해서 9월에 한 문학상 공모에 작품을 제출할 생각이라고 했다.

"일찍 전업 작가가 되든가 최소한 글쓰기로 돈을 벌어서 대학 등록금이라도 낼 생각이야. 그 뒤에는 취업을 해서 글을 쓰더라도."

석균은 당선에 대해서 확신이 있는 것처럼 말했다. 그의 자신감이 부러웠다.

여름방학이 시작되고 두 주일이 지났을 때 수인과 석균이 집으로 찾아 왔다.

"학교 도서관에서 만났는데 거의 동시에 네가 보고 싶다는 말이 나왔어. 이심전심이라고 하나? 그래서 내가 말 나온 김에 가자고 해서 같이 온 거야."

수인이 말했다. 나도 그들이 반가웠다. 수인은 방학 때면 아예 칩거하는 편이라 그러려니 했고 석균은 소설을 마무리하느라고 바쁜 줄 알고 있었다. 석균은 평소의 그답지 않게 엄마한테 '장모님'이라고 부르며 너스레를 떨었다. 엄마는 그런 석균이 밉지 않은 모양이었다. 내가 월미도로 바람 쐬러 나가자고 했더니 석균은 장모님이 차려 주시는 밥 먹어야 한다며 눌러 앉았다. 저녁을 먹고 나서 셋이서 시내로 나갔다. 자유공원에 올라가서 부두를 내려다보며 맥주를 마셨다.

"소설 잘 돼?"

내가 물었더니 석균이 고개를 끄덕거렸다.

"이제 두 주일만 더 쓰면 완성될 것 같아. 다 쓰면 보여 줄게."

"아까 조금 읽어 봤는데 잘 썼더라. 재미도 있고 진지하고. 그 두 가지를 동시에 갖추기가 쉽지 않은데. 우리 동기 중에 재학 중 등단 작가 나오는 건 확실한 것 같아."

수인이 말했다. 누가 무슨 작품을 써서 내든 관심을 나타내지 않았던 수인의 그런 언급은 뜻밖이었다.

"석균이 좋겠다. 수인이가 저런 칭찬하는 거 처음 듣는데."

내 말에 수인이 웃음기를 머금고 대답했다.

"내가 좀 안목이 높잖아."

"맞아. 나 감격했어. 다른 사람도 아니고 수인이가 그렇게 높게 평가해 줘서."

석균도 웃으면서 말했다.

바다 쪽에서 찝찔하고 미지근한 바람이 불어 왔다. 먹을 것이 과잉

공급되어 뚱뚱해진 비둘기들이 뒤뚱거리며 우리 주위를 맴돌고 있었다. 도시에서는 새들도 무기력하고 불건전한 삶을 살아가는 것이다. 크고 작은 배들이 정박해 있는 부두의 모습이 눈 아래 펼쳐져 있었다. 뱃고동 소리도 간헐적으로 들려 왔다. 여기까지 와야만 인천이 항구도시라는 게 실감이 났다. 우리 집이 있는 제물포 근처는 서울이나 다른 중소도시들과 다른 점이 하나도 없었다. 자신의 삶이 보이지 않는 시스템과 메커니즘에 매어 있다는 것을 실감하지 못하듯이 바다에 면한 도시에 살아도 바다를 보지 않으면 그것을 실감하지 못한다. 하늘은 비가 뿌릴 것처럼 잔뜩 흐려 있었다.

"너희들 우리 집에 가자."

수인이 말했다.

"할머니가 이모할머니 댁에 가셨거든. 할머니가 계셔도 부자유스러울 건 없지만 혼자 있으면 왠지 더 해방감이 느껴져. 방학이니까 더 그래. 우리 집에 가서 음악 들으면서 밤새도록 술 마시지 않을래?"

술을 사가지고 수인의 집에 도착하자마자 비가 쏟아지기 시작했다. 베란다 쪽의 창문을 다 열어젖히고 빗소리를 들으며 술을 마셨다. 비가 방 안에까지 조금씩 들이쳤지만 우리는 개의치 않았다. 지푸는 우리의 방문이 못마땅한 듯이 재봉틀 위에 도사리고 앉아서 수인이 불러도 내려오지 않았다.

"음악 들을래?"

수인이 말했다.

"아니. 빗소리 듣자."

석균이 말했다.

나는 비가 오는 날은 음악 대신 빗소리를 듣는다던 업 선배의 말을 생각하고 있었다. 어디 있을까? 도대체 어디로 가버렸을까? 지금 서울 하늘 아래 있다면 빗소리를 들으며 무슨 생각을 하고 있을까? 나를 생각하고 있을까? 우리는 술을 마시며 각자 생각에 잠겨서 오랫동안 아무 말도 하지 않았다.

"그만 해."

석균이 자리에서 일어나 내 앞으로 다가와 앉으며 그렇게 말했다. 나는 아무 말도 하지 않았다.

"그만 해. 그만 하라고. 그만 생각하라니까."

석균이 다시 말했다.

"마음대로 되지 않아. 내가 내 마음대로 되지 않는다구."

나는 쥐어짜듯이 말을 뱉어냈다.

"석균아, 수영이를 그냥 놔 둬."

수인이 우리 두 사람 곁으로 조금 다가앉으며 말했다.

"괴로울 만큼 괴로워야 끝나는 거야. 재촉한다고 되는 일이 아니잖아."

수인의 말에 석균은 한숨을 쉬었다. 소주병을 기울여 빈 술잔을 채운 석균은 이번에는 멀찌감치 물러나서 벽에 등을 기대고 앉았다. 지푸가 재봉틀 위에서 훌쩍 뛰어 내리더니 열려 있는 문을 통해서 베란다로 나갔다가 다시 들어오더니 수인을 향해서 '야옹' 하고 큰 소리로 울었다.

"밖에 나가고 싶다는 거야."

수인이 말했다.

"고양이들은 비 올 때 돌아다니지 않는데. 털 젖는 거 싫어하잖아."

내 말을 듣고 수인이 웃었다.

"지푸가 요새 바람나서 그래. 밖에 못 나가게 하면 얼마나 성을 내는지 몰라."

"지푸는 암놈이지?"

내가 물었다.

"아니 수놈이야."

"그래? 그럼 발정한 거야?"

"응."

"벌써?"

"할머니가 그러시는데 때가 됐대."

수인은 지푸를 안아 올리더니 현관으로 나갔다. 지푸는 현관문을 열어 주자 총알같이 튀어나가는 모양이었다. 본능대로 살아가는 지푸가 부러웠다. 인간은 너무 복잡하다.

석균은 우리의 대화에 아무 관심도 보이지 않은 채 술만 마시고 있었다. 우리는 저녁 대신 통닭을 사다 먹으며 계속해서 술을 마셨다. 장마가 끝난 줄 알았는데 비는 그칠 기미가 없이 줄기차게 내렸다. 방 안이 축축한 습기로 가득 찼다. 우리는 하나같이 가라앉은 기분으로 술만 마셨다. 저녁때까지 꽤 많은 술을 마신 셈이었는데 별로 취한 것 같지도 않았다. 갑자기 희수가 보고 싶었다. 수인의 집에는 여전히 전화가 없었다. 수인의 우산을 들고 아파트 상가에 있는 공중전화 부스로 갔다. 희수는 집에 없었다. 아르바이트를 하러 갔다고 했다. 희수 언니한테 희수가 들어오면 수인의 집으로 와 달라는 말을 남겼다. 술이 부족할 것 같아서 슈퍼마켓에 들러 소주를 더 샀다.

밤 10시가 다 되어 희수가 왔다. 석균은 할머니 방에서 자고 있었다. 술잔을 들고 졸고 있기에 수인이 잠깐 자고 오라고 할머니 방에 이불을 깔아 주었다. 희수는 우산을 썼어도 버스에서 내려 걸어오는 동안 다 젖었다며 수인의 옷으로 갈아입었다. 키가 거의 20센티미터나 차이가 나서 수인의 옷을 입은 희수는 어른 옷을 빌려 입은 아이 같았다. 그런 희수의 모습이 우스워서 수인과 나는 그날 처음으로 크게 웃었다. 우리 중에 술이 가장 센 희수가 오자 술병이 금세 바닥났다. 12시가 되자 석균이 일어났고 수인이 라면을 끓여 왔다. 내가 기대했던 대로 희수가 오자 가라앉았던 분위기가 활기를 띠었다.

"오랜만에 수인이 노래 좀 듣자."

"희수가 하라면 해야지. 안 하면 혼날 테니까."

수인은 우리가 신입생환영회 날 처음 들었던 〈그대의 찬 손〉을 불렀다. 그 노래가 끝나자마자 곧이어 한참 유행하던 심수봉의 〈그때 그 사람〉을 불렀다. 수인이 부르는 〈그때 그 사람〉은 심수봉이 부르는 것과는 전혀 달랐다. 수인은 무슨 노래든지 클래식처럼 불렀다. 그녀가 부르면 모든 노래가 원래 그녀가 부른 노래처럼 들렸다. 수인이 노래를 끝내고 나자 석균이 노래를 불렀다. 석균은 〈4월의 노래〉를 불렀다.

목련 꽃 그늘 아래서 베르테르의 편질 읽노라
구름 꽃 피는 언덕에서 피리를 부노라
아 멀리 떠나와 이름 없는 항구에서 배를 타노라

돌아온 사월은 생명의 등불을 밝혀 든다
빛나는 꿈의 계절아 눈물 어린 무지개 계절아

목련 꽃 그늘 아래서 긴 사연의 편질 쓰노라
클로버 피는 언덕에서 휘파람을 부노라
아 멀리 떠나와 깊은 산골 나무 아래서 별을 보노라

돌아온 사월은 생명의 등불을 밝혀 든다
빛나는 꿈의 계절아 눈물 어린 무지개 계절아

박목월의 시에 곡을 붙인 그 가곡은 석균의 십팔번이었다. 그는 듣기 좋은 바리톤의 음색을 갖고 있어서 그 노래가 잘 어울렸다.

"날씨나 계절과 어울리는 노래 좀 부를 수 없니? 좋긴 하지만 그건 계절 가곡이야."

희수가 트집을 잡았다.

"나한테는 지금 이 순간도 4월이야. 대학에 들어 온 그날부터 대학을 졸업하는 그날까지 언제나 4월일 거야. 나에게 대학생활은 언제나 목련 꽃 그늘 아래서 베르테르의 편지를 읽는 그런 날들이라고.

빛나는 꿈의 계절이고 눈물 어린 무지개 계절이야. 우중충했던 내 인생에 지금처럼 빛나는 시절이 올 거라는 상상은 해보지 못했어. 너희는 어떤지 몰라도 나는 그래."

석균이 눈을 빛내며 그렇게 말했다. 우리는 모두 입을 다물었다. 나는 겉멋만 잔뜩 든 교만한 인간인 것 같아서 부끄러웠다. 석균이 그 고생을 하면서도 고마워하면서 다니는 대학을 나는 얼마나 우습게 알았던가? 재수생 시절에 놀아먹는 바람에 더 좋은 대학에 들어가지 못한 것에 대해서 불만을 품고 있었다. 교수들의 실력이 어떻고 아이들의 질이 어떻고 떠들고 다녔다. 부모가 대 주는 학비로 걱정 없이 대학에 다니면서 말이다.

우리는 새벽까지 술을 마셨다. 여섯 시가 되어 날이 밝으면서 비가 그쳤다. 희수가 수인을 데리고 약수터에 다녀온다고 집을 나갔다. 희수가 나가면서 말했다.

"석균아, 우리 한 시간쯤 있다가 올게. 그 동안 수영이하고 얘기 많이 해."

나는 부엌으로 가서 커피 두 잔을 타가지고 방으로 갔다. 석균은 밤새 마신 술이 다 어디로 갔는지 말짱한 얼굴로 앉아 있었다. 커피를 마시자 담배를 피우고 싶었다. 석균은 담배를 피우지 않았다. 언젠가 왜 안 피우느냐고 물었더니 '담뱃값이 없어서'라고 웃으며 말했다. 농담만은 아닐 것이다. 언제나 돈을 아껴야 하는 처지라서 아예 담배를 배우지 않았을 것이다. 재수할 때 피워 본 담배를 반항심 때문에 계속 피우고 있는 나와는 달랐다. 나는 사람들이 '여자가 왜 담배를 피우느냐'라는 비난을 하지 않았다면 조금 피우다가 끊어버렸을지도 모른다. 석균은 담배를 집어 들더니 한 개비를 뽑아서 내게 주고 자기도 한 개비 피워 물었다.

"나도 담배 맛은 알아. 노가다 할 때 아저씨들이 줘서 피워 봤어."

우리는 커피를 마시면서 담배를 피웠다.

"수영이는 담배 피우는 모습도 예뻐."

석균이 말했다.

"내색은 안 해도 속으로는 싫어하는 거 아니었어? 남자들은 말로는 괜찮다고 자기는 상관하지 않는다고 하면서도 사실은 여자 친구가 담배 피우는 거 다 싫어하던데."

"수영아. 남자들은 다 그렇다는 말 하지 마. 그건 정말 잘못된 생각이야. 너는 내가 여자들은 다 그렇다고 말하는 거 봤어?"

"알았어. 미안해."

나는 순순히 사과했다. 어젯밤 〈사월의 노래〉를 들은 이후 석균에게 뭔가 빚진 것처럼 미안한 생각이 들었다.

"수영아. 이제 업 선배는 잊어버리고 내 마음 받아줄 수 없니? 네가 내 사랑을 받아준다면 살아가는 데 큰 힘이 될 것 같아. 젊은 날 한때의 열정이 아니라 앞으로도 인생의 동반자가 되어 준다면 더 바랄 게 없을 거야. 내가 가진 게 없고 조건이 열악하다는 건 알지만 지금까지 그래왔던 것처럼 치열하게 살아갈 거야. 내 인생에 성실한 만큼 너에게도 최선을 다 할게."

석균이 말했다. 나는 한동안 대답을 하지 못하고 침묵을 지켰다.

이상한 이야기 같지만 나도 내 마음을 정확하게 알 수가 없었다. 나는 석균을 좋아하지만 업 선배한테 품었던 것 같은 애틋함을 느낄 수 없었다. 석균에게도 나름대로 연민을 느꼈지만 업 선배를 생각할 때마다 느끼는 가슴이 찢어지는 것 같은 강렬한 아픔과는 비교할 수 없었다. 무엇보다도 누군가와 앞으로의 인생을 함께 살아가겠다는 생각을 할 수 없었다. 그건 업 선배에 대해서도 마찬가지였다. 말할 수 없이 그립고 아쉬웠지만 그가 다시 나타나면 평생을 함께 살겠다는 생각 같은 건 해보지 않았다.

"석균아. 나는 너를 정말로 좋아해. 너처럼 마음이 통하는 친구는 없을 거야. 어떤 때는 수인이나 희수보다 네가 더 가깝게 느껴지기도 해. 너의 생각, 너의 재능, 너의 성실함은 존경스럽기도 해. 너에 비하면 나는 형편없이 모자라고 어리석은 인간이야. 어쩌면 너를 사랑하는지도 몰라. 하지만 너와 평생을 함께 하고 싶다거나 그런 생각은 한 번도 해 보지 않았어. 너에게는 나보다 더 성실하고 책임감 있고 따뜻한 여자가 필요할 거야. 나는 아닌 것 같아. 나는 나 자신을 믿을 수 없을 때가 많아. 너의 마음을 받아들일 수 없는 건 꼭 업 선배 때문은 아니야. 너는 그냥 나의 소중한 친구일 뿐이야. 너도 나를 그냥 친구로 생각해 주었으면 좋겠어."

나는 진심을 다해 말했다. 석균은 잠시 동안 눈을 감고 생각에 잠긴 듯 말이 없었다.

"좋아. 수영아. 네 말 잘 알았어. 더 이상 말하지 않을게. 언제까지가 될지 모르지만 앞으로도 좋은 친구로 지내자."

석균은 애써 밝은 표정을 지으며 나를 보았다. 마음이 많이 아팠지만 한편으로는 무거운 짐을 내려놓은 듯 홀가분하기도 했다.

여름방학이 끝나고 2학년 2학기가 시작되었다. 석균과 나는 여전히 함께 도시락을 먹었다. 석균은 장편소설 공모 마감일이 1주일 앞으로 다가 왔을 때 소설을 끝냈다. 약속대로 나에게 자기의 원고를 보여 주었고 나는 밤을 새워 가며 그의 소설을 꼼꼼히 읽었다. 내가 그 동안 읽은 신인들의 장편소설 당선작들과 비교해서 조금도 손색이 없는 작품이라는 생각이 들었다. 나는 석균이 부럽고 존경스러웠다. 원고지 1,200매라는 분량 자체가 나로서는 엄두가 나지 않는 중량감으로 다가왔다. 석균은 나의 칭찬에 한껏 고무된 표정이었다.

그 해 12월, 석균은 당선 통지를 받았다. 석균은 스물두 살의 가난한 대학생에게는 거의 천문학적인 액수로 느껴지는 상금과 함께 촉망 받는 신인 소설가라는 타이틀을 얻었다. 그의 작품에 대한 심사위원들의 평가도 좋아서 문단의 기대주로 떠올랐다. 문창과의 동기생은 물론이고 선후배와 동문들까지 모두 부러워했다. 교수들도 석균의 성실함과 재능을 진작 알아보았다면서 칭찬과 격려를 아끼지 않았다. 나는 부러움과 좌절감이 뒤섞인 혼란스런 감정에 빠져 들었다. 석균의 당선이 누구보다도 기뻤지만 나 자신이 초라하고 한심하게 생각되는 것을 어쩔 수 없었다. 업 선배가 사라짐으로써 시작된 우울증은 여전히 나를 괴롭히고 있었다. 시시때때로 한없는 무력감이 밀려 왔다. 공부도 창작도 독서도 손에 잡히지 않았다. 그렇게 2학년이 가고 3학년이 되었다. 3학년 1학기와 2학기에는 도서관에 틀어박혀 책 읽기에만 전념했다. 창작 실기 시간에 과제로 제출하기 위해서 소설을 썼지만 열정도 없이 기계적으로 작업을 했다. 나는 창작을 포기하고 문학작품을 사랑하는 좋은 독자로 남기로 마음을 굳혀 갔다.

대학 3학년이던 1979년, 유신 말기로 접어든 군사 정권의 독재는 심각한 수준으로 치달았다. 국민들의 저항 또한 거세져서 우리의 대학생활도 정치적 열기에 휩싸이고 있었다. 여학생회 회장이자 학도호국단 문예부장직을 맡고 있던 희수는 날마다 모임을 갖고 다른 대학과의 연대 투쟁과 시위를 기획하느라고 얼굴 보기도 힘들었다. YH 사태와 김영삼 당시 민주당 총재의 제명 사건이 일어났고, 1979년 10월 15일 부산대학교에서 대학생들이 대규모 시위를 벌이고 16일, 17일, 18일에 거쳐서 부산, 창원, 마산 지역의 노동자와 시민까지 참가하는 대규모의 민주화 항쟁이 일어났다. 이른바 부마항쟁이었다. 학교에서는 정상적인 수업이 이루어지지 않았다. 이 무렵 수인은 학교에 나오지 않고 집에만 틀어박혀 있었다. 시민들의 정당한 요구를 무력으로 제압하고 독재를 계속하려던 유신 정권은 10월 26일에 박정희의 갑작스런 죽음으로 막을 내렸다. 당시 중앙정보부장이었던 김재규가 술자리에서 박정희를 총으로 쏘아 죽이는 사건이 일어난 것이다.

박정희의 죽음이 발표된 10월 27일에 학교에서는 수업이 전혀 이루어지지 않았다. 학생들은 학생회관이나 강의실에 삼삼오오 모여 앉아 웅성거리고 있었다. 희수와 나는 과 사무실에서 조교와 함께 라디오를 듣고 있었다. 조교가 자리를 비운 사이 과 사무실로 전화가 왔다. 수인이었다.

"수영아, 오늘이 무슨 국경일이냐? 방금 일어나서 가게에 물건 사러 나오면서 보니까 집집마다 태극기가 걸려 있던데. 개천절도 지났고 한글날도 지났잖아."

어이가 없어서 말이 나오지 않았다. 수인이 텔레비전은 물론이고 라디오도 듣지 않고 신문도 보지 않는다는 것은 알고 있었지만 이건 좀 너무 하다 싶었다.

"너 지금 농담하는 거지? 잘 봐라. 국경일에 조기 다는 거 봤니? 하긴 국경일은 국경일이네. 군사독재가 끝났으니까. 박정희 대통령이 죽었대. 어젯밤에."

그 다음 날부터 우리는 날마다 시위를 하러 나섰다. 장승배기에서 서울대학교와 숭실대학교 시위대를 만나 국회의사당 앞까지 가두 행진을 벌이면서 조속히 민주 정권을 수립하라고 촉구했다. 그러나 12·12사태가 일어나면서 정국은 혼란에 빠져 들었고 군사독재의 시대가 끝날 것이라는 우리의 희망은 먹구름 속으로 들어가는 듯했다.

1980년 서울의 봄은 또 다른 군부 세력의 등장으로 꽃샘추위에 얼어붙은 날씨처럼 불안한 징후를 보이고 있었다. 4학년 1학기가 시작되자마자 교직과정을 이수한 학생들은 교생실습을 나갔다. 나도 인천의 남자 고등학교에서 교생실습을 했다. 교생실습이 끝나고 희수와 수인과 나는 수인의 엄마가 일하고 있는 장항으로 여행을 갔다가 배를 타고 군산으로 건너갔다. 5월 중순, 5·18광주항쟁이 일어나던 무렵이었다. 언론이 통제되고 있어서 서울이나 다른 지역 사람들은 광주에서 어떤 일이 일어나고 있는지 모르고 있었다. 군산은 광주와 멀지 않고 광주 쪽에 연고지가 있는 사람들이 많아서 그런지 뭔가 불길하고 불안한 분위기가 감돌았다. 우리는 급기야 광주에서 엄청난 유혈 사태가 일어나고 있다는 소문을 듣고 서둘러 서울로 돌아 왔다.

학교에 나가 보니 교정에는 이미 군인들이 들어 와 진을 치고 있었고 교문은 굳게 닫혀 있었다. 교정을 군인들에게 빼앗긴 채 그 해 봄이 지나갔고 1학기 수업이 거의 이루어지지 않은 채 대학은 여름 방학에 들어갔다. 사실 상 우리는 등록금만 낸 채 한 학기를 거의 학교 바깥에서 보내 버린 셈이다. 정권은 다시 군부에게 넘어갔고 세상은 캄캄한 암흑 속에 갇혀 버렸다. 나는 4학년 1학기까지 졸업에 필요한 학점을 모두 이수했기 때문에 2학기에 취업을 하고 졸업 논문만 써 냈다. 실상 나의 대학 생활은 3년으로 끝나버렸고, 소설 창작은 2년 만에 끝나 버렸다. 문학을 향한 나의 열정은 잿 속에 파묻힌 불씨처럼 잊혀져갔다. 1981년 2월, 졸업을 하고 교정을 떠날 때 더 이상 학교에 미련이 없었고 뒤도 돌아보기 싫었다. 민주주의가 캄캄한 어둠 속에 갇혀버린 암울한 역사에 대한 저항은 새롭게 교정을 차지한 후배들에게 넘겨주고 나는 대학을 졸업했다.

대학에 다니던 때를 되돌아보면 1학년과 2학년의 네 학기밖에 잘 생각나지 않는다. 그 2년이 석균이가 좋아하던 4월의 노래 속의 그 4월이었다. 그 때가 빛나는 꿈의 계절이자 눈물 어린 무지개의 계절이었음을 오랜 시간이 지나서야 알게 되었다. 석균은 이미 그때 알고 있었던 것을.

나머지 2년 중 기억에 남는 날은 졸업을 앞둔 4학년 겨울, 사은회가 있었던 날이다. 졸업앨범 단체 사진을 찍는 날마저 불참했을 정도로 학교와 멀어졌던 나는 수인과 희수의 전화를 연달아 받고 사은회에 나갔다. 교수들과의 저녁 식사 자리가 끝나고 졸업을 앞둔 동기들끼리 술을 마시러 갔다. 석균은 꾸준히 소설을 발표하고 장학금을 받아 대학원에 진학을 앞둔 상태였다. 그는 홀어머니의 장남으로 집 안의 가장이나 마찬가지였기 때문에 징집을 면제 받았다. 희수는 우리 과에서 유일하게 공립학교 교사 임용 시험에 합격해서 발령을 기다리고 있었다. 수인은 계획했던 대로 대학가에 작은 가게를 얻어서 카페를 차릴 준비를 하느라고 바빴다. 남학생 동기들 중에는 군대에 간 친구들이 많았다. 열댓 명이 모여 앉아서 술을 마시고 있었는데 이상할 정도로 분위기가 가라 앉아 있었다. 늘 시끌벅적하게 분위기를 주도하던 수철은 군대에 가고 없었다. 우리는 시위 경력이 많은 수철이 군 생활을 무사히 마칠 수 있을지 걱정했다. 신입생 때 유신 독재를 강하게 비판하던 수철의 말이 생각났다. 우리는 모두 시대에 빚진 죄인이라는 암울한 생각을 떨쳐버리기 힘들었다.

나는 술자리에서 내내 업 선배를 생각하고 있었다. 지금 어디서 무엇을 하고 있을까? 석균은 자기가 잘 아는 신문기자를 통해서 업 선배의 행방을 찾아 주겠다고 말한 적이 있었다. 나는 거절했다. 그렇게 자기 자신을 숨기고 싶어 하는 사람을 굳이 찾아내서 괴롭히고 싶지 않다고 했다. 하지만 나의 본심은 그게 아니었을지도 모른다. 나는 두려웠다. 기어이 그를 찾아낸다면 그가 등에 지고 다니는 그 무거운 짐을 나눠져야 할지도 모른다는 사실을 두려워하고 있었다. 나는 비겁했다. 감옥 근처에도 가기 싫었고 늘 감시당하고 사는 사람 옆에서 같이 감시당하는 일을 감내하고 싶지도 않았다. 업 선배는 그런 나의 성격을 너무나 잘 알고 있었던 것인지도 모른다. 그래서 나를 그렇게 떨쳐버렸는지도.

그 당시의 나는 사회문제에 적극적으로 나서는 것을 원치 않았다. 독재를 싫어했지만 민주주의를 위해서 나 자신을 희생하고 싶지는 않았다. 나는 그저 조용히 살고 싶었다. 사회나 제도의 간섭을 가급적 덜 받고, 어떤 조직에도 속하지 않은 채 아무런 방해도 받지 않고 한 개인으로 살아가는 것이 내가 원하는 삶이었다. 내가 문학을 하면서 늘 마음에 걸렸던 것은 그 부분이었다. 문학은 시대와 사회로부터 자유로울 수 없었다. 그 어지러운 시대를 살아가면서 언어로 사람들과 소통하는 일이 마치 반벙어리처럼 부자유스럽게 느껴질 때가 많았다. 하고 싶은 이야기를 제대로 할 용기가 없었고 이야기할 마땅한 방식도 찾아내지 못했다. 대학 시절의 나를 되돌아보면 '젊은 시절은 서정적 시기'라고 말한 밀란 쿤데라의 이야기가 떠오른다.

> 오래 전부터 나는 젊은 시절은 서정적 시기라고 생각해 왔다. 다시 말해서 한 개인이 거의 전적으로 자기 자신한테 집중하고 있어서 주변 세계를 보지도, 이해하지도 명료하게 판단하지도 못하는 시기라고 말이다. 이러한 가설(필연적으로 도식적일 수밖에 없는 가설이지만 도식으로서 내가 보기에는 적절한 가설)을 근거로 보자면

> 미성숙에서 성숙으로의 이행은 서정적 태도에서 벗어남을 의미한다. 반서정주의로의 개종은 소설가의 이력서라면 반드시 들어 있는 기본 항목이다. 자기 자신에게서 멀어진 소설가는 갑자기 거리를 두고 자신을 본다. 소설가는 자신의 서정 세계의 폐허 위에서 태어난다.
>
> -밀란 쿤데라, 《커튼》

그렇다. 나는 나 자신으로부터 멀어지지 못한 채 자아 속에 갇혀 있었다. 나는 전적으로 나 자신에게 집중하고 있어서 세계를 이해하고 판단할 수 없었다. 내가 소설 쓰기에 그토록 자신이 없었던 것은 반서정주의로 개종하지 못했기 때문이다.

그 어느 때보다 맥 빠지고 조용한 술자리가 끝나고 동기들은 서로 격려의 말을 남기고 흩어졌다. 그들과 헤어지고 나서 수인과 희수와 나, 그리고 석균은 따로 술자리를 가졌다. 누가 먼저 그러자고 말하지는 않았지만 우리는 묵묵히 함께 걸어서 개미집을 찾아 갔다. 늦은 밤거리에 눈송이가 떨어져 내리기 시작했다. 네 사람이 함께 한 술자리에서 우리는 주로 앞으로의 계획에 대해서 띄엄띄엄 이야기를 나누었다.

"너희들이 있어서 나는 참 행복했다."

석균이 느닷없이 그런 말을 했다.

"나도 그래. 너희들이 있어서 행복했어."

희수가 웃지도 않고 석균의 말을 따라 했다.

"나는 너희들이 있어서 불행했어."

수인이 말했다. 나머지 세 사람은 얼굴을 마주 보고 웃었다. 왠지 그녀다운 말이라는 생각이 들어서였다.

"이유를 말해 줄 수 있니? 천재 끼가 있는 니 말은 항상 난해해서 말이야."

희수가 말했다.

"친구란 자기 자신을 비춰 보는 거울이잖아. 비교 대상이지. 내가 보기에 너희들은 다 다르지만 하나 같이 나보다는 나은 친구들이니까 그래서 불행했어. 내가 갖지 못한 것을 너희들이 너무 많이 갖고 있어서 말이야. 제일 결정적인 것 하나만 말하자면 너희들 셋은 어른이야. 나는 영원히 피터 팬으로, 유아적인 단계에 머무는 비사회적인 인간으로 살아갈 거 같아."

수인은 왜 자신이 소설을 쓸 수 없는지 정확히 알고 있었던 셈이다. 수인은 스스로 반서정주의로의 개종을 거부하고 서정주의에 머물기로 작정했다고 말했다. 나 역시 석균과 희수보다는 수인과 가깝다는 것을 알고 있었다. 수인과 나는 어른이 되지 않은 채 동화 속에 남고 싶었던 것이다. 사실상 그것이 불가능하다는 것을 알면서도 말이다.

"그렇지 않아. 나도 피터 팬이야. 어른 되려면 멀었어. 되고 싶지도 않아"

석균이 내 말을 듣고 소리를 내어 웃었다.

"맞는 말인 것 같다. 수영이도 피터 팬이야. 희수와 나는 어른이고.

수영이가 조금만 더 성숙했더라면 내 마음을 받아 주었을 텐데. 너희는 그렇게 살아. 그것도 나쁘지 않을 거야."

우리는 서로 얼굴을 마주 보고 웃었다. 그렇게 나의 대학생활은 끝났다.

8

밤새도록 소쩍새가 울었다

눈물은 나오지 않았다.
소쩍새는 눈물샘이 아예 없어서
그렇게 밤새도록 목쉰 소리로 울고 있는지도 모른다고 생각했다.
나는 눈물을 흘릴 수도 없고 목쉰 소리조차 낼 수 없었다.
관 같은 방에 누워 멍하니 천장만 올려다보고 있었다.

나는 스물일곱 살에 결혼했다. 대학을 졸업한 후에는 석균을 만나지 못했다. 그는 사람들의 기대만큼 좋은 소설가로 성장했고 나는 그의 작품이 실린 문예지를 빼놓지 않고 사 보았다. 희수는 중학교 교사가 되었고 전교조에서 왕성한 활동을 하고 있었다. 수인은 대학가에 카페를 차려 5년 동안 착실하게 돈을 모았고 그 대학에 다니던 남자를 만나 서른에 결혼했다. 나는 결혼 전에 가끔 그녀의 가게에 가서 일을 도와주기도 했다. 업 선배에 대한 기억은 서서히 희미해져 갔지만 결혼 후에도 그를 잊지 못했다. 나의 기억은 종종 머리를 삭발하던 그 날로 돌아갔다. 이상하게도 거의 머리카락이 없는 내 머리에 정성스레 비누칠을 해 주던 그의 손길이, 그 손의 감각이 생생하게 되살아나곤 했다. 가끔 그를 찾아보고 싶은 생각이 나기도 했지만 다음 순간 마음을 접곤 했다.

스물아홉 살부터 방송작가 생활을 시작했고 도스토예프스키의 돌을 얻게 되었을 때는 서른 네 살이었다. 그 무렵의 일기를 보면 30대의 내가 어떤 인생을 살고 있었는지 알 수 있다.

고뇌와 권태

내가 견딜 수 없는 건 고뇌보다는 오히려 권태다. 권태는 어떤 고뇌보다 더 강력한 독이 되어 생을 좀먹는다. 마모되는 생. 아침에 일어나고 밥 먹고 잠을 자는 일상의 사이클 속에서 끝없이 계속해야 하는 일상적인 노동. 만들고 먹고 더럽히고 닦고 씻고 어지럽히고 정리하고 소모하고 다시 채워야 하는 끝없는 반복. 잠시도 멈출 수 없는 매우 잔인한, 혹은 엄연한 사이클. 그리고 또한 반복되는 섹스까지. 마치 달이 차고 기울듯이 소모하고 다시 채워지는 성욕, 그리하여 한없이 계속되는 섹스. 그 한없는 반복의 권태 속에 문득 문득 끼어드는 권태의 이면, 고뇌.

시지프는 권태 대신 고뇌를 선택했다고 하지만 과연 그럴까?

바위를 밀어 올리는 도로의 반복, 그것은 또 다른 권태의 모습으로 비친다. 고뇌까지도 반복 속에서 권태로 변질되는 것은 아닐까?

이상의 권태를 생각한다.

그가 시골에 가서 생활하면서 느꼈던 권태는 한 없이 이어지는 초록 벌판에 대한 권태였다. 자연의 일부로 살아가던 전통사회의 기억을 잃어버린 도회인의 감성이 불러일으키는 권태.

밀란 쿤데라의 권태에 대한 명쾌한 분석을 생각한다.

테레사의 개 카레닌의 크로와상. 카레닌은 아침마다 한 개씩 주는 크로와상을 입에 물고 행복해 한다. 10년 동안 매일 아침마다 똑같은 것을 주어도 항상 똑 같이 행복해 한다. 사람 같으면 1주일만 지나도 불평을 했으리라. 크로와상 말고 다른 건 없느냐고 했겠지. 권태를 느끼지 않아서 행복한 개. 지루함을 모르는 개의 행복. 불평하지 않는 카레닌. 신은 인간보다 개를 사랑한다?

결혼을 하고 아이를 낳아 기르고 일을 하면서 삶을 소모시키고 있었지만 행복하지 않았다. 살아간다는 것은 점점 더 나에게 견딘다는 것과 동일한 말이 되어 갔다. 장 그르니에의 《섬》을 읽으면서 가끔 희수와의 만남을 떠올렸다. 그 즈음 나의 마음을 끌었던 것은 다음과 같은 내용이다.

인간의 삶이란 한갓 광기요, 세계는 알맹이가 없는 한갓 수증기라고 여겨질 때, '경박한' 주제에 대하여 '진지하게' 연구하는 것만큼이나 내 맘에 드는 일은 없었다. 그것은 살아가는 데, 죽지 않고 목숨을 부지하는 데 도움이 된다. 하루하루 잊지 않고 찾아오는 날들을 견디어 내려면 무엇이라도 좋으니 단 한 가지의 대상을 정하여 그것에 여러 시간씩 골똘하게 매달리는 것보다 더 나은 일은 없다. 르낭은 아침마다 히브리어 사전을 열심히 읽곤 함으로써 삶의 위안을 얻었다. 나는 '연구' 라는 것에 그 이외의 다른 흥미가 있다고는 생각지 않는다. 우리가 배우게 되는 것은 무엇이나 다 보잘 것 없는 것들이다. 그러나 우리들로 하여금 최후를 기다리는 동안 인내하는 놀이를 배운다는 것은 타기할 성질의 것이 아니다.

그런 의미에서 내가 우연히 선택한 다큐멘터리 작가라는 직업은 내가 삶을 '견디는'데 적합한 것이었는지도 모른다. 하나의 주제를 선택해서 그것을 영상물로 만들기 위해서는 많은 공부가 필요했다. 그것은 그르니에가 말한 것처럼 '경박한' 주제에 대해서 '진지하게' 연구하는 작업이었다. 산더미 같은 자료더미에 파묻혀서 정보를 읽고 조합하는 일에 몰두하는 것이 나를 권태로부터 다소나마 구원해 주었다. 프로그램이 끝나고 전파를 타고 영상이 날아가고 나면 그 뿐이었다. 또 다른 작업에 매달려서 벌써 지난번에 다루었던 주제는 까마득히 잊어버렸다. 그것은 지극히 소모적인 작업이었다. 모든 것을 다 아는 것처럼 착각하면서 아무것도 제대로 알지 못하는 얼치기 지성인이 되어 갔다.

점점 비어 있는 시간을 견디지 못하는 일 중독자의 증세를 보이기도 했다. 아무것도 하지 않고 있으면 공허함을 견디기 어려웠기 때문에 계속해서 일을 붙들고 있었다. 나는 다른 사람들에게 일을 사랑하고 열심히 일하는 사람처럼 보였을 것이다. 실제로 내가 하는 일에 점점 숙달되어 간 것도 사실이다. 일에서 성취감도 느끼고 인정도 받았다. 많은 사람들과 교류하는 즐거움도 있었다. 그러나 방송작가라는 직업은 나를 충분히 만족시키지는 못했다. 나는 여전히 뛰어난 작가들이 쓴 좋은 소설들을 찾아 다녔고 오랜 애독서를 읽고 또 읽었다. 만성적인 두통과 불면이 어느새 내 삶의 가장 친근한 동반자가 되어 있었다.

두통

긴 차량의 행렬 뒤에 멈춰 서서 견딜 수 없는 차멀미에 시달리는 것 같은 날들이 계속됐다. 저녁마다 음식 찌꺼기를 담아 내버리는 검은 비닐봉지처럼 질긴 육체 속에서 영혼이 부글부글 냄새를 피우며 썩어갈 때 머리는 터질 듯이 아프고 위가 뒤집혀 끝없이 구역질이 솟구쳐 올랐다. 12년 만에 콜레라가 발생했다는 소식을 들으며 내 창자를 외면하는 콜레라균을 저주했다. 소련에서 공산당이 깃발을 내렸다고 밤 늦은 시간까지 텔레비전에서 웅웅거릴 때 텔레비전과 텔레비전 앞에 고정돼 있는 남편의 머리까지 부숴버리고 싶은 욕망을 참느라고 입술을 깨물었다. 태풍이 불어와 한국의 남쪽 지방을 할퀴고 지나갔다. 사람이 죽고 집이 떠내려 가고 공장이 물에 잠겼다고 떠들어댈 때 내 머리통을 강타하여 날려 버리지 않는 태풍을 원망했다. 남편은 자식을 더 낳아야 한다고 했지만 나는 꿈 속에서까지 머리를 흔들었다. 천만에, 천만에라고. 낯선 사내가 검은 마스크를 쓰고 무시무시한 소음과 함께 나타나 아파트를 소독하던 날 농약냄새를 닮은 그 지독한 냄새가 내 두통과 구역질에 효험을 보였다. 화장실 변기 속에서 발견된 커다란 바퀴벌레의 시체를 보며 그 놈의 신세가 부러웠다. 퀭한 눈과 뾰족해지는 턱을 보고 보약이라도 먹어야 되지 않겠느냐고 말하는 사람들을 보면 목구멍이 터질 만큼 웃어주고 싶었다. FM에서는 아침부터 끝도 없이 가을 타령을 해서 두통을 한결 심하게 만들었다. 밤마다 늙은 고양이처럼 창틀 위에 올라 앉아 새로 생긴 상가의 요사스런 불빛을 노려보며 모든 것을 싹 지워 버릴 거대한 지우개가 없는 것을 한탄하는 그런 날들이 계속되었다.

내가 러시아에 다녀온 촬영 감독 이 현으로부터 도스토예프스키의 돌을 받게 되었을 무렵에 나는 뭔가 돌파구가 필요한 지점에 서 있었다.

1990년 말과 1991년 초에 나는 방송프로그램을 하면서 도스토예프스키와 푸쉬킨, 그리고 파스테르나크를 다시 읽었다. 그들의 작품은 그 이전에 이미 다 한두 번씩 읽은 기억이 있었지만 그 작가들의 생애와 작품에 대한 다큐멘터리를 만드는 작업을 하면서 그들의 작품을 다시 정독하게 되었다. 러시아에서 그들의 생가와 작품의 배경이 되었던 장소들을 취재해 온 영상을 보면서 러시아 문학에 대한 관심을 다시 일깨우게 되었다.

도스토예프스키의 방대한 작품을 전부 다시 읽지는 못했지만《죄와 벌》이나《악령》,《백치》 같은 작품들은 자세히 읽어 보았다. 도스토예프스키의 집요하고도 생생한 묘사와 서술은 그가 왜 소설이라는 장르에서 그토록 중요한 작가로 손꼽히는지를 알 수 있게 했다. 그의 인물들은 시간과 공간을 뛰어 넘어 살아 숨 쉬는 생생한 인간으로 다가왔다. 그들의 고뇌는 20세기 말에 살고 있는 나에게도 충분한 공감을 불러일으킬만한 보편성을 담고 있었다.《죄와 벌》의 주인공 라스콜리니코프의 인간 본성에 대한 질문과 인간 사회의 모순에 대한 분노는 어느 시대에나 유효한 것이었다.

도스토예프스키가 철저한 산문가라면 푸쉬킨과 파스테르나크는 시인이자 소설가였다. 그들의 시와 소설 역시 아름답고 진지해서 러시아 사람들뿐만 아니라 전 세계인의 사랑을 받는 것이 당연하게 느껴졌다.

그들에 대한 프로그램을 만들고 그들의 작품을 읽는 동안 나의 내부에서 분명히 뭔가가 일어났다. 그 변화는 도스토예프스키의 돌을 얻게 되면서 가속도가 붙었다. 러시아 작가들에 대한 다큐멘터리를 끝내고 나서 나는 방송활동을 잠정적으로 중단하고 광주로 내려갔다. 남편이 남도의 한 지방대학에 발령을 받아 먼저 내려가 있었지만 나는 이사를 망설이고 있었다. 서울에서 방송 일을 계속하면서 주말부부로 지낼까 하는 생각을 하고 있었다. 일에 대한 중독 증세를 갖고 있던 나로서는 일을 접고 남편의 직장을 따라 거주지를 옮긴다는 것이 두려웠기 때문이다. 하지만 나는 다시 소설을 쓸 생각을 하고 있었다. 아무에게도 그런 말을 하지 않았지만 도스토예프스키의 돌을 받고 난 이후 은밀히 싹트기 시작한 소설 쓰기에 대한 욕망을 나 자신은 알고 있었다.

광주에서 한 문학 강좌에 등록하고 소설을 습작하기 시작했다. 대학을 졸업한지 10년 만에 다시 시작한 소설 쓰기는 낯설었다. 나는 예전에 쓰던 소설에 대해서 다 잊어버리기로 했다. 더 이상 대가들의 소설을 염두에 두지 않고 나의 한계를 인정하기로 했다. 내가 잘 알고 내가 잘 쓸 수 있는 세계에 대해서 소박하게 써나가야겠다고 마음먹었다. 내 삶이 나에게 말해 준 것, 내가 스스로 느끼고 생각한 것, 내가 아는 사람들의 이야기를 쓰기로 했다. 1991년 여름에서부터 초겨울까지 나는 다섯 편의 단편 소설을 완성해서 1992년 신춘문예 공모에 투고했다. 크리스마스 이브였던 12월 24일, 한 일간지에서 당선 통지를 받았다. 새해에 처음 나온 신문에 나의 소설이 활자로 찍혀 나왔다. 나는 떨리는 마음으로 그 소설을 읽어 보았다. 내 당선작의 제목은 〈지하의 방〉이다.

신춘문예에 당선되고 나서 두 군데 여성지에서 취재를 하러 왔다. 같은 해에 나와 같은 또래의 주부 셋이 중앙 일간지에 소설이 당선되어 화제가 된 모양이었다. 그들과 함께 잡지에 사진과 기사가 실렸다. 조금은 들뜬 기분으로 며칠을 보냈지만 신춘문예에 당선되었다고 해서 달라지는 것은 없었다. 약간의 상금과 너무 많은 축하 인사를 받았을 뿐이다.

심사평에는 신인답지 않은 노련함, 안정된 문장 등의 문구가 등장했다. 신인답지 않다는 평가는 장점이라기보다 약점으로 읽혔다. 신인다운 패기와 참신함이 부족하다는 말로 들렸다. 나 스스로 읽어 보아도 내 소설은 새로울 것이 없었다. 너무 평범하고 진부했다. 대학시절에 썼던 소설들과의 공통점은 소외된 삶에 대해서 이야기하고 있다는 정도였다. 대학시절의 소설에서 주인공들은 극단적인 상황에 내몰리거나 그런 상황을 자초하면서 절망의 극으로 치닫는 경우가 대부분이었다. 하지만 나는 이제 사람들을 괴롭히는 것은 반드시 그런 극한 상황이나 조건만은 아니라는 생각이 들었다. 사소하게 보이는 것들, 일상에서 부딪치는 소소한 갈등이 죄 없는 사람들, 선량한 사람들을 얼마나 괴롭히고 있는지 알고 있었다. 남들에게는 사소하게 보이는 것이 그 일을 겪는 당사자에게는 견딜 수 없는 좌절감을 가져다 준다는 생각을 하고 있었다.

〈달의 이면〉을 썼을 때와 〈지하의 방〉을 쓸 때의 나는 가족에 대해서 조금 다른 생각을 하고 있었다. 가족은 서로에게 상처를 주는 운명적인 존재인 동시에 서로에게 위로가 되는 존재라는 생각을 하게 되었다. 가족이라는 굴레는 많은 사람들에게 벗어날 수 없는 족쇄이자 살아가는 이유가 되는 것이다. 나의 아이를 낳고 기르면서 가족 중심으로 살아갈 수밖에 없는 구조에 답답함을 느꼈지만 가족의 울타리가 가져다주는 안정감을 저버리기 힘들다는 사실도 알게 되었다. 〈지하의 방〉의 주인공인 병숙의 남편이 말하는 대로 가족이라는 개념을 조금만 넓게 잡아도 덜 각박하고 덜 삭막하게 살아갈 수 있을 거라는 생각도 하고 있었다.

하지만 내 소설이 갖고 있는 한계 역시 알고 있었다. 소설이 '새로운 인식'에 도달하기 위한 작업이라는 점에서 〈지하의 방〉은 형편없이 부족한 작품이었다. 인간과 삶에 대한 나의 인식은 대학 때보다 더 무뎌지고 관습화되어 있었다. 〈달의 이면〉을 쓸 때 갖고 있었던 치열함과 솔직함을 잃어버렸다는 것을 인정할 수밖에 없었다. 나는 세상이 인정하는 도덕의 잣대 안에서 안주하고 있었다. 나만의 방식으로 세상을 이해하고 표현하는 데 실패했다.

병숙은 내가 셋집을 전전할 때 알게 된 내 또래의 한 여자를 모델로 한 인물이었다. 소설을 발표하고 나서 또 한 가지 당혹스런 체험을 하게 되었다. 소설을 읽은 사람들이 허구를 나 자신의 이야기로 받아들인다는 사실이었다. 소설 〈지하의 방〉에는 남편과 아버지가 다른 시동생이 주인공 부부의 갈등 요인으로 등장한다. 친구들조차 나더러 그런 시동생이 있느냐고 물어 보는 황당한 경우를 당했다. 남편은 나보다 더 불쾌한 일을 겪은 모양이었다. 그런 동생이 있는 줄 몰랐다는 둥, 지금은 어떠냐는 둥 어처구니없는 질문을 퍼붓는 사람들이 있다고 했다. 허구에 대한 사람들의 이해가 생각보다 빈약하다는 생각이 들었다. 소설가는 벌거벗고 대로에 서 있는 사람이라던 어떤 소설가의 말이 생각나기도 했다.

남편은 내가 소설 쓰는 것을 좋아하지 않았다. 방송 글을 쓸 때는 그렇지 않았다. 그가 공부하는 동안 내가 방송 글을 써서 생계를 유지하는 것을 다행스럽게 받아 들였다. 자신이 교수가 되고 나서 내가 방송 일을 그만 두고 소설을 쓰는 것을 내놓고 반대하지는 않았지만 신춘문예에 당선되고 본격적으로 소설 쓰기에 매달리자 싫은 내색을 감추지 않았다.

신춘문예에 당선하고 얼마 안 되어 한 문예지에서 소설 청탁을 받았다. 〈지하의 방〉을 넘어 서는 작품을 꼭 써야겠다는 열망에 사로잡혀 날마다 소설에 매달렸다. 청탁 전화를 받고 일주일이 넘게 매일 밤 소설을 썼다가 지우며 새벽까지 컴퓨터 앞에서 지새웠다. 컴퓨터는 남편이 서재로 쓰고 있는 작은 방에 있었다. 남편은 학교에 갔다 오면 주로 텔레비전 앞에 앉아 있거나 친구들을 만나러 다시 외출하는 일이 많았다.

그 날 남편이 몇 시에 들어 왔다가 몇 시에 다시 나갔는지 모른다. 건성으로 저녁 밥상을 차려서 딸을 포함한 세 식구가 밥을 먹었고 설거지도 밀쳐 둔 채 다시 컴퓨터 앞에 앉아 있었다. 몇 시가 되었는지도 모르고 소설을 쓰고 있는데 남편이 방으로 들어 왔다. 남편은 다짜고짜 내가 작업하고 있는 컴퓨터의 전원을 꺼 버렸다. 그는 술에 취해 있었다. 내가 놀라고 화가 나서 그의 얼굴을 바라보자 그가 내 어깨를 쥐더니 의자에서 일으켜 세웠다.

"나하고 얘기 좀 해."

"왜 이래요? 아파. 이거 놓고 얘기해. 저장도 안 했는데 컴퓨터를 꺼 버리면 어떡해?"

내가 그렇게 항의를 했지만 그는 들은 척도 하지 않고 내 얼굴에 얼굴을 바싹 갖다 대고 말했다.

"그 놈의 소설 쓰지 마. 집어 치워. 소설이 다 뭐야? 소설 쓴답시고 남편이고 딸이고 다 투명 인간 취급할 거면 다 때려치우란 말이야. 소설이 그렇게 중요해? 당신 가족이 눈에 안 들어 올 정도로?"

갑자기 다리에 맥이 풀리고 정신이 아득해졌다. 남편은 그때까지 꽉 붙들고 있던 내 어깨를 갑자기 놓아 버렸고 나는 의자에 털썩 주저앉았다.

"사람들한테 쓸 데 없는 오해나 사게 되는 그 따위 소설을 무엇 때문에 쓰는 거야? 글 쓰고 싶으면 차라리 방송 일을 계속해. 정연이하고 둘이 서울로 다시 올라가. 제발 소설은 쓰지 마."

무슨 말을 해야 좋을지 갈피를 잡을 수 없었다. 아무 말도 못하고 그저 멍하니 부옇게 밝아 오는 창문을 바라보고 있었다.

"뭐라고 말 좀 해 봐. 기어코 소설을 써야겠다는 거야? 뭐야?"

남편은 자꾸만 다그쳤다.

"이제 겨우 시작인데 어떻게 그런 말을 해? 소설 쓰기를 막 시작했을 뿐인데. 당신이 대학 교수가 되는 게 그렇게 중요했던 것처럼 나는 소설가가 되는 게 꿈이었어. 소설을 쓸 거야. 써야 돼. 쓰고 싶어. 방송작가는 내가 꼭 하고 싶어서 한 게 아니라 직업이 필요했기 때문에 한 거야. 하지만 소설은 달라. 이건 내가 스무 살 때부터 줄곧 하고 싶었던 일이야."

"당신은 소설 포기했다고 하지 않았나? 나는 분명 그렇게 알고 있었는데."

남편이 빈정거리는 투로 말했다.

"포기했다고 생각했지만 다시 쓰고 싶어졌어. 내가 소설 쓰는 게 왜 그렇게 싫은데?"

"방송 일 할 때는 당신 이러지 않았어. 일할 때는 일하더라도 일하는 시간 이외의 시간에는 나나 정연이한테 관심을 가졌고 집안일도 빈틈없이 잘했잖아. 소설 쓰기 시작하면서 당신은 달라졌어. 소설 말고 다른 것은 다 관심 밖이고 건성이야. 마치 혼이 빠져 달아난 사람 같아. 요 몇 달 동안 당신 내 얼굴 제대로 쳐다 본 적 있어? 지금 정연이 꼴이 어떤지 알기나 해? 아이가 완전히 풀이 죽었다고. 당신 눈에는 보이지도 않지?"

나는 대답을 하지 못하고 입을 다물었다. 남편의 말이 사실이라는 걸 깨달았기 때문이다. 신춘문예에 투고할 작품들을 쓰기 시작했을 때부터 뭔가에 홀린 것처럼 살아 온 것이 사실이었다. 그렇게 온 정신을 쏟아도 소설은 마음먹은 대로 써진 적이 없었다.

"지금은 아직 소설 쓰기가 자리를 잡지 못해서 그런 거야. 소설가로서는 이제 막 걸음마 단계라고. 익숙해지면 달라질 거야. 소설가로 안정될 때까지만 당신이 참아 주면 돼."

"아니, 내가 보기에 이건 본질적인 문제야. 당신이 언제 익숙해지고 안정될지 알 수도 없으려니와 영원히 안 될 수도 있어. 당신은 언제나 원하는 소설을 쓰지 못했다고 좌절하고 절망할 수도 있어. 나는 그런 걸 다 감수할 만한 인내심이 없어. 고뇌하는 예술가의 남편이 될 생각이 없다고."

더 이상 할 말이 없었다. 그의 이기심에 절망하고 있었다. 결혼하고 나서 7년, 그가 대학원에 다니고 유학까지 갔다 오는 동안 나는 계속해서 돈을 벌기 위해 일했다. 그는 조교 생활이나 시간 강사 생활을 하긴 했지만 공부하면서 세 식구가 먹고 살기 위해서는 내가 일할 수밖에 없었다. 가족을 위해서, 생계를 책임지기 위해서 일한 것만은 아니다. 나는 전업 주부가 되고 싶은 생각은 없었다. 내 일을 갖고 사회생활을 하는 것이 좋았다. 하지만 남편의 공부를 돕고 생계를 유지하고 경제적인 기반을 마련하기 위해서 더 열심히 일했던 게 사실이다. 방송 원고를 쓰면서 프리랜서로 살아남는 일도 결코 만만한 일은 아니었다. 내가 희생했으니 당신도 희생하라고 생색을 낼 생각은 없었지만 남편의 태도는 실망스러웠다. 나의 꿈이나 열망을 알면서도 격려는 못해줄 망정 쪽박을 깨지 못해 안달이었다.

남편과 나 사이는 점점 싸늘해졌다. 나는 소설 쓰기를 그만 두지 않았다. 남편은 말 없음과 늦은 귀가로 나에 대한 유감을 표현했다. 문예지에 보낼 소설 원고를 완성해서 우편으로 보냈다. 단편 소설치고는 분량이 좀 길었는데 편집 담당자는 상관없다고 했다. 그 원고를 보내고 나서 광주·전남문학회의 동인지에 실을 원고를 쓰기 시작했다. 그때 나는 신춘문예에 투고했던 작품과 쓰고 있는 미완성의 원고를 포함해서 일곱 편의 단편 소설 원고를 갖고 있었다. 신춘문예에 투고했던 작품들은 하나하나 다시 손 볼 생각이었다. 소설 원고를 남편과 함께 사용하던 컴퓨터의 본체와 플로피 디스켓에 파일로 저장해 두고 있었다.

정연이를 피아노 학원에 보내고 소설을 쓰고 있는데 전화가 왔다.

"잘 있었어? 나 석균이야."

나는 소스라치게 놀랐다. 석균이와 연락을 하지 않고 지낸 지가 10년이 다 되어 갔다. 나는 동창들의 모임에도 나가지 않았다. 희수와 수인만 가끔 만나고 전화를 주고받을 뿐이었다.

"오랜만이네. 잘 지내지?"

무슨 이유에선지 눈물이 나오려고 했다.

"응. 잘 지내. 오늘 여기 문예지 사무실에 들렀다가 네 전화번호 알아냈어. 신춘문예 당선된 거 보고 연락하려고 했는데 전화번호를 몰라서 말이야. 희수 학교로 전화해 볼까 하고 있었거든."

"그래?"

나는 바보처럼 그렇게 되묻고 있었다.

"신춘문예 당선된 거 축하하고. 사실은 나 지금 공항인데 광주 내려가려고. 가도 되지?"

"광주에? 나 만나러?"

"응. 만나고 싶다고 생각하기 시작하니까 참을 수가 있어야지. 무턱대고 광주 내려가서 전화하려다가 네가 부담스러워 할지도 모른다는 생각이 들어서."

"그럴 리가 있나? 부담스럽다니. 정말 보고 싶어. 보러 와 준다면 나야 고맙지."

나는 서둘러서 말했다.

"지금 바로 떠나는 비행기 있으니까 한 시간이면 광주 공항 도착이야. 도착해서 전화할게."

석균의 전화를 받고 나서 한 동안 멍하니 앉아 있었다. 석균은 대학원을 마치고 모교에서 교수로 자리를 잡았다. 그는 소설가와 생활인으로서 양쪽 다 성공한 셈이었다. 결혼이 늦어져서 첫 아이를 본 지가 1년밖에 안 되었다는 얘기를 희수한테 들었다. 한 동안 넋을 빼고 앉아 있다가 나는 서둘러 샤워를 하고 외출 준비를 했다. 옷장을 열고 무슨 옷을 입을까 한참 고민하다가 실소를 터뜨리고 말았다. 옛

애인과의 재회라도 되는 양 수선을 피우는 게 민망했기 때문이다. 평소에 늘 입고 다니는 청바지와 흰 티셔츠, 그리고 베이지색 얇은 트렌치코트를 걸치기로 했다. 4월이라 날씨가 따뜻했지만 아침저녁으로는 좀 쌀쌀한 편이었다. 청바지가 헐렁헐렁한 걸 보니 살이 많이 빠진 모양이었다. 거울을 물끄러미 들여다보았다. 석균이 사랑했던 스물 두 살의 수영은 어디론가 가버리고 없었다. 몹시 여위고 날이 선 얼굴을 한 30대 중반의 여자가 나를 물끄러미 마주 바라보았다. 실핏줄이 다 비쳐 보일 만큼 맑고 투명했던 피부는 잔주름과 잡티로 구겨지고 얼룩져 있었다. 화장을 할까 하다가 그만두었다. 평소에 화장을 하지 않던 사람이 화장을 하면 어색해 보이기 십상이었다.

석균과 나는 금남로에 있는 한 카페에서 만났다. 석균은 나를 보자마자 손을 내밀어 악수를 청했다. 따뜻하고 커다란 손이 내 손을 꼭 잡았다. 우리는 마주 앉아서 커피를 주문한 채 한 동안 아무 말도 하지 않고 서로 바라보기만 했다.

"수영이, 너 그 살 다 어쨌냐? 왜 그렇게 비썩 말랐어?"

석균이 그렇게 말을 꺼냈다.

"살? 언제는 뭐 내가 뚱뚱했어?"

"뚱뚱하지는 않았지만 통통했지. 다이어트 안하고 먹성 좋은 게 너의 매력이었잖아. 도시락 까먹고도 오후 되면 배고프다고 자장면 먹으러 가고 감자탕 먹으러 가고. 볼 살이 도톰한 게 보기 좋았는데. 실연당해서 울고 짜면서도 밥은 꼭 먹었잖아."

석균의 농담에 오랜만에 소리를 내어 웃었다. 석균은 앞에 놓인 가

방에서 내가 원고를 보낸 문예지 이번 호를 꺼냈다.

"따끈따끈한 새 책이야. 오늘 막 나온 건데 내가 하나 달라고 했어. 너한테는 우편으로 보내 주겠지만. 오면서 네 소설 읽었어. 신춘문예 당선작 보다는 더 좋더라."

나는 책을 잡아당겨서 열어 보았다. 목차에 내 이름과 내 소설 제목이 실려 있었다.

"당선작도 읽어 보았다는 얘기네. 그리고 둘 다 별로 마음에 안 들었다는 얘기고."

내가 그렇게 물었더니 석균은 씩 웃었다. 낯익은 미소였다.

"남의 말의 숨은 뜻까지 잡아채는 센스는 여전하구나. 그 예리함이 녹슬지 않았는데 왜 소설에서는 자취를 감추었을까?"

"자꾸 약 올릴래? 나도 알아. 나도 내가 형편없다는 거 안다고."

나도 모르게 목소리가 높아졌다.

"아이구. 진짜 화났나 보네. 그냥 해 본 소린데. 신춘문예 당선작들은 다 읽어 봐. 내가 가르치는 학생들이 해마다 투고를 하니까. 너 때문에 내 제자가 떨어졌을지도 모르거든. 근데 솔직히 말해서 좀 실망한 건 사실이야. 네가 쓴 것 같지 않고 낯설었어. 당선작이 될 만한 안정감은 있었지만 너무 전형적이랄까, 신춘문예용으로 맞춤형인 거 같은 느낌이었어. 이번에 문예지에 실린 작품도 크게 다르진 않았지만 조금 더 볼륨이 있다고 할까, 재미도 있고 깊이도 있었어. 그런 스타일을 잘 구축하면 너만의 독자층을 형성할 수 있을 것 같다는 생각도 해 봤어. 소설책은 아줌마 독자들이 많이 사 보거든."

석균은 거리낌 없이 솔직하게 말했다. 동갑이었는데도 그는 예나 지금이나 나보다 어른스러웠다. 모처럼 마음이 편안하고 즐거워졌다. 나를 잘 아는 사람, 나를 이해해 주는 사람, 내가 잘 되기를 바라는 사람과 함께 있다는 것은 기쁜 일이었다. 우리는 시간 가는 줄 모르고 많은 이야기를 나눴다. 석균은 소설 쓰기가 갈수록 힘들어진다고 말했다. 일찍 등단하고 많은 작품을 써 내는 동안 일정한 틀에 갇혀 버린 것 같다고. 교수가 되고 나서는 소설에 집중할 수 없어서 작품을 잘 쓰지 못하고 있다는 얘기도 했다. 제대로 작품을 쓰려면 전업 작가로 남아야 하는데 소설을 써서 먹고 사는 작가는 몇 명 되지 않는다고 했다. 나도 짐작하고 있던 일이었다. 이번에 문예지에 투고하면서 원고료 액수에 깜짝 놀랐으니까. 방송 원고와 비교해서 너무 적은 액수였다.

"방송 일은 그만 둔거야? 네가 하는 프로그램 많이 봤는데. 지난번에 러시아 작가들에 대해서 다룬 다큐멘터리는 녹화해 두고 두 번씩 봤어. 너 정말 원고 잘 쓰더라. 다큐멘터리 작업이 너한테 잘 맞는 거 같던데. 그 전에 했던 휴먼 다큐멘터리도 좋았어."

"방송 일도 좋은데 소설 쓰면서 같이 하기는 힘들 것 같아. 소설 쓰면서 문장이나 서술 방식이 건조해지고 앙상해진 게 방송 원고를 써서 그런 게 아닐까 생각했거든. 방송 원고와 소설은 많이 달라."

"그렇겠지. 방송 원고는 그것대로의 속성과 전문성이 있을 테니까. 병행하기는 힘들겠구나."

저녁 먹을 시간이 가까워지자 집으로 전화를 했다. 뜻밖에도 남편이 전화를 받았다.

"당신 일찍 들어왔네."

"응. 집으로 전화했더니 정연이가 당신 외출했다고 해서 일찍 왔어."

"저녁밥 해 놨으니까 정연이하고 같이 먹어요. 좀 늦을 것 같아."

"누구 만나는 거야?"

"응. 서울에서 동창생이 내려 왔어."

"알았어. 오랜만에 만났을 텐데 밀린 얘기 많이 하고 천천히 들어와."

남편은 의외로 선선하게 말했다. 이 사람이 무슨 생각으로 이러나 의아한 느낌이 들었지만 다행이라고 여기며 전화를 끊었다.

"남편이 빨리 들어 오래?"

"아니. 이야기 많이 하고 천천히 들어 오래."

"너 시집 잘 갔구나. 남편이 너그러운 모양이네. 좀 실망스럽네."

석균이 능청을 떨었다. 우리는 식당으로 자리를 옮겨 밥을 먹으며 소주를 한 병 비웠다. 다시 카페로 옮겨서 석균은 맥주를 마시고 나는 커피를 마셨다. 남편이 친절한 척 천천히 오라고 했지만 술을 많이 마시고 들어가는 것은 좋지 않을 것 같았다. 왠지 모르게 마음 한 구석이 불안하고 찜찜했다. 요 근래 남편과의 사이에서 감돌던 냉기가 마음에 걸렸다.

"업 선배 소식은 모르지?"

석균이 조심스럽게 물어 왔다. 나는 고개를 저었다. 마음이 먹먹했다.

"모교에 들어오고 나니까 자꾸 대학 다닐 때 생각이 나는 걸 어쩔 수가 없어. 너랑 희수, 수인이하고 어울려 다니던 일, 그러다 보니 작가폐업도 생각나고 업 선배도 생각나고. 그 가게는 이제 호프집으로 바뀌었어. 가끔 거기 가서 술 마시곤 해. 옛날과는 완전히 달라졌지만 같은 공간이기 때문에 왠지 정겹고 익숙한 느낌이 들거든. 언제 한번 거기서 우리 다 같이 만나자. 내가 술 살게. 너랑 희수랑 수인이랑. 희수는 가끔 통화하는데 수인이는 어떻게 지내?"

"집에만 틀어박혀 있나 봐. 남매 기르면서 전업 주부 노릇 잘 하고 있어. 학교 다닐 때도 방학 때나 학교 오기 싫을 때면 꼼짝 않고 칩거하고 있었잖아. 이제 와서 생각하니 수인이는 자폐적인 데가 있어. 전화해 보면 늘 똑 같아. 변화 없는 삶이 좋대. 오늘이 어제 같고 내일이 오늘 같고 어느 날이 어느 날인지 잘 구분되지 않는 그런 생활이 마음에 든대."

"수인이다운 말이네."

열 시가 가까워졌을 때 석균이 말했다.

"너 그만 들어가 봐야지. 일어나자."

"그래. 섭섭하지만 다음에 또 만나야지 뭐."

석균은 내가 들고 있던 문예지의 뒤표지 안 쪽에 자기 전화번호를 적었다.

"서울 오거든 연락해. 소설 열심히 쓰고."

우리는 악수를 나누고 헤어졌다.

집에 돌아오니 정연은 제 방에서 자고 있었다. 남편은 텔레비전도 보지 않고 거실에 혼자 앉아 술을 마시고 있었다. 내가 들어가자 내 얼굴을 살폈다.

"술 많이 안 마셨네. 와서 나하고 한 잔 할래?"

"별로 생각 없는데. 좀 피곤해. 말을 많이 했더니 그런 가봐."

"그래, 그럼. 먼저 자. 나는 조금 있다가 들어갈게."

나는 샤워를 하고 침실로 들어가 눕자마자 잠이 들었다. 아침에 눈을 뜨니 남편은 이미 나가고 없었다. 왜 그렇게 일찍 출근을 했을까 의아해 하며 정연을 깨워 아침을 먹이고 학교에 보냈다. 아침 식탁에 앉아서 커피를 마시다가 문득 생각이 나서 어제 석균이 준 문예지를 가져 왔다. 내 소설이 실린 페이지를 펼쳤다. 활자화된 내 소설을 읽는 것이 아직 낯설었다. 소설을 한두 줄 읽어 내려가다가 책을 내려놓았다. 뭐라고 꼬집어 말할 수는 없지만 가슴을 조여 오는 듯한 불길한 느낌이 들었다.

서재로 들어가서 컴퓨터를 켰다. 컴퓨터의 바탕화면에 저장해 놓았던 소설 폴더가 보이지 않았다. 가슴이 쿵 내려앉는 것 같았다. 서둘러서 C 드라이브를 열고 문서 파일을 열었다. 역시 소설 폴더나 소설 파일은 없었다. 방송 원고를 저장해 둔 폴더만 그대로 있었다. 떨리는 손으로 서랍을 열어 보았다. 소설을 저장한 플로피 디스켓을 따로 담아둔 투명한 플라스틱 통이 텅 비어 있었다. 현기증이 났다. 고개를 흔들어 머릿속에 떠오른 생각을 지워버리려고 했지만 소용없었다. 거실 소파에 넋 나간 사람처럼 앉아 있다가 수화기를 들었다. 남편의 학교로 전화를 했지만 받지 않았다. 달력을 보고서 오늘 그가 수업이 없는 날임을 알았다. 다시 방으로 들어가 컴퓨터를 들여다 봤지만 소설 원고를 저장한 파일들은 여전히 사라진 채였다. 책상 맨 아래 서랍을 열었다. 초고와 미완성 원고들을 프린트해서 읽어 보고 수정하다가 넣어 둔 문서들이 있는지 확인해 보았다. 그 종이들마저 깨끗이 사라지고 없었다. 이제 더 이상 의심의 여지가 없었다. 남편이 원고를 모두 없애버린 것이다.

정연이가 학교에서 돌아올 때까지 소파에 멍하니 앉아 있었다. 아무것도 손에 잡히지 않았고 아무 생각도 떠오르지 않았다. 정연이 내 얼굴을 보고 울먹거렸다.

"엄마, 왜 그래? 어디 아파?"

내가 대답도 없이 그대로 있자 내 옆으로 와서 팔을 잡고 흔들었다.

"엄마 얼굴이 이상해. 무서워."

나는 정연을 바라보며 억지로 미소를 지었다.

"괜찮아, 정연아. 엄마 괜찮아. 걱정하지 마. 간식 줄까?"

정연은 고개를 흔들고 내 옆에 앉아 내 얼굴만 쳐다보았다. 정신을 차려야겠다고 생각하면서도 여전히 꼼짝할 수가 없었다. 그 일이 실제로 일어난 일이라는 현실감을 느끼기가 힘들었다. 수도 없이 서재에 들어 가 컴퓨터를 확인해 보고 서랍을 열어 보았지만 없어진 것들이 다시 돌아와 있는 일은 일어나지 않았다. 정연은 피아노 학원에도 가지 않고 내 옆에 붙어 있으려고 했다. 겨우 달래서 우유를 먹이고 학원에 보냈다. 정연이 나가고 나서 침대에 누웠다. 소설 원고가 사라진 것보다 남편이 그런 짓을 했다는 사실이 더 나를 괴롭혔다. 내가 그렇게 애를 써서 쓴 원고를 어떻게 없애버릴 수 있을까? 그가 하는 짓이 마음에 들지 않으면 나는 그가 쓰고 있는 논문의 파일을 없애 버릴 수 있을까? 계속해서 그 생각을 되풀이했다. 눈을 뜰 수 없을 정도로 머리가 아팠다.

마치 꿈속에서 움직이는 것처럼 자리에서 일어나 저녁밥을 짓고 정연이와 마주 앉았지만 밥을 한 숟가락도 먹을 수 없었다. 정연은 내 눈치를 살피면서 밥을 반 공기 정도 먹고 자리에서 일어났다.

"엄마, 나 방에 가서 숙제 하고 있을게요."

"그래."

식탁을 치우고 거실 소파에 가서 앉았다. 정연이 거실에 몇 번 나와서 나를 훔쳐보다가 11시가 넘자 졸음을 참지 못하고 제 방에 들어가서 잠들었다. 자정이 넘어도 남편은 돌아오지 않았다. 나는 못 박힌 듯이 소파에 앉아서 꼼짝 하지 않았다.

새벽 두 시가 가까워졌을 때 남편이 술에 취해서 들어왔다.

"아직 안자고 있었어?"

"당신이 내 원고 없애버렸어?"

목소리가 갈라져 나왔다. 다른 사람의 목소리를 듣는 것처럼 낯설게 들렸다.

"그래. 내가 다 없앴어."

남편은 태연하게 말했다. 할 말이 없었다. 왜냐고 물을 수도 없었다. 아무 말도 하지 않고 방으로 들어갔다. 남편이 내 뒤를 따라 들어오면서 말했다.

"당신이 소설 원고만 들여다보고 있는 게 싫다고 했잖아. 이렇게 살 수는 없어. 정신 나간 얼굴을 하고 껍데기만 왔다 갔다 하는 당신을 보면서 살 수는 없어. 소설 쓰지 마. 다시는 소설 쓰지 말라고."

나는 여전히 한마디도 하지 않고 침대에 누웠다. 남편이 옷을 갈아입고 샤워를 하러 들어갔다. 나는 천천히 침대에서 일어나 트렌치코트를 걸쳤다. 지갑을 들고 식탁으로 가서 문예지를 집어 들었다. 아파트 현관문을 나서서 엘리베이터를 타고 아래로 내려 와 큰 길로 걸어갔다. 조용한 거리에 가로등 불빛이 환했다. 택시 한 대가 앞에 와서 섰다. 어디로 가야 할지도 모르면서 택시에 올라탔다. 운전기사가 어디로 가냐고 물었을 때에야 겨우 생각이 났다.

"역이요. 기차역으로 가 주세요."

광주역에 도착해서 시간표를 확인해 보았다. 한 시간 후에 떠나는 서울행 열차가 있었다. 표를 사고 새벽의 냉기가 감도는 대합실에 앉아서 기다렸다. 기차에 올랐을 때 너무 지쳐서 눈을 뜨고 있기도 힘들었다. 하루 종일 아무것도 먹지 않았는데 배고픈 것도 느끼지 못했다. 그저 피곤할 뿐이었다. 자리에 앉자마자 잠이 들어버렸다.

북한강이 내려다보이는 그린벨트 지역의 무허가 하숙집. 시멘트 블록으로 기다랗게 지은 그 집은 배 밭 한 가운데 있었다. 주인 가족이 사는 안채 옆으로 작은 방 열 개가 죽 붙어 있었다. 얼핏 보면 무슨 수용소처럼 보이는 그 집에는 강에서 골재를 채취하거나 인근의 공사현장에서 일하는 노동자들이 살고 있었다. 대부분 40대에서 60대까지의 남자들이었다. 가족이 없거나 지방에서 온 사람들인 것 같았다. 주인 남자는 직업이 없었고 그의 부인은 공장에 다니고 있었다. 고등학교에 다니는 아들과 중학교에 다니는 딸이 있었다. 주인 남자는 집에서 기르는 열 마리 가까운 개를 돌보는 것이 유일한 일이었다. 보신탕집에 팔려 가는 식용 개들이었다. 돌본다고 해 봐야 하루 두 번 사료를 부어주는 것뿐이었는데 그 일마저 제대로 하지 않아서 늘 부인의 지청구를 들어야 했다. 그는 늘 술에 취해 있었다. 개밥을 주지 않았다고 악다구니를 치는 아주머니의 목소리가 종종 들려 왔다.

나는 그 집에 6개월 동안 살기로 하고 50만원을 주었다. 보증금이고 뭐고 없었다. 1년에 100만원이라고 해서 50만원을 선금으로 주겠다고 했다. 관처럼 생긴 기다랗고 좁은 방이었다. 조그만 밥상 겸 책상 하나, 싸구려 슬리핑 백 하나, 노트 한 권과 볼펜 한 자루, 커피포트 하나, 머그 잔 하나와 커피 한 병이 내가 가진 모든 것이었다. 집에서 입고 나온 옷 이외에 갈아입을 옷 한 벌 없었다. 돈이 별로 없었기 때문에 아무 것도 사지 않았다. 밥은 하루 한 끼만 먹었다. 점심과 저녁의 어중간한 시간에 같은 집에 사는 아저씨들이 밥을 대어 먹는 식당에 가서 먹었다. 하루 종일 강변을 쏘다니거나 방 안에 가만히 누워서 시간을 보냈다. 아직 4월이라 날씨가 쌀쌀했지만 연탄을 때지 않았다. 모든 감각이 둔해진 듯 추위나 더위도 잘 느끼지 못했다. 주인아주머니가 연탄을 들이라고 몇 차례 이야기를 했지만 괜찮다고 했다.

밤이면 배 밭에서 소쩍새가 울었다. 소쩍새는 목쉰 소리로 밤새도록 울었다. 진달래가 피었다가 지고 배꽃이 하얗게 피어났다. 밤에 작은 들창을 열고 내다보면 어둠 속에 배꽃이 하얗게 두드러져 보였다. 밤마다 정연을 생각했다. 눈물은 나오지 않았다. 소쩍새는 눈물샘이 아예 없어서 그렇게 밤새도록 목쉰 소리로 울고 있는지도 모른다고 생각했다. 나는 눈물도 흘릴 수 없고 목쉰 소리조차 낼 수 없었다. 관 같은 방에 누워 멍하니 천정만 올려다보고 있었다.

집을 나온 지 한 달이 되었다. 동네에는 아주 오래된 것으로 보이는 목욕탕이 있었다. 근처의 재래시장에 가서 속옷을 사서 목욕탕에 갔다. 한 달 만에 뜨거운 물로 목욕을 했다. 목욕탕 거울에 비친 내 모습을 보고 깜짝 놀랐다. 너무 말라서 뼈만 앙상했다. 몸무게를 재 보았더니 40킬로그램이 채 나가지 않았다. 한 달 만에 10킬로그램이 줄었다. 기운이 없어서 목욕하는데 시간이 많이 걸렸다. 목욕을 마치고 식당에 가서 밥을 먹으며 생각을 해 보았다. 우선 가진 돈이 다 떨어져 가는 게 문제였다. 집을 나온 이후에 아무에게도 연락하지 않았다. 남편은 물론이고 친정에도 전화하지 않았다. 가지고 있던 현금카드로 100만원을 인출했지만 내 통장에는 잔고가 없었다. 방송 일을 그만 둔 이후 생활비는 남편의 월급이 들어오는 통장에서 빼서 쓰고 있었다. 집을 나오면서 남편 통장과 연결되어 있는 신용 카드는 가져 오지 않았다. 다시 방송 일을 해야 할까, 아니면 친정으로 가야 할까, 마음을 정하지 못했다. 남편이 있는 집으로는 돌아가지 않을 생각이었다.

제일 걱정이 되는 것은 정연이었다. 하지만 친정 엄마가 데려갔을 거라고 짐작했다. 그 애가 어려서부터 내가 일할 때는 늘 친정 엄마가 정연이를 맡아 주었다. 내가 갑자기 사라진 것이 아이에게 얼마나 큰 충격을 주었을지 생각하면 가슴이 터질 것 같았다. 하지만 어쩔 수 없었다. 그냥 있다가는 무슨 일을 저지를지 알 수 없었다. 아파트 12층에서 뛰어내리지 않는다고 장담할 수 없었다. 죽지 않기 위해서 뛰쳐나온 것이라고 스스로에게 수도 없이 변명했다.

식당 앞에 놓여 있는 공중전화로 친정에 전화를 했다.

"저예요, 엄마. 죄송해요."

엄마는 늘 그렇듯이 침착했다.

"그래. 몸은 성하냐? 아픈 데는 없고?"

"네, 정연이는 엄마한테 있어요?"

"그래도 새끼 생각은 나든? 엄마가 데리고 있으니까 걱정 마라."

엄마는 내가 왜 집을 나갔는지 묻지 않았다. 그럴 만해서 그랬을 거라는 믿음이 엄마의 침착한 목소리에 들어 있었다. 울지 않으려고 했지만 더 이상 말이 나오지 않고 눈물만 하염없이 흘러 내렸다. 내가 말이 없이 훌쩍거리기만 하자 엄마가 말했다.

"정연 애비가 주말 마다 왔다 가는데 다 지가 잘못해서 생긴 일이라면서 네가 돌아오면 용서를 빌겠다고 하더라. 무슨 일인지는 끝내 얘기를 안 하더구나. 아무 걱정 말고 너 하고 싶은 대로 해라. 살고 싶으면 살고 살기 싫으면 이혼하고. 네가 몸만 성하면 됐다. 집으로 올래?"

"네, 갈게요. 좀 더 생각해 보고 다시 전화 드릴게요."

"정연 애비 한 번 만나 보든지. 만나서 할 얘기가 있다고 연락 오면 전화 해달라고 꼭 전해달라고 하더라. 무슨 일이 있었든 얘기는 한 번 해 보는 게 좋지 않겠니?"

"알았어요. 만나 볼게요."

엄마와의 통화를 끝내고 남편에게 전화를 했다.

"고마워, 여보. 전화 해 줘서. 내가 잘못했어. 정말 잘못했어. 지금 어디 있어? 내가 만나러 갈게."

나는 청량리 역 근처에서 만나자고 하고 전화를 끊었다.

남편은 몰라보게 수척해져 있었다. 나처럼 10킬로그램까지는 아니더라도 체중이 5킬로그램은 줄었을 것 같았다. 양 볼이 움푹 패고 흰머리마저 눈에 띄었다. 역 근처의 후줄근한 다방에 마주 앉아 커피를 시켰다. 커피에 설탕을 넣는 남편의 손이 떨려서 설탕이 받침 접시에 떨어졌다. 나는 이상할 정도로 마음이 담담했다. 나와 아무 상관없는 사람을 대하는 것처럼 아무 감정도 일어나지 않았다. 미움도 없었고 사랑도 없었다. 커피 잔을 젓고 있는 티스푼처럼 무의미한 사물을 보는 것 같은 느낌이었다.

"당신 얼굴이 많이 상했네. 너무 말랐어. 아픈 데는 없어?"

남편이 말했다. 그 말을 듣는 순간 잔인하고 심술궂은 생각이 머리를 스쳤다.

"당신 살 빠진 거 보면 얼마나 괴로웠는지 말 안 해도 알 거라고 생각했는데 내가 더 말랐으니까 실망했어? 내 생각에는 당신보다 내가 두 배는 더 살이 빠졌으니까 적어도 두 배는 더 괴로웠을 것 같은데."

"미안해. 당신 화 낼 만 해. 당신 없어지고 나서야 내가 무슨 짓을 했는지 알았어. 절대 해서는 안 되는 일을 했다는 것도. 돌이킬 수는 없겠지만 용서해 줘. 앞으로 내가 잘 할게. 당신 원하는 대로 다 할게."

"나는 화나지 않았어. 허망했을 뿐이야. 당신이라는 사람과 살면서 내가 무슨 짓을 했던가, 아니 내가 왜 당신 같은 사람과 결혼이라는 걸 했을까, 내 어리석음에 대해서 반성했고 내가 살아온 시간이 허망했어. 그것뿐이야. 아무것도 남지 않았어. 당신에 대해서 내 감정은 백지야. 그냥 나와는 상관없는 사람처럼 느껴져. 길거리에 지나가는 생전 처음 보는 사람과 조금도 다를 게 없다고. 더 이상 아무 얘기도 하고 싶지 않고 당신과 어떤 식으로든 관계를 지속하고 싶지도 않아. 그게 다야."

"그렇게 말하지 마. 이제부터 내가 잘 한다고 했잖아. 한 번만 기회를 줘. 정연이를 생각해 봐. 당신과 나의 딸이야. 결혼생활을 깨겠다는 얘기는 하지 마. 나는 그럴 수 없어."

"서로 존중하지 않는 부부가 무슨 부부야? 나는 당신을 존중하지 않아. 당신이 앞으로 나를 존중하겠다고 해도 소용없어. 나는 앞으로 당신을 존중할 생각이 없으니까. 당신이 직장에 다니기 싫고 공부를 계속하고 싶다고 해서 나는 두말도 하지 않고 그러라고 했어. 하기 싫은 일을 해서라도 남자가 꼭 돈 벌어서 가족을 부양해야 한다고 생각하지 않았으니까. 나는 당신이 하고 싶은 일을 하고 그래서 행복하기를 바랐어. 하지만 당신은 그렇지 않았어. 이제 와서 그런 게 다 무슨 소용이야. 나는 이제 당신이 행복하건 말건 관심 없는데. 당신이 무슨 말을 해도 내 생각은 달라지지 않아."

"기다릴게. 내가 기다릴게. 당신 생각이 달라질 때까지 기다릴게. 그러니까 당장 이혼하자는 말은 하지 마."

"당신 마음대로 해. 나는 우선 친정으로 갈 거야. 정연이와 둘이서 살 수 있는 집을 구할 거야. 당신 집으로는 돌아가지 않아. 당장 이혼하지 않겠다면 나도 기다릴게. 당신이 이혼할 생각이 생길 때까지."

남편은 더 이상 아무 말도 하지 못하고 돌아갔다.

나는 친정에 가서 지내다가 친정 근처에 아파트를 전세로 얻어서 정연이와 함께 지냈다. 남편은 광주에서 혼자 지내게 되었다. 나는 방송 일을 다시 시작했다. 소설은 쓰지 않았다. 써 보려는 시도조차 하지 않았다. 광주에서 이삿짐을 실어 오면서 도스토예프스키의 돌을 가져 왔다. 정연이와 둘이 사는 아파트의 내 방 책상 위에 올려놓았다. 이따금 밤중에 혼자 앉아서 아무 것도 하지 않고 돌을 물끄러미 바라보았다. 그 거무스름한 돌은 아무리 보아도 그저 평범한 돌일 뿐이었다. 그 돌을 가지고 있으면 문학적인 성취를 한다는 것은 그저 사람들이 지어 낸 이야기에 지나지 않았다. 작가가 되고 싶은 사람들의 열망이 만들어 낸 일종의 미신이었다. 작가의 운명을 타고 난 사람, 도스토예프스키처럼 자신은 천재이고 작가가 되기 위해서 태어난 사람이라는 확신을 갖는 사람들은 어떤 사람들일까? 도스토예프스키가 갇혀 있던 머나먼 시베리아의 감옥에서 이곳까지 오게 된 그 돌을 바라보면서 멍하니 그런 생각을 곱씹고 있었다.

내가 등단 이후 처음이자 마지막으로 소설을 실었던 문예지는 책장에 꽂힌 채 먼지를 뒤집어쓰고 잊혀져갔다. 나는 활자화된 그 소설을 처음 한 장 말고 더 이상 읽어 보지 않았다. 내가 쓴 소설을 읽는 일은 영원히 아물지 않는 환부를 들여다보는 것처럼 끔찍하게 여겨졌기 때문이다. 소설은 나에게 인간에 대한 환멸을 되씹게 하는 상처가 되었다.

9

튀니지안 블루

테라스에 그렇게 많은 꽃들이 피어 있는데 왜 조잡한 파란 색 꽃들을 그려 넣었을까?
내 눈에는 그것이 덧없고 진부하고 판에 박힌,
그래서 결국 무의미하고 성가시기만 한 장식으로 보였다.
도저히 따라잡을 수 없는 신비스럽고 아름다운 지중해의 물빛이 눈앞에 있는데
그 바다빛깔을 흉내 낸 '튀니지안 블루'라는 색칠이 왜 필요한 것일까?
인간은 무력함에서 벗어나기 위해
끊임없어 무의미한 행동을 되풀이해야 하는 운명을 타고 난 존재일지도 모른다.

서울로 올라 온 지 1년이 지났다. 남편은 일주일에 한두 번 전화를 해서 나와 정연의 안부를 물었다. 나는 그의 신상에 대해서 아무것도 묻지 않았다. 그는 생활비도 꼬박꼬박 보내 주었다. 나는 방송 일을 하면서 바쁜 일상을 보냈다.

새로 생긴 다큐멘터리 전문 채널에서 작가가 동행 취재를 하는 해외 제작 프로그램을 맡게 되었다. 서리가 하얗게 내린 2월의 어느 아침 나는 튀니지로 떠났다. 튀니지는 북아프리카에 속해 있는 지중해 연안의 작은 나라였다. 카뮈의 고향 알제리처럼 프랑스의 식민지였던 나라다. 튀니지의 수도 튀니스는 손바닥 만한 작은 도시였다. 튀니스 공항에 내렸을 때 생전 처음 맡아보는 기묘한 냄새가 후각을 파고들었다. 그 낯선 냄새는 거리 전체에 배어 있었다.

튀니지의 2월은 우기에 속해 있어서 날마다 비가 내렸다. 아침에 커튼을 젖히면 안개 같은 비가 온 도시를 적시고 있었다. 비는 하루 종일 소리 없이 내렸다. 프랑스어와 튀니지어를 사용하는 사람들 속에서 지내다 보니 외딴 행성에 와 있는 것처럼 외로웠다. 이슬람 국가인 튀니지에는 거리에서 여자를 보는 일이 드물었다. 호텔이나 식당에서 서빙을 하는 사람들은 다 남자였다. 튀니스 도심에는 수많은 카페들이 늘어서 있었다. 어둡고 좁은 카페였다. 콧수염을 기르고 바싹 마른 남자들이 카페 안에 앉아서 작은 커피 잔에 든 고약처럼 새까맣고 쓰디쓴 에스프레소 커피를 마셨다. 벽 쪽에 기대 앉아 물 담배를 피우는 남자들도 있었다. 그들은 온종일 카페에 놓인 화질 나쁜 흑백 텔레비전을 쳐다보면서 한마디도 하지 않고 시간을 보냈다. 통역을 해주던 남자는 튀니지에 워낙 실업자가 많아서 그렇다고 했다. 그들은 내가 지나가도 눈길 한 번 주지 않았다. 움푹 들어 간 그들의 눈은 어쩌면 아무것도 바라보지 않는 것 같았다.

촬영을 끝내고 호텔로 돌아올 무렵이면 튀니스의 하늘을 새까맣게 새들이 뒤덮었다. 통역하는 이가 그 새를 영어로 스왈로우swallow라고 말해 주었는데 실제로 어떤 종류의 새인지 알 수 없었다. 그들은 그렇게 몰려와서 온 도심을 캄캄하게 뒤덮고 있다가 몇 개 안 되는 가로등에 불이 켜질 무렵이면 다시 떼를 지어 어디론가 물러갔다. 그들 덕분에 튀니스 한가운데의 도로는 새똥으로 뒤덮여 있었다. 새떼가 몰려올 때쯤, 길에는 기다란 바게트 빵 하나를 옆구리에 끼고 집으로 돌아가는 사람들의 행렬이 생겨났다. 튀니지의 서민 가정은 저녁이면 우유도 버터도 없이 그 바게트 빵과 물, 그리고 이따금 올리브 열매를 소금에 절인 것을 곁들인 것이 전부인 식탁을 차렸다. 촬영하면서 들어가 본 집들은 예외 없이 그랬다. 영상 10도 정도의 기온인데도 불기가 있는 집들이 거의 없었다. 그들은 난방이라는 것을 모르고 살았다. 몇몇 부자들은 더울 정도로 난방이 잘 되어 있고 더운 물이 콸콸 나오는 안락한 주택에서 살고 있었다.

튀니지에 도착한 첫날부터 석 주 동안 밤마다 호텔 방에서 혼자 울었다. 왜 눈물이 나는지 알 수 없었다. 샤워를 하고 그 날의 취재 내용을 간단히 메모하고 자려고 침대에 눕기만 하면 기다렸다는 듯이 눈물이 흘러 내렸다. 낮에는 괴롭다거나 슬프다거나 우울한 느낌이 들지 않았다. 출연자들을 만나고 통역을 가운데 두고 필요한 질문을 했으며 피디와 촬영 감독과 함께 촬영 동선을 의논하고 나면 한 쪽에서 촬영 모습을 지켜보았다. 일에 집중하고 때가 되면 식사를 하고 일이 끝나면 스탭들과 맥주도 한 잔 들면서 그 날의 감상을 나누었다. 그런데 밤이 되어 방에 혼자 남기만 하면 여지없이 눈물이 쏟아졌다.

호텔 뒷골목에서 밤마다 고양이들이 몰려와 교미를 하느라고 소리를 질렀다. 어린아이의 울음소리처럼 들리는 그 울음소리는 새벽까지 계속되었다. 튀니스에는 길 고양이가 많은 모양이었다. 그 소리를 들으면서 캄캄한 어둠 속에서 혼자 몇 시간을 울고 있었다. 감정이 격해서 소리를 내고 우는 것과 달랐다. 그저 조용히 눈물이 흘러내렸다. 날마다 온 도시를 적시고 흘러내리는 비처럼 조용하고 꾸준하게 눈물이 흘렀다. 그럴 때면 낮에 본 풍경들이 떠올랐다. 카페에 앉아 있는 콧수염을 기른 남자들, 나이를 짐작할 수 없는 그들의 무표정한 얼굴들, 하늘을 새까맣게 뒤덮고 몰려오는 새들, 바게트 빵을

옆구리에 끼고 걸어가는 열 서너 살 짜리 소년의 뒷모습, 그런 것들이 필름을 되감듯 눈앞에 되살아났다. 나는 그 눈물의 의미를 장 그르니에의《섬》에서 발견했다.

> 사람은 자기 자신에게서 도피하기 위해서가 아니라—그것은 불가능한 일—자기 자신을 되찾기 위하여 여행한다고 할 수 있다.
>
> …….
>
> 인간이 탄생에서부터 죽음에 이르기까지 통과해 가야 하는 저 엄청난 고독들 속에는 어떤 각별히 중요한 장소들과 순간들이 있다는 것이 사실이다. 그 장소, 그 순간에 우리가 바라본 어떤 고장의 풍경은, 마치 위대한 음악가가 평범한 악기를 탄주하여 그 악기의 위력을 자기 자신에게 문자 그대로 계시하여 보이듯이, 우리들 영혼을 뒤흔들어 놓는다. 이 엉뚱한 인식이야말로 모든 인식 중에서도 가장 참된 것이다. 즉 내가 나 자신임을 인식하게 되는 것이다. 즉 잊었던 친구를 만나서 깜짝 놀라듯이 어떤 낯선 도시를 앞에 두고 깜짝 놀랄 때 우리가 바라보게 되는 것은 다름이 아니라 우리들 자신의 진정한 모습이다.

내가 흘린 눈물은 그 낯선 도시에서 대면하게 된 나 자신의 모습 때문이었다. 늘 몸담고 살던 곳으로부터 멀리 떨어져 나와 지구의 한 쪽 끝에서 그 깊은 밤에 내가 만난 것은 나 자신이었다. 비로소 대면하게 된 훼손된 자아에 대한 회한의 눈물이 그렇게 몇 날 며칠을 두고 흘러내린 것이다. 어느 날 밤 눈물을 닦고 일어나 여행 가방을 열었다. 나의 마지막 소설이 실린 그 책을 왜 가방 속에 넣어 가지고 왔는지 비로소 깨달았다. 그 소설과 대면하는 것이 두려웠다. 나의 실패가 다른 누구 때문이 아니라 나 자신 때문임을 인정하고 받아들일 때가 되었다. 1년이 지나 다소 빛이 바랜 책을 열고 활자로 찍혀 나온 나의 소설을 읽기 시작했다. 내 소설의 제목은 〈낮은 언덕 위〉였다.

〈낮은 언덕 위〉를 다 읽고 나서도 잠은 오지 않았다. 이제는 오랜 친구처럼 친근하기까지 한 두통과 불면의 밤이 서너 시간 계속되었다. 내 소설 속의 주인공들도 그 밤을 나와 함께 지새웠다. 그들은 알려지지 않은 실존의 한 단면을 파헤칠 재능이 없는 소설가가 만들어 낸 평범한 소설 속의 평범한 인간들이다. 나는 그들에게 미안했다.

밀란 쿤데라는 말했다. 평범한 배관공은 사람들에게 유익한 존재이지만 일부러 덧없고, 진부하고, 판에 박힌, 그래서 무익하고 결국 성가시고, 마침내 해를 미치는 책들을 만들어 내는 평범한 소설가들은 경멸당해 마땅한 존재라고.

내 소설 속의 불쌍한 주인공들과 불면의 밤을 보내고 나니 몸과 마음이 한 없이 무거웠다. 집에 두고 온 도스토예프스키의 돌이 내 몸 속 어딘가에 깊숙이 박혀 있는 것 같았다.

그 날 시디 부 사이드라는 해변도시에서 촬영이 있었다. 해변에 도착하자 수많은 꽃이 피어있는 테라스가 눈앞에 펼쳐졌다. 장 그르니에가 끊임없는 죽음에의 권유와도 같다고 말한 바로 그 장소였다. 그 날은 우기에 좀처럼 보기 드문 맑은 날씨였다. 지중해의 해변에는 감당할 수 없을 만큼 강렬한 햇빛이 쏟아져 내리고 있었다.

벽을 온통 하얀 색으로 칠한 노천카페에서 창틀은 짙푸른 색으로 칠해져 있었다. 지중해의 바다색깔을 흉내 낸 '튀니지안 블루'라고 불리는 색이다. 흰 벽에 창틀과 같은 파란색으로 꽃들을 그려 넣기도 했다. 테라스에 그렇게 많은 꽃들이 피어 있는데 왜 조잡한 파란 색 꽃들을 그려 넣었을까? 내 눈에는 그것이 덧없고 진부하고 판에 박힌, 그래서 결국 무의미하고 성가시기만 한 장식으로 보였다. 도저히 따라잡을 수 없는 신비스럽고 아름다운 지중해의 물빛이 눈앞에 있는데 그 바다빛깔을 흉내 낸 '튀니지안 블루'라는 색칠이 왜 필요한 것일까? 인간은 무력함에서 벗어나기 위해 끊임없어 무의미한 행동을 되풀이해야 하는 운명을 타고 난 존재일지도 모른다.

스탭들이 언덕 위에 있는 사원의 옥상에서 시디 부 사이드의 전경을 촬영하는 동안 나는 해변에 혼자 남았다. 같은 모양의 건물들이 죽 이어져 있는 해변을 걸어갔다. 희게 칠해진 벽이 햇빛에 반사되어 눈을 찔렀다. 크고 작은 구리접시를 늘어놓고 관광객이 원하는 이름을 새겨주는 노점 앞에서 걸음을 멈추었다. 머리가 하얗고 얼굴이 새카만 남자가 낙타 문양이 새겨진 작은 접시를 내밀었다. 나는 정연의 이름을 새겨달라고 할까 하고 망설이다가 그냥 지나쳤다.

정오가 가까워올수록 햇빛은 점점 더 강렬해졌다.《이방인》의 주인공 뫼르소가 태양 때문에 방아쇠를 당기고 말았다는 사실을 이해할 수 있었다. 카뮈가 살았던 알제는 이곳에서 얼마나 멀리 떨어져 있을까? 나의 소설들은《이방인》으로부터 얼마나 멀리 떨어져 있는 걸까? 지중해 깊은 바다 속에는 내가 아직 발견하지 못하고 쓰지 못한 이야기들이 가득 담겨 있을지도 몰랐다. 하지만 이제 그런 것은 모두 나와 상관없는 일처럼 느껴졌다.

나는 계속해서 해변을 걷고 있었다. 온 천지에 햇빛이 너무 가득해서 어디 한 군데 눈 돌릴 곳이 없었다. 어젯밤처럼 다시 눈물이 흘러내리기 시작했다. 더 이상 숨을 곳도 피할 곳도 없었다. 내가 절대로 이룰 수 없는 모든 것, 내가 다다를 수 없는 어떤 지점, 어쩔 수 없이 감당해야 하는 보잘 것 없는 삶이 떠올랐다. 나의 내부로 쏟아져 들어오는 엄청난 빛은 내 존재의 무력함과 비천함을 두드러지게 보여주었다. 문학도 삶도 이 세계의 광대무변함에 비하면 아무것도 아님을 그 순간 분명하게 알 수 있었다.

바다를 바라보았다. 바다와 하늘이 맞닿는 지점에 눈길이 닿았을 때, 일곱 살 때 포플라 나무 아래 누워서 경험한 무의 느낌이 되살아났다. 온 세계가 기우뚱하면서 아득한 심연 속으로 사라지고 나 자신조차 하나의 점이 되어 그 속으로 빨려 들어가는 것 같았다. 나는 어지럼증을 느끼며 천천히 바다로 다가갔다. 멀리서 스탭들이 나를 부르는 소리가 들려왔다. 그 소리는 이미 나와 다른 세상에서 들려오는 것처럼 아득하기만 했다. 나는 이 세계의 영원한 침묵을 향해서 걸어갔다.

소설

〈지하의 방〉

*1992년 〈서울신문〉 신춘문예 당선작

장마가 시작되었다. 병숙은 찢어진 우산을 받쳐 들고 거리로 나섰다. 비는 몹시 세차게 퍼붓고 있었다. 바람까지 사납게 불어 아무리 좋은 우산을 쓴 사람이라도 길거리를 지나 다니는 사람들은 공평하게 비에 젖고 있었다. 병숙은 우산대를 타고 흘러내리는 빗물에 머리를 다 적시며 주택은행 앞에 도착했다. 주택은행 앞에서 병숙 또래의 여자가 승용차에서 내렸다. 병숙과 거의 동시에 은행 문을 들어서는 그 여자의 윤기 나는 머리에서는 무스 냄새가 났다. 그 여자는 전혀 비 오는 거리를 지나온 것처럼 보이지 않았다. 주택은행에는 언제나 사람들이 들끓었다. 2층의 주택부금 창구 앞에는 차례를 기다리는 사람들이 길게 늘어서 있었다. 병숙은 줄 뒤에 붙어 섰다. 그녀는 주머니에서 '국민주택 청약저축'이라고 씌어 있는 녹색 표지의 통장을 꺼냈다. 병숙은 통장을 열어 보았다. 조그맣고 붉은 도장이 찍혀 있는 칸이 이제 서른 줄이 넘는다는 것을 그녀는 세어 보지 않아도 알고 있었다. 그녀는 이제 국민주택 규모, 즉 25평 이하의 아파트를 청약할 수 있는 자격을 얻고 있었다. 정확히 말하면 그것은 그녀가 아니라 이 통장의 주인이자 무주택 세대주인 그녀의 남편의 자격이었다. 그러나 어쨌든 그들은 자격만 갖추고 있을 뿐 아직 집을 살 만한 돈은 갖고 있지 못했다. 이 통장에 들어 있는 돈과 따로 붓고 있는 정기적금 통장에 들어 있는 백 만원 남짓한 돈, 그리고 그들이 살고 있는 방에 들어 가 있는 전셋돈을 가지고는 아직 어떤 아파트도 분양받을 수 없었다. 병숙의 앞에 서 있는 여자는 주황색 표지의 통장을 들고 있었다. 병숙은 그것이 '주택자금대출금 상환 통장' 이라는 것을 알고 있었다. 그것은 이미 집을 마련한 사람들이 갖고 있는 통장이었다. 병숙은 자신의 통장이 언제쯤이면 주황색 표지의 통장으로 바뀔 수 있을까를 생각해 보았다. 문득 범수의 얼굴이 떠올랐다. 범수만 아니었다면 지금쯤 자기는 주황색 표지의 통장을 들고 있을지도 모른다는 생각이 들자 병숙은 화가 났다. 그녀는 애써 그 생각을 지우며 벽에 걸린 시계를 바라보았다. 유치원이 파하기 전에 슬기를 데리러 가야 할 텐데. 비에 젖은 사람들에게서 풍겨 나오는 체취가 병숙의 속을 뒤집었다. 대개 아들보다 딸이 입덧이 심하다는데 이번에는 딸일까? 딸을 낳으면 무슨 좋은 수라도 생기는 것처럼 딸, 딸 하는 남편을 생각하자 병숙은 괜히 짜증이 났다. 줄은 쉽게 줄어 들지 않았다. 병숙은 다시 한번 벽시계를 바라보며 목을 길게 빼고 창구의 여직원을 바라보았다. 아직 오전인데도 그 여자는 어지간히 지쳤다는 듯 신경질적으로 단말기를 두들겨 대고 있었다.

병숙이 헐떡거리며 유치원 문 앞에 도착했을 때 막 수업을 마친 아이들이 쏟아져 나오고 있었다. 비가 좀 뜸해지긴 했지만 유치원 문 앞에는 우산을 받쳐든 엄마들이 자기 아이를 찾느라고 이름을 부르며 소란을 피우고 있었다. 같은 모자를 쓰고 같은 가방을 어깨에 멘 여섯 살배기 아이들은 얼핏 보면 다 같아 보였다. 그러나 엄마들은 후각이 예민한 들짐승들처럼 자기 아이들을 잘도 찾아내고 있었다. 문을 가로막은 엄마들 때문에 아이들은 신발을 갈아 신는 데 애를 먹었다. 엄마들이 들고 있는 우산에서 떨어지는 빗방울이 신발을 갈아 신느라고 허리를 숙이고 있는 아이들의 머리 위로 떨어져 내렸다. 병숙은 꽥 소리라도 질러 주고 싶었다. 왜들 이렇게 야단이야. 비켜요. 남의 아이들 머리에 빗방울을 뚝뚝 떨어뜨리면서 자기 아이만 찾으면 다야? 그러나 병숙은 그저 이맛살을 찌푸린 채 그 소란을 지켜보고만 있었다. 병숙은 문에서 멀찌감치 비켜서서 눈으로만 슬기를 찾았으나 쉽게 찾아낼 수가 없었다. 슬기 쪽에서 먼저 그녀를 알아 보고 뛰어 왔다. 뭐가 그리 급한지 녀석은 운동화를 똑바로 신지 않고 반만 발에 꿰고 실내화는 신주머니에 넣지도 않고 들고 있었다. 병숙은 혀를 찼다. 병숙은 서두르기 잘하는 슬기의 급한 성격을 발견할 때마다 마음이 언짢았다. 남편은 결코 성질이 급한 편은 아니었다. 병숙 자신도 어렸을 때부터 매사에 너무 신중하고 느린 편이라는 말을 들어 왔다. 외가 쪽이나 친가 쪽을 통틀어서 그렇게 조급하고 덜렁거리는 성격을 가진 사람이라고는 없었다. 병숙은 슬기의 친가나 외가 쪽 식구들을 꼽을 때 애써 범수를 제외시켰다. 슬기가 덤벙거리고 서두를 때마다 떠오르는 범수의 얼굴을 그녀는 생각하고 싶지 않았다. 엄마, 유치원에서 여름방학 캠프 간대. 나 보내 줄 거지? 여기 가정 통신장에 써 있어. 슬기는 가방에서 구깃구깃해진 인쇄물 한 장을 꺼내어 병숙에게 주었다. 병숙은 가슴이 철렁했다. 아 참, 왜 그 생각을 못했지? 캠프 비용을 내야 할 텐데, 돈을 톡톡 털어서 청약저축에 넣어 버렸으니 어떻게 하지? 병숙은 찢어지지 않은 쪽으로 슬기의 머리 위에 우산을 받쳐 주면서 집으로 향했다. 슬기는 신바람이 나서 뭐라고 계속 지껄이고 있었지만 병숙의 귀에는 잘 들어오지 않았다. 여름방학 캠프는 학기 초에 이미 예고되어 있었던 일인데 그녀는 미처 생각을 못하고 있었다. 캠프 비용은 3만원이라고 되어 있었다. 10일이면 모레였다. 병숙의 지갑 속에는 달랑 만 원 짜리 한 장이 있을 뿐이었다. 병숙은 다달이 너무 빠듯하게 사느라고 이만한 지출에도 쩔쩔매야 하는 자신이 한심했다.

병숙이 세 들어 사는 집은 흔히 다세대 주택이라고 불리는 방만 엄청나게 많은 집이었다. 슬기네가 들어 있는 지하에도 슬기네 말고 또 한 가구가 세 들어 있었고 1층과 2층에도 각각 세 가구씩 세 들어 살고 있었다. 집 주인은 이 집에 살고 있지 않았다. 집 주인은 세 든 사람이 바뀔 때만 계약서를 쓰러 나타나곤 했다. 말이 지하지, 이건 1층이나 마찬가지야. 가보면 알겠지만 미니 3층집이라구. 반만 땅속에 들어가 있어요. 솔직히 말해 1층보다 낫다구. 겨울에 따뜻하구 여름에는 시원한 게 이 반지하실방이야. 게다가 지하라 값이 1층이나 2층보다 훨씬 싸거든. 방이 넓고 부엌이랑 화장실 따로 쓸 수 있고 천 만원이면 거저야, 거저. 복덕방 영감은 마치 자기 집이라도 되는 것처럼 열을 냈다. 서울은 아니지만 소위 수도권이라고 불리는 이 위성도시에서 천만 원으로 독채 전세를 구하기는 쉬운 일이 아니었다. 그러나 병숙은 어쩐지 꺼림칙했다. 장사꾼이 지나치게 권하는 물건이란 어딘가 하자가 있기 마련이 아닌가. 그렇게 싸고 좋은 조건이라면 임자가 얼마든지 나설 텐데 나에게 이렇게까지 권하는 이유가 뭘까. 병숙의 그런 기분을 눈치 챈 듯 복덕방 영감이 덧붙였다. 이게 사실 돈 백 올리고 그 값에 나올 물건이 아닌데 말이야. 지금 들어 있는 사람들한테 아주 딱한 사정이 생겼거든. 남편이 택시 운전순데 사고를 냈다는 거야. 사람이 죽었다지, 아마. 지금 감옥에 들어앉아 있는데 마누라가 애가 타지. 애들 둘을 시골 있는 시부모한테 맡기고 애엄마만 자기 언니네 집에 묵으면서 남편 뒷시중 들기로 했대. 합의고 재판이고 다 돈 아닌가? 그러니 빨리 방을 빼달라고 통사정이지. 집주인도 그 사람들 사정이 하도 딱하니까 그 사람들 있던 값에 돈 백만 얹어서 하루라도 빨리 빼주라고 하더구만. 그래서 시세보다 훨씬 싸게 나온 거지 이게 무슨 하자가 있어서 그런 게 아냐.

집을 보고 나서 병숙은 곧 마음을 정했다. 생각보다 방이 넓고 깨끗했다. 그 집이 유난히 깨끗하게 보인 건 어쩌면 그 집에 살고 있던 여자의 깔끔한 집치레 덕분인지도 몰랐다. 다 그만그만한 형편답게 그 집에는 변변한 가구 하나 없었다. 그러나 출입문 옆에 놓인 나무 선반 위에 잘 닦여서 가지런히 놓여 있는 신발들 하며 부엌 찬장의 유리문에 붙어 있는 건강한 사내애들의 사진, 화장대와 냉장고, 텔레비전 위에 덮여 있는 하얀 덮개들이 집 안을 환하고 정갈하게 만들고 있었다. 특히 병숙의 눈길을 끈 것은 안방의 한 쪽 벽을 반 넘게 차지하고 있는 횃대보였다. 지금도 저런 걸 갖고 있는 사람이 있다니. 병숙은 반가움과 놀라움이 뒤섞인 심정으로 그것을 바라 보았다. 병숙의 친정 어머니도 그런 것을 갖고 있었다. 병숙이 어렸을 때만 해도 처녀들은 엄마한테서 배운 서툰 자수 솜씨로 횃대보를 만들곤 했다. 예전에는 늘 입는 옷은 농속에 넣지 않고 벽에 있는 횃대에다 걸어 두곤 했다. 그 횃대에 걸린 옷에 먼지가 묻지 않게 하려고 덮어 두었던 것이 횃대보였다. 거기에는 흔히 'HOME SWEET HOME' 이니 'HAPPY DAYS' 니 하는 영어 글귀들이 어떤 때는 철자법도 틀린 채 적혀 있곤 했다. 우리 때만 해도 혼수에 꼭 들어 있던 물건이지. 요즘은 가구가 흔해서 이런 거 쓰는 사람도 없지만 말이다. 이모가 쓰지 않는 횃대보를 뜯어서 베갯잇을 만들며 하던 말이었다. 그러나 그 지하실 방의 안주인은 횃대보를 가지고 있었다. 흰 옥양목에 빳빳하게 풀을 먹여 곱게 다린 횃대보가 다소 컴컴한 지하실 방을 환하게 밝히고 있는 것 같았다. 병숙은 지하실이라는 점이 아무래도 마음에 걸리긴 했지만 계약을 하고 말았다. 사실 그녀로서도 방을 비워 줄 기한이 얼마 남지 않았으므로 여유 있는 입장도 못되었다. 병숙은 방을 구하기 위해 수많은 골목과 골목을, 오르막길과 내리막길을 발이 부르트게 걸어 다녔지만 그녀가 가진 돈과 그녀가 생각하고 있는 조건에 합당한 집을 찾지 못하고 있던 형편이었다. 그 돈 가지고는 어림없어요. 독채는 말할 것도 없고 단칸방도 제대로 된 부엌과 화장실이 딸려 있다 싶으면 천오백에도 잡기 어렵지. 복덕방 주인들의 말은 틀리지 않았다. 병숙은 그 지하실 방을 계약하면서 안도의 한숨을 내쉬었다. 그러나 걱정과 피로로 누렇게 뜬 운전기사 부인이라는 여자의 안색을 살피고는 민망한 느낌이 들었다. 다른 사람의 불행이 자신에게는 다행스런 일이 되었다는 사실이 병숙을 서글프게 했다.

슬기는 지하실로 내려가는 층계를 구르듯이 단숨에 뛰어 내려갔다. 병숙이 반도 채 내려가지 못했을 때 벌써 다 내려가서 그녀를 불렀다. 엄마, 우리 집에 누가 왔나 봐. 문 열렸어. 병숙은 가슴이 철렁했다. 뭐 가져 갈 게 있다고 지하실까지 도둑이 든단 말인가? 아까 나갈 때 분명히 문을 잠갔는데. 병숙은 고꾸라질 듯이 서두르며 층계를 내려갔다. 엄마, 범수 삼촌 왔어. 슬기의 목소리를 듣자 병숙은 도둑이 들었다고 생각했을 때보다 더 가슴이 내려 앉았다. 미안합니다, 형수님. 문이 잠겨 있길래 따고 들어 왔습니다. 이 정도 자물쇠 따기는 일도 아니니까요. 비가 퍼붓는데 마냥 밖에 서 있을 수만도 없지 않습니까? 물불을 안 가리고 제멋대로 행동할 때와는 딴판으로 보통 때의 범수는 천천히 말을 했다. 병숙은 그가 마치 약을 올리는 것 같아서 그런 말투가 듣기 싫었다. 아무리 비가 와도 그렇지 자물쇠 잘 따는 도둑놈 특기가 무슨 자랑이라고 함부로 따고 들어 온단 말인가? 병숙은 화가 났지만 언제나 그렇듯이 꾹 눌러 참았다. 어쨌든 범수는 시동생이었다. 범수는 남편의 아버지 다른 동생이었다. 불쌍한 놈이야. 범수 참 불쌍하게 컸어. 엄마가 바람 피워서 낳은 자식이라고 우리가 얼마나 구박했는지 알아? 특히 나한테 많이 맞았어. 그 놈 태어나기 전까지만 해도 엄마 젖 만지면서 자는 막내 특권은 엄연히 내 차지였는데 난데없이 그 놈이 태어나서 그걸 가로챘으니 내가 가만뒀겠어? 남편은 어렸을 때 범수한테 몹시 군데 대한 죄책감 때문인지 혹은 뒤늦게 품게 된 혈육의 정 때문인지 인간적인 연민 때문인지 범수에게 잘해 주려고 애를 썼다. 병숙에게도 범수에게 잘해 주라는 말을 입버릇처럼 했다. 남편의 말처럼 범수가 그렇게 태어난 것은 그의 잘못은 아니었다. 그걸 알면서도 병숙은 범수가 싫은 것을 어쩔 수가 없었다. 범수는 고등학교 때 이미 소년원을 출입하기 시작해서 이제 스물다섯 살인데 전과가 세 번이나 기록되어 있었다. 처음 두 번은 절도죄였고 최근에는 사기와 폭력으로 들어가 있었다. 아직 좀 더 있어야 출소하는 걸로 알고 있었는데 벌써 나온 모양이었다. 언제 나왔어요? 미안해요. 면회도 한 번 못 가보고. 병숙은 마지못해 그렇게 말했다. 천만에요. 형님이 자주 오셨는데요, 뭘. 형수님 같은 분이 큰 집 출입을 해서야 되겠습니까. 더구나 우리 슬기가 있는데. 병숙이 방으로 들어서자 범수는 방 한 구석에 밀어 놓았던 과일 봉지를 끌어 당겨 병숙 앞으로 밀어 놓으며 말했다. 참, 형수님 슬기 동생 가지셨다구요. 축하합니다. 형수님이 좋아하시는 과일 좀 사왔습니다. 형수님은 임신만 했다 하면 과일을 더 많이 드신다면서요? 오늘은 웬일일까. 제법 어른스럽게 구네. 이제 철이 드는 걸까. 제발 이제부터라도 정신 차리고 살았으면 좋겠는데. 병숙은 다소 마음이 놓이는 걸 느끼며 점심을 차리려고 부엌으로 나갔다. 그이는 최근에도 면회를 다녀 온 모양이지? 저번에 대전 쪽으로 출장 갔을 때 다녀 왔나? 왜 나한테는 말하지 않았을까? 범수 얘기만 나오면 내가 질색을 하니까 말하기 싫었겠지.

병숙이 서둘러 더운점심을 짓는 동안 방안에서는 범수와 슬기가 씨름을 하는지 몹시 시끄러웠다. 오랜만이라 처음에는 좀 서먹서먹해 하던 슬기가 제 아빠한테 하듯이 신이 나서 매달리는 모양이었다. 삼촌 그 동안 왜 안 왔어? 어디 좀 가 있었거든. 어디? 슬기가 재차 물었다. 병숙은 범수가 뭐라고 대답하는지 궁금해서 일손을 놓고 귀를 기울였다. 삼촌은 말이야, 아주 큰 배를 타고 외국에 갔다 왔어. 와 정말이야? 슬기는 소리를 질렀다. 그래, 삼촌은 선원이거든. 너 걸리버 여행기 아니? 응, 걸리버가 배를 타고 바다에 나갔다가 소인국이랑 거인국에 갔다 오는 얘기야. 그래, 그 걸리버처럼 삼촌은 용감한 바다의 사나이란 말이야. 병숙은 슬그머니 웃음을 머금었다. 제법이네. 하긴 저 정도 둘러대는 재주는 있어야 사기를 쳐도 치겠지. 병숙은 그런 생각을 하다가 문득 부끄러워졌다. 범수의 꿈이었는지도 모르지. 범수도 꿈은 있었을 테니까.

범수는 점심을 먹자마자 부엌 옆의 골방으로 들어가 잠에 곯아 떨어졌다. 그 방은 슬기의 안 쓰는 장난감들과 병숙이 만드는 봉제인형의 재료를 넣어 두는 방이었다. 먼지가 쌓였을 테니 치워주겠노라는 병숙의 말에 범수는 웃으면서 말했다. 이 정도면 저한테는 호텔입니다. 신경 쓰지 마세요. 슬기는 비가 오니까 밖에 나가지 말라는 병숙의 말을 듣지 않고 밖에 나가 놀고 있었다. 병숙은 아이가 밖으로만 도는 게 늘 마음에 걸렸다. 채광이나 통풍이 덜 좋은 지하실 방에 굳이 아이를 붙들어 둘 이유는 없었다. 그러나 문 밖에는 항상 많은 위험이 도사리고 있었다. 좁은 골목길까지 염치없이 밀고 들어 오는 자동차들이며, 뜸했다 하면 한 번씩 나타나 세상을 떠들썩하게 하는 유괴범들, 하긴 지하실 방에 세 들어 사는 가난한 아이를 유괴해 갈 멍청한 놈들이 있을 것 같지는 않았지만 아무튼 여섯 살배기를 마음 놓고 뛰어 놀게 할 만큼 안전한 세상은 아니었다. 슬기가 집 밖으로만 도는데 대해 병숙이 언짢아하는 데는 더 큰 이유가 있었다. 사람은 아무래도 지상에서 사는 게 정상이겠죠? 슬기가 집에 있기 싫어하는 것도 땅 속에서 벗어나려는 본능이 아닐까요? 병숙의 말을 남편은 웃어 넘겼다. 본능은 무슨 놈의 본능이야. 원시인들도 움집에서 살았다구. 슬기가 밖으로 나가는 건 한참 뛰어노는 걸 좋아하는 나이이기 때문이야. 친구들하고 어울려 노는 재미 때문이라고. 당신은 매사를 너무 과장해서 생각하는 게 탈이야. 난 우리 집이 좋기만 한데. 얼마나 아늑해.

처음 이 집으로 이사 왔을 때도 그랬다. 병숙은 방이 깔끔해 보여서 계약을 하긴 했지만 막상 이사를 하고 보니 낮에도 전등을 켜야 하는 어두컴컴한 방이 굴 속 같은 기분이 들어 우울했다. 더구나 전에 살던 여자의 남편이 교통사고를 냈다는 사실도 새삼스럽게 마음에 걸렸다. 회사의 트럭을 모는 일이긴 했지만 병숙의 남편도 운전기사였다. 대형트럭에 짐을 싣고 고속도로를 오르내리는 남편의 직업에 대해 늘 불안한 마음을 갖지 않을 수가 없었다. 어른들은 집터가 나쁘면 운수가 사납다고 하지 않던가. 병숙은 아무래도 이사를 잘못 온 것 같다는 말을 남편에게 하고 말았다. 남편은 쾌활하게 웃으며 병숙의 말을 일축했다. 여보, 지하실에서는 아무나 살 수 있는 게 아니야. 지하실은 옛날부터 의로운 사람들의 보금자리라구. 로마시대의 예수의 제자들, 2차 대전 때 나치에 항거하던 레지스탕스들, 그들이 모두 지하실에서 살았다는 거 몰라? 박해 받는 자들, 그러나 희망을 잃지 않고 인간을 사랑하는 자들에 의해서 새로운 역사는 창조되도다. 어때? 우리도 지상에서 소외된 자의 특권을 누리면서 새로운 역사를 창조해 보자구. 남편은 연극배우처럼 장광설을 펴면서 방안에 흐트러진 이삿짐 사이를 걸어 다녔다. 병숙은 어이가 없었다. 나 원 참, 역사는 무슨 놈의 역사람, 이렇게 습기 차고 더러운 곳에서. 가구를 내가면서 드러난 천정 한 구석에서부터 시작하여 벽 모서리로 마치 남북 아메리카의 지도처럼 길게 번져 있는 더러운 얼룩을 노려보며 병숙은 속으로 그렇게 중얼거릴 수밖에 없었다. 남편은 가끔 그렇게 이상한 소리를 했다. 지방에서 전문대학을 다니다가 중퇴한 학력을 갖고 있는 남편은 학교 다닐 때 취미로 연극을 한 적이 있었다고 했다. 그래서 그런지 남편은 셰익스피어가 어떻고 파우스트가 어떻고 하는 소리를 할 때가 있었다. 남편이 그런 말을 꺼내는 것은 주로 술에 취했을 때였다. 그러나 병숙은 남편이 무슨 말을 하는지 알 수도 없었을 뿐더러 별로 알고 싶지도 않았다. 병숙이 바라는 것은 남편이 좀더 돈을 넉넉히 벌어 오고, 사고 나지 않게 늘 조심하고, 남의 일에 신경 쓰지 말고 자기 자신과 자기 가족들이나 좀더 생각해 주었으면 하는 것이었다. 그러나 병숙도 괜히 남의 일에 신경이 쓰일 때가 없는 것은 아니었다. 병숙은 가끔 전에 그 방에 살던 운전 기사의 아내를 생각했다. 병숙은 그 여자처럼 집 안을 깔끔하고 환하게 꾸미려고 애를 썼지만, 처음 그 집에 들어섰을 때 느꼈던 것 같은 분위기는 영 만들어지지 않았다. 그 속에는 그 집에 살던 한 가족이 함께 살면서 느낀 기쁨과 고통까지 들어있는 것인지도 모른다고 병숙은 생각했다. 이제 병숙의 가족들이 그들만의 분위기를 그 방에서 만들어가야 한다고 그녀는 생각하기도 했다. 병숙은 찬장 유리문에 붙어 있던 건강한 사내 아이들의 사진을 생각하며 그들 가족이 하루 빨리 다시 만나 살게 되기를 빌어 보았다. 병숙은 어렸을 때 그랬던 것처럼 무엇인가를 열심히 바라면 이루어진다는 생각을 아직도 아주 버리지는 못했다. 물론 그것이 얼마나 허망한 믿음인가를 수도 없이 경험했지만 여전히 포기하지 않았다. 그 바램이 자기 자신을 위한 것이 아니고 남을 위한 것일 때는 꼭 이루어질 수도 있을 것 같았다. 그것은 어쩌면 병숙이 타인을 위해서 나누어 줄 수 있는 것이 그런 마음 뿐이었기 때문인지도 모른다.

당신 또 기도해? 남편은 병숙이 잠자리에 들기 전에 가만히 앉아서 생각에 잠기는 것을 보고 그렇게 묻곤 했다. 당신은 하나님도 부처님도 믿지 않는다면서 누구에게 기도를 하지? 기도하는 거 아녜요. 병숙은 마치 무엇을 감추듯이 펄쩍 뛰곤 했다. 사실 그녀는 기도를 한다고 생각해 본 적은 없었다. 남편은 고개를 갸우뚱하면서 말하곤 했다. 분명히 기도하는 자세야. 우리 어머니가 기도할 때 꼭 그런 모습이었거든. 어머니는 나이롱 신자이긴 했지만 기도만은 참 열심히 하셨어. 그래서 난 엄마가 범수를 낳았을 때 그런 생각을 다 했다니까. 엄마가 하도 열심히 기도를 하니까 하느님께서 아이를 낳게 해 주셨나 보다. 동정녀 마리아처럼 남편도 없이 혼자서 아이를 만들었으니 말이야. 그런데 한 가지 이해가 안 가는 것은 맨날 우리 삼형제더러 징그러운 웬수들이라면서 왜 우리 같은 사내애를 또 낳았느냐 하는 점이었지. 이왕이면 천사처럼 귀여운 여동생이 생겼다면 얼마나 좋을까 했었지. 그래서 난 범수가 사내 아이이긴 하지만 우리 같은 망나니가 아니고 천사같이 착한 놈일지도 모른다고 생각했어. 사람들이 처음부터 범수를 착한 놈으로 봐 주었다면 정말 그렇게 되었을지도 모르지.

병숙은 슬기의 캠프 비용 때문에 마음이 편치 않았다. 남편은 물건을 싣고 지방에 내려가서 모레나 돌아 올 예정이었다. 병숙은 장롱을 열고 텅 빈 패물함을 꺼냈다. 자기의 결혼반지는 고사하고 슬기의 돌반지 하나라도 들어 있다면 이렇게 허전하지는 않을 것 같았다. 금반지는 현금이나 마찬가지였다. 돈이 급할 때는 언제든지 팔아 쓸 수 있었을 텐데. 슬기가 막 돌이 지났을 때 범수가 왔다 가면서 패물함에 들어 있던 것을 몽땅 들어내갔던 것이다. 몇 개 되지는 않았지만 시어머니가 정성껏 장만해 준 목걸이, 금노리개, 아까워서 차고 다니지도 않고 넣어 두었던 시계, 그리고 슬기의 돌날 들어 온 몇 개의 금반지까지 하나도 남김없이 가져갔다. 병숙은 너무나 억울하고 아까웠지만 잊어버리자고 얼마나 마음을 달랬는지 모른다. 시동생이 한 짓이니 경찰에 신고할 수도 없는 노릇이었다. 시어머니에게는 알리지 말자는 남편의 말에도 말 없이 고개를 끄덕여 주었다. 알리면 뭐

하겠는가. 속만 상하실 텐데. 그렇지 않아도 범수는 시어머니에게 손톱 밑의 가시 같은 존재였다. 시어머니는 일찍 혼자 되어 항구도시에서 식당을 경영하며 아들 4형제를 길러 낸 분이었다. 그녀가 어떤 사연이 있어서 범수를 낳게 되었는지 병숙은 알지 못했다. 다만 시어머니가 범수를 낳지 않았더라면 지금보다 훨씬 당당하게 장성한 아들들에게 대접받고 살았으리라는 것은 알 수 있었다. 범수는 병숙의 집에서 패물을 들고 나가서는 한 1년 동안 그녀의 집 근처에는 그림자도 비치지 않았다. 범수는 바로 위의 형인 병숙의 남편과 유난히 사이가 좋아 결혼 초에는 자주 드나들곤 했었다. 다른 형들과는 나이 차이도 훨씬 많아서 어렵기도 했겠지만 병숙의 남편만큼 따뜻하게 대해 주는 눈치가 아니었다. 병숙은 다른 형들의 집도 자기네처럼 범수의 나쁜 손버릇에 피해를 본 일이 없지 않았으리라고 짐작할 수 있었다. 집안 식구들 아무도 범수가 어디서 무엇을 하고 있는지 모르고 있던 어느 날 시어머니가 울면서 병숙에게 전화를 했다. 범수가 절도죄로 잡혀 들어가 있다는 소식이었다. 그 때는 마침 병숙이 어렵사리 부어 온 2백만 원 따리 적금을 타서 단칸방 신세를 면해 보려고 방을 구하러 다니던 때였다. 병숙은 그런 녀석이 잡혀갔든 말든 내가 알게 뭐냐고 하고 싶었지만 차마 그렇게 말할 수는 없었다. 남편은 적금을 탄 돈으로 범수의 변호사 비용을 대주었다. 남편은 병숙에게 말했다. 여보, 우리 가족이라는 개념을 좀 넓게 생각합시다. 당신과 나, 그리고 우리 슬기만 우리 가족이라고 생각하다 보면 우리는 너무 외로울 거야. 어려울 때 네 것 내 것 따지지 않고 뭔가 해 줄 수 있는 가족이라는 개념을 조금만 넓게 잡아도 세상이 지금보다는 좀 덜 삭막할 거야. 병숙은 남편이 '개념'이라는 말을 모처럼 개념에 맞게 쓰고 있다고 생각했다. 남편은 설명하기가 쉽지 않은 말을 할 때는 흔히 '개념'이라는 말을 쓰곤 했다. 그러나 남편의 개념은 자주 다른 개념과 혼동되어 쓰이곤 했다. 병숙은 남편의 잘난 체 하는 말투에 더 화가 났다. 남편처럼 가족의 개념을 넓게 잡다가는 자기네 세 식구는 생전 가도 단칸 셋방을 벗어나기 힘들다는 것을 남편은 모르는 것일까. 더구나 범수가 처해 있는 어려움이라는 게 열심히 살려다가 본의 아니게, 아니면 불가항력으로 부딪친 불행이라면 또 몰랐다. 일하기 싫어서 도둑질이나 하고 다니다가 감옥에 들어가게 된 것을 무엇 때문에 변호사까지 대주어야 한단 말인가. 남편은 범수가 그렇게 된 데는 자기의 책임도 크다고 말하곤 했다. 꼭 책임 때문이 아니더라도 어떻게 모르노라 하겠어, 동생인데. 불쌍하잖아. 그러나 그의 다른 형들은 잘도 모르는 체하고 있었다. 걔가 어렸을 때부터 제일 인정스러웠느니라. 에미 사정도 그 애 만큼 알아주는 놈이 없었지. 시어머니는 병숙의 남편을 두고 그렇게 말하며 고마워했다. 범수는 그 때 감옥에서 나오고는 한동안 잠잠했다. 버스 안에서 물건을 팔기도 하고 행상노릇도 하면서 그럭저럭 지내는 듯했다. 슬기의 과자나 장난감을 사들고 병숙의 집을 찾아오기도 했다. 내색하지는 않았지만 병숙은 그가 오는 것이 달갑지 않았다. 슬기가 그를 몹시 따르는 것도 못마땅했다. 슬기를 보고 범수를 닮았다고 하는 사람들이 더러 있었다. 병숙은 그런 소리를 들으면 질색을 했다. 어디가 닮았느냐고 그녀는 굳이 그런 말을 부정하려고 들었다. 그러다가 잠시 소식을 끊었는가 했더니 또 감옥행이었다. 남편 말로는 그 놈의 '큰 집 동창생'들이 문제라고 했다. 고속버스 안에서 싸구려 시계를 승객들에게 속여 파는 패거리에 끼어 있었을 뿐 아니라, 그런 장사를 하는 다른 패들과 싸움을 벌여 칼부림까지 했다는 것이다. 병숙은 남편이 뭐라고 하든 이번에는 면회도 가지 않겠다고 버텼다. 사람까지 해친다는 데는 아무리 시동생이라도 볼 생각이 없다고 남편에게 딱 잘라 말했다. 남편도 더 이상은 할 말이 없는지 아무 말 하지 않았다. 그러나 남편은 또다시 저금한 돈을 털어 그녀 몰래 범수에게 변호사를 대주었다. 병숙은 더 이상 화도 나지 않았다. 범수가 그러고 다니는 이상 아무리 저축을 해도 집을 사기는커녕 제대로 된 전셋집 하나 얻기 힘들 거라는 생각을 하고 있을 뿐이었다. 남편은 범수의 재판이 끝나고 나서 병숙에게 말했다. 여보, 이제 범수 다시는 안 그럴 거야. 이번이 마지막이라고 저도 그랬어. 나하고 약속했다구. 나도 당신에게 약속할게. 만약 범수가 다시 일 저지르는 경우가 생겨도 절대로 아는 체 하지 않겠어. 맹세해. 병숙은 자신의 일도 아니고 동생의 일 때문에 그렇게 자기 앞에서 쩔쩔매며 손을 모으는 남편이 조금 안됐다는 생각이 들었다. 남편은 또 병숙의 텅 빈 패물함을 갖다 놓고 말했다. 그 전보다 더 비싸고 좋은 걸로 꽉 채워 줄게. 병숙은 그저 웃을 수밖에 없었다. 병숙은 원래의 용도로는 쓸모가 없어진 패물함에다 저금통장과 전세계약서, 그리고 남편의 도장을 넣어 두었다. 거기에 들어 있는 것이 그녀의 전 재산인 셈이었다.

비가 얼마나 세차게 퍼붓는지 길로 면해 있는 부엌의 창으로 빗물이 흘러 들었다. 병숙은 마른 걸레를 들고 흘러드는 빗물을 닦아내곤 했다. 결국은 헌 수건 몇 개를 겹쳐서 창 아래 깔아 두어야 했다. 혹시 바닥에 물이 차지는 않을까. 병숙은 걱정스럽게 부엌을 둘러 보았다. 지하실에 사는 사람들에게 장마철은 가장 조마조마한 계절이었다. 작년 여름을 이 집에서 난, 지하실 옆 방의 새댁 말로는 작년 장마 때도 부엌 바닥에 물이 차지는 않았다니까 그나마 다행이었다. 병숙은 슬기의 여름방학 캠프 비용을 어디서 구해야 하나 열심히 머리를 굴렸다. 이 주임한테 가서 한 번 말해 볼까? 이 주임이란 그녀가 부업으로 인형의 팔 다리를 붙여서 갖다 주고 있는 봉제공장의 관리 주임이란 직책을 맡고 있는 사람이다. 어제 물건을 갖다 주고 돈을 받아 왔는데 물건도 없이 가서 미리 돈을 융통해 달라고 할 만큼 친한 사이가 아니었다. 옆집 여자한테 말해 볼까. 그 여자도 병숙 만큼이나 숫기 없는 여자라서 남의 집에 돈을 꾸러 다니는 일이 전혀 없었다. 그들은 반 년 가까이 벽 하나를 사이에 두고 살면서도 서로 만 원 짜리 한 장 꾸어 주고 받은 적이 없었다.

병숙은 한 집에 사는 대여섯 가구의 여자들을 다 떠올려 보았으나 돈 3만원 돌려 달라는 말을 건네 볼 만큼 만만한 얼굴 하나 떠오르지 않았다. 너는 애가 왜 그렇게 꽉 막혔니? 친정어머니가 늘 자기를 보고 하던 말이 참 맞는 말이었다는 실감이 났다. 남에게 주지도 않고 남에게 받지도 않는 것이 제일이라는 자신의 생각이 반드시 옳은 것만은 아니라는 느낌이 들었다. 정 안 되면 내일 엄마한테라도 다녀와야겠구나. 병숙은 그렇게 결론을 내렸다. 친정어머니로부터 들을 잔소리를 생각하면 벌써부터 몸이 오그라드는 것 같았다. 그러게 내가 뭐라던. 그저 딴 건 몰라도 집안이 반듯해야 된다니까. 애가 셋씩이나 딸린 과부가 그것도 모자라 하나 더 낳아 들여다가 그 애를 끓이니 원. 집안에 그런 애물이 있으면 온 집안이 편할 날이 없는 게야. 그 놈의 시동생인지 뭔지는 또 감옥에 들어가 있다며? 슬기 애비는 왜 그렇게 정신을 못차린다니. 위로 삼형제 중에 나이도 제일 어리면서 왜 맨날 자기가 가로맡고 나서서 야단이야. 저번에도 그 범순가 지랄인가 하는 놈 변호사 비용 댄다구 저금한 돈 다 까먹었다고 했지? 그깐 놈을 변호사는 무슨 놈의 변호사야. 그런 놈은 감옥에 오래 있을수록 저한테나 주위 사람한테나 훨씬 이로울 텐데. 그런 쓸 데 없는 데다가 돈을 쓰니까 아직도 그런 쥐구멍 같은 방에서 살지. 도대체 결혼한지가 몇 년인데 여지껏 그러고 사냐? 내가 우리 슬기 얼굴 보고 참지, 어이구 그냥 성질 같아서는 사위고 사돈이고 죄 만나서 한바탕 퍼붓고 싶다만……. 성격이 괄괄한 편인 어머니는 병숙의 얼굴만 보면 역정이 나는 모양이었다. 병숙은 어머니의 안타까워하는 마음을 이해는 하면서도 막상 당하고 보면 그대로 참기가 쉽지 않았다. 그러나 병숙이 말대꾸나 변명이라도 할라치면 불에 기름을 붓는 격으로 어머니의 화만 더 돋우게 마련이었다. 병숙은 어머니의 잔소리를 견디다 못해 울면서 친정집을 뛰쳐나온 적이 한두 번이 아니었다. 보기만 하면 그렇게 야단을 하면서도 자주 오지 않는다고 또 나무랐다. 병숙은 더구나 돈 얘기를 하러 친정에 가고 싶지는 않았다. 그러나 벌써부터 마음이 들떠서 설치는 슬기에게 캠프에 참가하지 말라고 할 수는 없었다.

무슨 잠을 저렇게 잔담? 범수는 잠귀신이라도 씌었는지 저녁때가 다 되어도 일어날 생각을 하지 않았다. 병숙은 범수가 누워 있는 건넌방을 흘겨보았다. 형님도 안 계신데 설마 자고 갈 배짱은 아니겠지? 병숙은 그렇게 생각을 하면서도 은근히 걱정이 되었다. 도대체 그만한 분별이 있는지 의심스러웠기 때문이다. 가지 않으면 내쫓지 뭐. 병숙은 그렇게 마음을 다잡았지만 자신이 없었다. 병숙은 사실 범수가 조금 두려웠다. 슬기가 있어서 그나마 마음이 좀 놓였다. 슬기는 비에 흠뻑 젖어서 돌아 왔다. 병숙은 부엌에서 물을 데워 슬기를 목욕시켰다. 슬기는 온 몸에 소름이 잔뜩 돋아 있으면서도 춥지 않다고 우겼다. 병숙은 슬기의 잔등을 찰싹찰싹 때리며 화를 내는 체 했다. 밖이 어두워 오는데도 일어날 생각을 하지 않는 범수가 들으라고 일부러 큰 소리를 냈다. 엄마가 밖에 나가 놀지 말라고 했잖아. 비가 저렇게 오는데 감기 들면 어쩌려고 그렇게 강아지 새끼 모양 돌아다녀? 그래도 범수는 전혀 일어나는 기척이 없었다. 병숙은 슬기의 귀에 대고 말했다. 가서 삼촌 좀 깨워. 슬기가 제 아빠를 깨울 때처럼 타고 앉아서 귀를 잡아당기고 코를 비틀고 해서야 범수는 겨우 일어났다. 토끼 눈처럼 빨갛게 충혈된 범수의 눈을 보자 병숙은 어쩔 수 없이 측은한 생각이 들었다. 이상하죠. 나온 후로 한 번도 이렇게 편히 자 보지 못했는데 정말 달게 잤어요. 안에 있을 때가 차라리 편하고 잠도 잘 왔었다고 생각했는데 형님 댁에 오니까 이상하게 잠이 쏟아지네요. 형수님, 저 오늘 여기서 자고 가도 되죠? 골방에서 잘게요. 형님은 모레나 오신다죠? 슬기한테 들었어요. 형님이 집을 자주 비우셔서 무서우시겠어요. 병숙은 차마 안 된다는 말이 나오지 않았다. 무섭긴 네가 무섭다는 말이 목구멍까지 올라 왔으나 꾹 참았다. 이젠 집에는 훔쳐갈 물건이 하나도 없으니까. 병숙은 속으로 그렇게 중얼거리며 범수를 쫓아낼 것을 단념하고 말았다. 한여름이라지만 저렇게 비가 퍼붓는 을씨년스러운 거리로 다 저녁 때 그를 내쫓는다는 것은 아무래도 좀 심한 일이라는 생각도 없지 않았다. 범수는 저녁 밥을 두 그릇씩이나 비우더니 금세 또 졸기 시작했다. 병숙은 골방을 대강 치우고 새 요를 내서 깔아 주었다.

병숙은 저녁 먹은 설거지를 끝내고 들어와 텔레비전을 틀었다. 서울과 중부 지방에 호우주의보가 내렸다는 소식이 뉴스 초반에 나왔다. 뉴스가 끝날 무렵에 상습 침수지역에 사는 주민들은 대피하라는 보도가 있었다. 병숙이 사는 곳은 다행히 텔레비전에서 말하는 상습 침수지역에는 들어 있지 않았다. 병숙은 일찌감치 슬기 옆에 누워 잠을 청했으나 쉽사리 잠이 오지 않았다. 범수가 있는 골방 쪽에 신경이 쓰이는 것을 어쩔 수 없었다. 그러고 보니 남편이 있을 때도 범수는 와서 자고 간 적은 한 번도 없었다. 하긴 방이 늘 한 칸 뿐이었으니 자고 갈래야 자고 갈 수도 없었다. 남편은 범수를 재워 보내지 못하는 걸 안쓰러워하곤 했다. 결혼 초에 언젠가는 병숙을 혼자 자게 하고 집 근처의 여관에 가서 범수와 함께 자고 아침에 온 적도 있었다. 병숙은 그 때 범수를 질투하기까지 했었다.

창 밖에서 빗소리가 끊이지 않고 들려 왔다. 병숙의 방 창문은 옆집의 처마 아래 있어서인지 비가 올 때면 낙수 소리가 유난히 크게 들렸다. 오늘 밤은 그 소리가 마치 머리 위에서 큰 함지로 물을 내리 붓는 것처럼 요란했다. 호우주의보가 내렸다더니 얼마나 쏟아지려고 저러나. 병숙은 걱정스런 마음으로 빗소리를 듣고 있다가 깜박 잠이 들었다. 병숙은 머리맡에서 사람들이 마구 뛰어 다니는 것 같은 어지러운 발소리에 잠이 깼다. 슬기 엄마, 빨리 나와요. 우리 동네가 곧 물에 잠길지도 모른대. 빨리 부성국민학교로 대피하래요. 누군가가 병숙의 방문을 두드리며 그렇게 외쳤다. 병숙은 벌떡 일어났다. 슬기를 깨워야겠다고 생각은 하면서도 병숙은 어쩔 줄을 모르고 잠시 앉아 있었다. 병숙은 떨리는 손으로 방문을 열어 보았다. 부엌에는 이미 물이 차 있었다. 연탄 보일러통의 받침 부분이 완전히 물에 잠겨 있었다. 병숙은 떨리는 다리를 겨우 가누고 일어섰다. 슬기야, 슬기야. 아무리 부르고 흔들어도 잠에 취한 아이는 눈을 뜨지 않았다. 병숙은 슬기를 들쳐 업었다. 밖에서는 사람들이 떠드는 소리가 시끄럽게 들려 왔다. 힘겹게 슬기를 업고 정신없이 방문을 나서던 병숙은 범수가 생각났다. 삼촌, 삼촌, 일어나요. 큰 일 났어요. 병숙은 골방 문을 열고 소리를 질렀다. 범수가 자리에서 일어나는 것을 보자마자 병숙은 허둥지둥 밖으로 나갔다. 이미 집 안은 텅 비어 있었다. 병숙은 두려운 마음에 등에 업은 슬기가 무거운 줄도 모르고 쏟아지는 비에 온 몸이 흠뻑 젖는 것도 거의 의식하지 못한 채 종아리 위까지 올라오는 물 속을 걸어 부성국민학교까지 갔다. 학교는 이미 대피해 온 동네 사람들로 가득했다. 텔레비전에서나 보았던 수재민이라는 사람들의 모습을 직접 보게 되었다고 생각하던 병숙은 자기가 바로 그 수재민의 한 사람이라는 사실을 깨닫자 소스라치게 놀랐다. 병숙은 교실 한 구석을 차지하고 앉았다. 비에 흠뻑 젖은 병숙과 슬기의 몸에서 물방울이 뚝뚝 떨어져 마루를 적셨다. 이제 완전히 잠을 깬 슬기가 눈이 동그래져서 주위를 둘러보다가 한기에 몸을 부르르 떨었다. 병숙은 자신이 슬기만 업고 빈 몸으로 빠져 나왔다는 것을 깨닫고 몹시 당황했다. 주위 사람들은 대개 담요나 이불 한 두 채씩은 갖고 있었고, 그 와중에 텔레비전까지 들고 나온 사람도 있었다. 병숙은 아무래도 집에 갔다 와야겠다고 생각했다. 슬기야, 너 잠깐 여기 있어. 엄마 집에 좀 갔다 올테니까. 당장 입을 옷이라도 갖고 와야지 안 되겠다. 병숙은 슬기의 손을 쥐어 주며 말했다. 그러나 낯설고 이상한 주위 환경에 잔뜩 불안해하고 있던 슬기는 필사적으로 고개를 저었다. 싫어, 엄마 따라 갈 거야. 병숙은 어찌할 바를 모르고 주위를 둘러보았다. 한 집에 사는 사람들이라도 있었으면 좋으련만 다 어디로 갔는지 하나도 눈에 띄지 않았다. 병숙은 멀리 있는 남편이 원망스러웠다. 갑자기 슬기가 병숙의 손을 놓고 교실 문 쪽으로 달려갔다. 삼촌, 삼촌. 범수였다. 범수는 어깨에 커다란 보따리를 지고 있었다. 어디서 구했는지 헌 비닐장판 같은 것으로 덮어 비에 젖지 않도록 해 가지고 왔다. 범수는 병숙의 옆으로 와서 보따리를 내려놓았다. 이불 하나 담요 하나, 그리고 당장 갈아입을 옷가지 몇 벌, 그냥 대충 싸가지고 왔습니다. 다행히 아직 장롱 위쪽에 있는 것들은 젖지 않았더군요. 그리고 이걸 제일 먼저 꺼냈습니다. 다시는 형수님 물건에 손대지 않으려고 했는데 어쩔 수 없이 또 손을 댔습니다. 범수가 이불 보따리 속에서 꺼내 놓은 것은 병숙의 패물함이었다. 병숙은 떨리는 손으로 패물함을 받아 쥐었다. 범수는 병숙의 손지갑과 슬기의 유치원 가방까지 챙겨 왔다. 꼭 필요한 것 몇 가지 말씀해 보세요. 가서 가져 올 테니까요. 범수가 일어서며 말했다. 병숙은 고개를 흔들었다. 가지 마세요. 물이 많이 찼을 텐데요. 아닙니다. 아직은 드나들 수 있으니까 당장 끼니 끓일 도구라도 가져 오겠습니다. 곤로랑 솥 같은 거요. 당장 밥은 끓여 먹어야 할 테니까요. 형수님 텔레비전 아직 쓸 만 하죠? 그것도 갖다 드릴까요? 혹시 물이 찰 까봐 장롱 위에 얹어 두고 왔어요. 병숙은 뭐라고 할 말을 잊고 그저 고개만 끄덕거렸다. 말썽꾸러기라고 야단만 맞다가 모처럼 선생님의 심부름을 잘해서 칭찬을 들을 국민학생처럼 범수는 기운차게 걸어 나갔다. 병숙은 범수가 가져 온 보따리에서 수건을 꺼내어 슬기의 몸을 닦아 주고 옷부터 갈아 입혔다. 슬기는 병숙이 깔아 준 담요 위에 누웠다. 병숙은 자신도 머리와 얼굴의 물기를 대충 닦아냈다. 마른 수건으로 좀 닦기만 해도 한기가 훨씬 가시는 것 같았다. 병숙은 패물함을 끌어 당겨 무릎 위에 놓고 열어 보았다. 두 개의 통장과 도장, 그리고 전세계약서가 들어 있는 봉투 위에 알록달록한 포장지로 싼 조그만 곽이 하나 놓여 있었다. 병숙은 그것을 집어 들었다. 슬기가 일어나며 참견을 했다. 어, 그거 삼촌이 어제 내 유치원 가방 속에 넣어 줬던 건데. 삼촌 가고 나서 엄마 주랬어. 엄마가 동생 낳아서 돌잔치 하게 되면 끼워 주래. 병숙은 포장지를 풀었다. 반지 곽의 뚜껑을 여니 조그만 금반지가 들어 있었다. 아유, 너희 삼촌 성질 급한 건 알아줘야겠다. 아직 놀지도 않는 아기한테 돌 반지라니. 병숙은 슬기를 보고 웃으면서 말했다. 네 동생처럼 돌 반지를 일찍 받은 아기는 세상에 없을 거다. 병숙은 어젯밤 비 오는 거리로 범수를 내쫓지 못하게 한 건 아직 발길질도 하지 않는 그 조그만 아기였을지도 모른다고 생각했다. 슬기가 자기 새끼손가락에 반지를 끼고 들여다보더니 말했다. 엄마, 이게 진짜 금이야? 병숙은 유난히 반짝거리는 그 조그만 반지를 보자 갑자기 고등학교 영어 시간에 배운 격언이 떠올랐다. '반짝이는 것이 다 금은 아니다'라고 했던가? 병숙은 범수가 빨리 돌아왔으면 좋겠다고 생각했다.

〈작가의 말〉

서정 세계의 폐허 위에서

나는 신춘문예에 당선되었지만 오랫동안 소설을 쓰지 못했다. 내가 소설을 쓰지 못한 진짜 이유는 더 오래 전 대학시절에서 찾아야 한다. 나는 문예창작학과를 다니면서 소설을 습작하던 시절에 깊은 좌절감을 맛보았다. 소설이라는 문학 장르에 대해서 과도한 욕망과 야심을 품고 있었지만 실제로는 좋은 소설을 쓸 만한 능력이 없었다. 2010년에 나는 밀란 쿤데라의 책을 읽다가 다음과 같은 대목을 발견했다.

> 오래 전부터 나는 젊은 시절은 서정적 시기라고 생각해 왔다. 다시 말해서 한 개인이 거의 전적으로 자기 자신한테 집중하고 있어서 주변 세계를 보지도, 이해하지도 명료하게 판단하지도 못하는 시기라고 말이다. 이러한 가설(필연적으로 도식적일 수밖에 없는 가설이지만 도식으로서 내가 보기에는 적절한 가설)을 근거로 보자면 미성숙에서 성숙으로의 이행은 서정적 태도에서 벗어남을 의미한다. 반서정주의로의 개종은 소설가의 이력서라면 반드시 들어 있는 기본 항목이다. 자기 자신에게서 멀어진 소설가는 갑자기 거리

를 두고 자신을 본다. 소설가는 자신의 서정 세계의 폐허 위에서 태어난다.

–밀란 쿤데라,《커튼》

이 글을 읽으면서 내가 왜 제대로 된 소설을 쓸 수 없었는지 돌아보게 되었고, 나의 서정적 시기를《도스토예프스키의 돌》이라는 소설 속에 담았다. 물론 이 작품은 소설이기 때문에 당연히 허구다. 그런데도 주인공의 이력과 경험이 나와 닮은 점이 있어서인지 읽는 사람들은 이것을 나의 이야기로 받아들이는 경우가 많았다. 그건 아무래도 상관없다. 어쨌든 나는 이 소설을 쓰면서 내게 소설 쓰기가 왜 그렇게 힘들었는지 이해하게 되었다. 서른다섯 살에 신춘문예에 당선되고 난 이후에도 나는 서정시대를 벗어나지 못했다. 그런데 이 소설을 쓰는 동안 비로소 나는 거리를 두고 나 자신을 보게 되었다. 쿤데라의 말에 따르면 반서정주의로 개종하게 된 것이다.

비로소 소설을 쓸 수 있게 되었지만《도스토예프스키의 돌》을 쓰고 나서 잇달아 사회 · 정치 분야의 다큐멘터리를 쓰게 되었다. 산다는 것이 내 의지대로 되는 것이 아니라는 것을 알고 있었기 때문에 써야 할 책들을 썼다. 그러는 동안 7년이라는 시간이 지나갔다. 나의 서정시대에 작별을 고하게 해 준 최초의 장편소설을 일부 수정하여 다시 출간하는 것으로 소설 쓰기를 이어보려고 한다.

이 소설은 이제 막 소설에 눈뜬 작가의 첫 장편소설답게 어설프지만 나에게는 애틋하고 사랑스러운 못난 자식 같은 존재다. 7년이라는 시간이 지난 만큼 고쳐야 할 곳이 많이 눈에 띄었지만 꼭 필요하다고 느끼는 곳만 손을 댔다. 처음 이 소설을 쓰던 2010년의 내가 문득 그리워진다. 마치 첫사랑과 재회하는 여자처럼 가슴이 설레었다. 지금은 이런 소설을 쓰라고 하면 쓸 수 없을 것 같다. 인생의 모든 시간은 다 나름대로의 의미가 있고 소중하다는 것을 알게 되었다. 흘러간다는 것, 흘러가다가 결국은 소멸한다는 것이 인생의 유일한 의미이자 아름다움이라는 것도.

2017년 7월 강원도 양구 고라니골에서

세상 밖으로 부는 바람

발행일 개정판 1쇄 2017년 8월 10일

지은이 문영심
펴낸이 최진섭
디자인 경놈
펴낸곳 도서출판 말

출판신고 2012년 3월 22일 제 2013-000403호
주소 서울시 마포구 토정로 222 (신수동 448-6) 한국출판콘텐츠센터 316호
전화 070-7165-7510
전자우편 dream4star@hanmail.net

ISBN 979-11-87342-05-2 03810

값은 뒤표지에 있습니다.
잘못된 책은 본사나 구입하신 곳에서 바꾸어 드립니다.